Un prince de sang

W0250924

Hélène Amalric présente

© Hachette Livre (Marabout), 2016.

Olivier Seigneur

Un prince de sang

La Pompadour mène l'enquête

MARABOUT

Les personnages historiques

Louis XV, roi de France et de Navarre, né en 1710.

Jeanne Antoinette Poisson, épouse Le Normant d'Étiolles, marquise de Pompadour, née en 1721, favorite du roi depuis 1745.

Charles de Bourbon-Condé, comte de Charolais, cousin du roi, né en 1700.

Louis Dominique Bontemps, premier valet de chambre du roi, né en 1738.

Nicolas René Berryer, comte de La Ferrière, lieutenant général de police, né en 1703.

Les personnages romanesques

Jean Florimond, valet de la marquise de Pompadour.

Guillaume de Turpin, intendant du comte de Charolais.

Victoire Escuiller, une jeune veuve.

Prologue

Dehors, il faisait jour. Ici, il faisait nuit. Outre le sombre, régnaient une senteur âcre, un air humide et terreux. Surtout, tout était silencieux, trop. Quoique la jeune fille fût encore – un peu, si peu – vivante, c'était le domaine de la mort, un tombeau. La prisonnière était sidérée, terrorisée. Où était-elle donc ? Sans cesse tournaient dans son esprit les souvenirs chaotiques de son enlèvement, sur ce chemin, pourtant si anodin, si familier, si commun, si près des dernières maisons de la rue où elle habitait ; la surprise qui, d'un coup, lui avait glacé le corps et l'esprit quand elle avait été saisie, happée, frappée, jetée dans une voiture aux rideaux tirés, maintenue sur le plancher comme une bête capturée. Bâillonnée, encagoulée et traînée ensuite jusque dans cette pièce répugnante, une cave.

Soudain, elle entendit un frottement de l'autre côté de la porte. Elle retint sa respiration, ne discerna plus rien. Il y eut un silence, insupportable. Puis, de nouveau, un frôlement, et une voix murmurante s'éleva, si réconfortante, dans cette solitude désespérée :

— Attendez encore un peu, le temps que j'ouvre sans donner l'alarme, sans faire grincer la serrure. Puis partez. À droite, les tilleuls. Après, devant vous. Vous serez libre.

Ce ton bas, ces mots à peine audibles… Était-ce un homme ? une femme ?

La captive était jeune ; elle ne demandait qu'à faire confiance, qu'à espérer, follement :

— Comment ? Restez. Je vous supplie de…

Elle ne put rien ajouter, sa voix s'était brisée, de crainte, d'émotion. D'ailleurs, l'autre était reparti. Derrière la porte, on n'entendait plus rien. Respirant à peine, restée par prudence et par peur affalée sur le sol bien qu'elle eût envie de se relever, de se plaquer contre le bois du vantail pour distinguer, de l'autre côté, le moindre bruissement, la prisonnière redoutait de devenir folle tant sa terreur la dévorait. Et là, était-ce le pêne qui avait glissé ? La malheureuse ne faisait aucun bruit. Elle attendit. Puis s'enhardit, poussa le battant, à peine, encore un peu. La porte s'ouvrit sans résistance. L'emprisonnée se figea. Était-ce un piège ? De toute façon, elle n'avait rien à perdre. Là-bas, quelques marches qui menaient sans doute à l'air libre, à la liberté. Elle s'accorda un instant de répit, une fraction de bonheur, espéra de nouveau. Qu'avait-elle fait pour être ainsi maltraitée, menacée, niée ? Rien. Elle ne méritait pas ce traitement. Sa capture avait été trop soudaine, trop affreuse, trop violente, inexplicable au plus haut point, pour que l'existence ne reprenne pas très vite son cours normal après cette parenthèse absurde. Ce soir, la jeune fille aurait retrouvé son père, sa mère et son petit frère, l'échoppe tiède de la rue de la Corderie, près du Temple, où toute la famille vendait rubans, boutons et galons, mangeait et dormait, vivait, somme toute, heureuse. Cette pensée faillit la faire pleurer, mais elle la refoula aussitôt afin de ne pas perdre ses moyens à cet instant crucial. Revigorée, la jeune captive allait vaincre, surmonter l'épreuve, elle en était maintenant certaine. Elle n'avait plus qu'une chaussure, risquait de trébucher. L'ôta d'un geste vif pour ne pas être embarrassée, gravit l'escalier et sortit de la masure.

Les tilleuls étaient bien là. Mais, passée soudain de l'espoir au doute, l'infortunée s'interrogea, s'affola de nouveau. Qu'avait voulu vraiment dire la voix secourable ? Laisser les arbres à droite, ou au contraire aller de leur côté ? Les deux chemins s'offraient à la fille. L'un d'eux – un seul – menait à la liberté, à la vie. Ici, une allée bordée d'arbres au feuillage épais, protecteur, apaisant. Là, une autre, simplement longée de buis. Ce ne pouvait être cette voie, trop découverte, trop longue. L'enlevée tournait sans doute le dos au haut et large portail qui trouait le mur, à peine aperçu, hier, du fond du carrosse où elle avait été jetée comme un paquet, comme une chose déjà morte. Il lui fallait prendre l'allée des tilleuls, donc, avec, au fond, ce qui pouvait être une arcade, une porte pratiquée dans le mur d'enceinte. La jeune fille ne distinguait pas bien, d'ici, mais elle le devinait, l'espérait.

Vite, courir, vite. Déjà il lui semblait entendre au loin le murmure rassurant de la ville, le cahotement d'une charrette, le caquètement d'une volaille égarée. Le gravier écorchait ses pieds nus, mais elle ne le sentait pas. Le mur d'enceinte du domaine se rapprochait, et avec lui la liberté. Plus que quelques pas, quelques instants. La fille crut même entendre, par-delà le haut mur, des enfants qui criaient, jouaient. La vie…, c'était la vie qui lui adressait un signe joyeux, une promesse. Une fois parcourues vingt ou trente toises, ce serait le salut. Elle n'allait pas mourir, du moins pas ici, pas maintenant. Mais dans longtemps, très longtemps, chargée d'années et de bonheurs à venir, et surtout ailleurs, chez elle, auprès des siens, de ses petits-enfants. Elle courait, volait. Maintenant elle était libre. Presque…

Soudain, retentit une voix claire, assurée. L'annonce de sa mise à mort.

— Pas si vite, mignonne, mignonnette. Ici, on n'en a pas fini avec toi.

L'homme était devant elle. Il brandissait un couteau, une arme solide, le manche poli par l'usage, la lame effilée, fraîchement affûtée. Or la malheureuse, qui s'était crue sauvée, refusait cette vision et ce qu'elle venait d'entendre. Elle voulut croire que l'agresseur allait disparaître, d'un coup. Il ne pouvait en aller autrement. Pourtant l'homme ne disparut pas, il s'approcha encore, ricana, éleva la voix :

— Je ne sais pas comment tu as pu t'échapper. J'ai dû mal refermer la porte. Mais peu importe. De toute façon, tu n'aurais pu aller bien loin. Si, à la rigueur, tu avais pris par l'allée des buis, je ne dis pas. Mais de ce côté-ci, le portail est toujours fermé. Et derrière, il n'y a qu'un chemin où il ne passe jamais grand monde. Tu aurais pu appeler, crier, supplier, gueuler, on ne t'aurait pas secourue, pauvrette.

L'homme disait vrai. On n'entendait plus rien. La bruyante marmaille était repartie. Les tilleuls, songea la fille, les arbres l'avaient trompée… Si seulement elle avait pris l'autre chemin ! Elle n'eut pas le temps de regretter davantage. L'autre voulait en finir au plus vite, c'était patent. D'un coup de menton, il montra un baquet :

— Fais pas la têtue et glisse-toi là-dedans, j'y serai plus à mon aise pour t'égorger, même si tu gigotes, je le ferai plus proprement. Tu vois le trait, là : il faut que je tire assez de ton sang pour que ça monte jusqu'à lui. Après ça, crois-moi, tu seras bien vidée. Comme une truie le jour de la Saint-Boudin ! Et tu seras aussi pâle qu'une dame bien née.

Les yeux de la malheureuse s'écarquillèrent. Incrédule, elle voyait l'encoche qui entaillait le chêne. Et aussi, souvenir d'affreuses marées, des marques brunâtres qui tachaient le bois, en dessous, du caillé, du très caillé et du moins caillé : de toute évidence, le récipient avait souvent servi. L'autre s'avança. Sa proie regarda autour d'elle, elle s'entendit hurler. L'homme lui attrapa le bras. Les doigts s'enfonçaient dans sa chair. Cette fois, la fille se sut perdue. D'instinct, son corps s'agita pourtant. Il serra plus fort. Elle vit le couteau qui approchait de sa gorge :

— Sotte ! Tu ne veux pas te laisser faire, tu cherches à compliquer ? Ça ne changera rien et ça va éclabousser...

Tout cela est insensé, songea la condamnée. On l'enlevait, on la laissait, puis on venait la sauver, voici un instant. Et maintenant, on allait la tuer. Que pouvait signifier cette absurde suite d'horreurs ? Quel sens tout cela avait-il ? Pourquoi devait-elle mourir si jeune ? La pauvre ferma les yeux. Au moins, qu'elle ne voie plus. Aussitôt, ça lui piqua le cou. Elle ressentit une douleur fulgurante, puis une tiédeur qui lui descendit dans le dos, mortelle mais caressante. Ses jambes la trahirent, disparurent ; elle partit en arrière, rouvrit les yeux, aperçut par en dessous, déjà voilées par la mort en marche, les feuilles des superbes tilleuls qui ne lui avaient pas sauvé la vie.

1

À Versailles, en 1755

Durant des décennies, hormis la chapelle royale bâtie à la fin du règne de Louis XIV, réservée à la cour, la ville de Versailles n'avait possédé qu'un seul sanctuaire digne de ce nom : l'église dédiée à Notre-Dame, construite par Jules Hardouin-Mansart. Or celle-ci était éloignée des plus vieux quartiers de la cité royale et de leurs habitants, les Versaillais, qui résidaient au sud du palais. En hiver, quand ils allaient prier, ceux-ci devaient affronter les courants d'air qui balayaient la place d'Armes et en faisaient une Sibérie. Plus d'une vieille femme s'y était cassé la jambe ou le menton. Pour répondre aux doléances de ces paroissiens, Louis XV avait fini par accepter d'édifier un nouveau sanctuaire à l'ouest du potager royal, une cathédrale placée sous le patronage de son ancêtre saint Louis.

Toute neuve, couronnée de curieux bulbes, étranges ici, l'église avait été inaugurée l'année passée. Enfin, les habitants des rues de l'Orangerie, des Bourdonnais, Saint-Honoré et Saint-Antoine ainsi que les négociants du Marché-Neuf pouvaient aller à la messe sans risquer de s'enrhumer de novembre à mars, ni même de se faire écraser par les carrosses lancés sur les avenues de Sceaux, de Paris et de Saint-Cloud. C'était un progrès indéniable : moins de tibias et d'enfantelets fracassés. Pour autant, le quartier avait conservé son calme, la quiétude bourgeoise dans laquelle aimaient rester les familles qui vivaient là, parmi les plus anciennement établies à Versailles, parfois depuis les premiers temps de l'installation de la cour, voici plus de soixante-dix ans, quand le palais n'était qu'une modeste bâtisse, au mieux une gentilhommière, à peu près inconnue de tous, dressée au milieu de rien, entourée de terrains vagues boueux et ventés.

Ici, peu d'hôtels particuliers. Ni ministères ni grandes écuries princières. Des rues sages qui se coupaient à angle droit. De rares allées et venues, des gens simples qui vaquaient à leurs occupations, bons bourgeois et leurs domestiques. Rien de bien flamboyant, donc. Ni même d'intrigant. Hormis ce qui se passait rue Saint-Médéric, dans le quartier du Parc-aux-Cerfs[1]. Dans le creux de l'après-midi, plus rarement au tout début de la soirée, bien discrète, commune, une voiture arrivait de nulle part, deux ou trois fois la semaine, jamais le dimanche, rideaux tirés. Attelage qui s'arrêtait devant une maison ordinaire. Pas de laquais, pas de postillon et, plus

1. Ainsi nommé en raison de l'enclos à gibier qui existait au temps de Louis XIII.

surprenant encore, aucun passager. Seulement un cocher, le visage à l'abri d'un chapeau porté bas et d'un col relevé. Sans que rien vienne jamais modifier ce scénario anodin, l'homme descendait de son siège, pénétrait dans la demeure, n'y restait jamais longtemps et en ressortait toujours en compagnie d'une jeune fille, qu'il paraissait vouloir protéger en se tenant à ses côtés. Ils ne se parlaient pas, ne se regardaient pas, allaient vite, mais sans précipitation. À côté d'eux, venant juste derrière la fille et la serrant de près, trottinait une vieille femme appliquée, gouvernante ou servante, qui accompagnait sa jeune maîtresse jusqu'au carrosse, attendait que celle-ci y prenne place mais n'y montait jamais, absolument jamais, puis s'en retournait dans la maison dont elle ne ressortait plus que pour aller faire des courses, le matin, quand on ne croisait pas encore grand monde dans les rues.

Caisse brune, minces enjolivures vert foncé, la voiture était à première vue banale. Dépourvue d'armoiries, elle était tenue dans un état de grande propreté, les harnais étaient de la meilleure qualité, parfaitement cirés et huilés. Quant aux chevaux, c'étaient eux aussi des animaux de valeur, vigoureux, dressés à la perfection. Sans doute le carrosse d'un bourgeois aisé et soigneux, qui avait ici une parente, une nièce, orpheline peut-être, dont il s'occupait et qu'il emmenait se promener deux ou trois fois la semaine, pour la distraire à peu de frais tout en la protégeant du monde et de ses tentations.

En repartant, l'attelage prenait toujours à gauche dans la rue des Tournelles, négligeait de tourner dans la rue Royale : comme elle faisait un coude, la manœuvre y eût été malaisée. Il passait devant la cathédrale Saint-Louis avant de s'engager dans la rue Satori que flanquait une placette, puis empruntait la large avenue de Saint-Cloud sur quelques toises à peine. Ensuite, la voiture prenait son élan, partait bon train vers la place d'Armes. Parvenue devant le palais, elle se mêlait à la foule des piétons, badauds, promeneurs, quémandeurs, colporteurs, cavaliers, charrettes, carrioles, attelages, lourds et brillants carrosses de la cour, militaires qui allaient, en rang ou dans le désordre, prendre leur service au château. Cahotant sur le pavé irrégulier, le carrosse entrait dans cette fourmilière, puis disparaissait.

Or, six quarts d'heure plus tard, parfois moins, les rideaux toujours baissés, les chevaux toujours appliqués et obéissants, la voiture revenait, cette fois par la rue de la Surintendance, et s'arrêtait rue Saint-Médéric. Le cocher aidait la jeune fille à descendre, l'escortait jusqu'au seuil. La duègne se tenait déjà là, comme prévenue, patiente et zélée. C'était une pantomime : personne ne se parlait. Chaque fois, le conducteur muet attendait que les deux femmes fussent rentrées et que la porte de la discrète demeure se fût refermée. Puis il s'en retournait, remontait sur son siège et haut son col. Jusqu'à la prochaine visite, qui avait lieu avant longtemps, tant tout cela était fréquent et réglé. Et se répétait chaque fois de la même manière, à une exception près, et de taille.

La voiture, le cocher et la vieille étaient toujours les mêmes. La jeune pensionnaire était toujours habillée avec élégance, était très jolie et avait l'œil vif de celle qui connaît déjà le monde, ses règles et ses ressources. Mais elle avait quelquefois le pas rapide, marchait quelquefois plus lentement. Elle était tantôt brune, tantôt blonde, parfois petite, parfois grande et élancée. Une chose cependant ne variait pas : au bout de cinq ou six sorties de ce genre, la fille inconnue disparaissait. On ne la revoyait plus jamais. Tout aussi ravissante et bien mise et, surtout, tout aussi docile, une autre avait pris sa place. Ici, le temps passait ainsi.

Au château de Versailles

Circonstancié, le récit qu'elle avait dû dérouler horrifiait Pompadour, et elle était soulagée d'en avoir dit le plus gros, le plus terrifiant. À la recherche d'un réconfort, la marquise délaissa un instant son valet, regarda, autour d'elle, les rideaux aux riches couleurs, ses meubles de prix, ses bibelots délicats. Tant de beauté et de raffinement soudain percutés, confrontés à ce qu'elle avait dû révéler, à ce qui n'aurait pas dû exister, à l'épouvante. Elle acheva :

— Bref, Florimond, il semble bien, selon ce qui a été rapporté au roi, que ces filles ont été saignées comme des volailles, mais qu'elles ont eu la force de se traîner, fuyardes, jusque-là où elles ont été retrouvées. Des indices, des traces de sang en témoignent.

La marquise frissonna. Son propre récit la terrifiait. Il lui fallait cependant le poursuivre :

— Elles ont fui, les malheureuses. Elles se savaient condamnées, expirantes, mais ont tout fait pour ne pas mourir là où elles avaient été comme… dépecées vivantes.

Tout cela était abominable à dire : le tableau ainsi décrit était si éloigné du monde où vivait Pompadour. Celui-ci était certes un univers dangereux, dont la favorite pouvait être chassée par une cabale ou un caprice royal, mais ce n'en était pas moins un monde de luxe, de beauté et de volupté.

La mort, même, n'avait pas le droit de cité au palais: si un membre de la famille royale mourait, son corps était aussitôt porté loin du roi.

Âgée de trente-quatre ans, Jeanne Antoinette était l'une des plus belles femmes de France, du moins la plus séduisante. Taille élancée, visage à l'ovale sans défaut, teint de rose, cheveux châtain clair sous la poudre de racine d'iris, dents parfaites et, surtout, yeux sombres, grands et très expressifs.

La marquise avait choisi de s'entretenir avec Jean Florimond dans un salon délicieusement meublé, aménagé à l'arrière de son appartement, près de la cour des Cerfs. Partout, des chefs-d'œuvre d'ébénisterie, des porcelaines de Vincennes[1], des laques, tous choisis avec goût par la favorite qui, il est vrai, pouvait puiser à loisir dans la cassette du roi pour acheter des bibelots de prix par dizaines, par centaines.

Après avoir longtemps séjourné au deuxième étage du château de Versailles[2], la marquise de Pompadour habitait depuis quelques années dans un nouvel appartement, au rez-de-chaussée, face à la terrasse du Nord[3]. Certes, ce logement ne recevait qu'une froide lumière, de surcroît toujours chargée de l'humidité saisie au passage dans le bassin du Dragon et, surtout, dans les réservoirs qui s'étendaient à l'extrémité du château, mais l'appartement était vaste et, surtout, situé sous celui du roi, donc à un emplacement stratégique, que bien

1. Pompadour a créé la manufacture de Vincennes, plus tard transférée à Sèvres.
2. Dans le logement de l'une des premières favorites de Louis XV, Mme de Châteauroux.
3. Appartement situé sous les salons de Vénus, de Diane et de Mars.

des princes enviaient[1]. Car Louis XV pouvait, facilement et en secret, descendre à l'improviste chez la marquise par un escalier en colimaçon, lorsque l'étiquette lui en laissait le loisir, et s'entretenir avec elle des affaires publiques ou, simplement, se reposer un moment en compagnie d'une femme si appréciée.

— Florimond, c'est le roi en personne qui demande que cette enquête soit menée à bien.

Née Poisson et roturière, la marquise avait dû longtemps regarder les autres et apprendre d'eux, les observer et copier pour tenir son rang afin de devenir la favorite du roi de France. Le résultat était à la hauteur de ses espérances d'autrefois : rien, dans son comportement, ne la distinguait maintenant des grandes dames de haute naissance qui vivaient à Versailles, lesquelles pestaient, enrageaient, étouffaient de ne pas se trouver à la place de celle qui, à leurs yeux, n'était qu'une arriviste, une intruse. Cette aventurière, cette plébéienne le serait toujours, songeaient ces envieuses, en dépit du marquisat offert par le roi. Selon elles, cette créature était sortie de nulle part et n'était pas loin d'être une catin.

Quant à Florimond, son visage était fin et sans trop de barbe à raser, il avait les dents bien plantées, des manières assurées et la taille assez haute. Un beau jeune homme, donc, assorti à la femme qu'il servait.

À juste titre, le valet s'étonna :

— Le roi m'a choisi ? Mais pourquoi ?

---

1. Ce logement correspond plus ou moins à l'appartement aujourd'hui connu sous le nom d'appartement de Mme Adélaïde, une des filles de Louis XV.

— Je vais être franche. Pour ce qui est de l'investigation à mener, je viens de te le dire, c'est bien Sa Majesté qui en a eu l'idée, le désir, même. Mais le roi n'a pas d'emblée songé à toi. C'est moi qui lui ai soufflé ton nom.

Le propos était quelque peu obscur. Pompadour le mesura aussitôt. Elle précisa :

— Je ne veux rien te cacher, nous nous connaissons depuis trop longtemps et tu m'as toujours fidèlement servie. Sa Majesté ne désire pas confier l'affaire au lieutenant général de police[1]. Le comte de La Ferrière serait bien entendu à la hauteur de la tâche, il est du reste de mes amis, tu le sais. Mais si celui-ci sait ce que garder un secret veut dire, il n'en va pas nécessairement de même pour ses hommes. Bien entendu, le Grand Châtelet[2] sait que des filles ont été retrouvées mortes, ces temps-ci. Mais le roi refuse que ces policiers tentent de voir les choses dans leur ensemble, d'assembler tout ce que l'on sait de ces trépas, bref de tenter d'en savoir davantage en allant au fond de ces affaires. Je te le répète : Sa Majesté ne veut ici que de la discrétion, de la prudence. Bref, le roi cherchait un homme de confiance et me l'a dit. J'ai aussitôt pensé à toi.

Déjà Florimond soupesait l'offre, analysait l'ordre donné, ses effets, ses conséquences, les avantages à en retirer, et aussi les tracas encourus, pour ne pas dire les dangers ; sa crainte était attisée par le fait qu'il ne savait rien encore de ce qu'on

---

1. L'institution de la Lieutenance générale de police fut créée en 1667. Gabriel Nicolas de La Reynie en fut le premier et fameux titulaire.

2. Siège de la police parisienne depuis la fin du XIIe siècle.

lui demandait, et cet inconnu l'effrayait. Pompadour sut lire dans son regard. Florimond était surpris : il était un valet de cour, pas un argousin. Il espionnait, certes, mais d'autres laquais, des servantes, des duchesses, pas des assassins de basse canaille. S'il savait aider la marquise à déjouer des cabales, il ne savait combattre le crime ni ne connaissait la crapulerie.

La favorite voulut conclure avec assez d'à-propos et d'intelligence pour enrober l'affaire dans une badinerie séduisante et plaisante.

— À mon service, jusqu'à ce jour, Jean, tu as déjà tout fait, ou presque, tu as organisé, écouté, retenu, répété, espionné. D'un coup, te voilà limier, mon cher. C'est aussi simple que ça. Et, là aussi, tu réussiras, comme les autres fois. Bien entendu, ce que le roi désire, c'est un travail à ta mesure, un travail de reconnaissance, pas davantage. Ne fais que cela : découvre la vérité. Celle-ci mise au jour, le Grand Châtelet sera prévenu, pour la forme, et la justice sera ensuite rendue. Le chevalet et les fers, la question et ses tenailles, le supplice, le garrot, la corde et l'échafaud, tout cela reviendra à d'autres, tu n'en verras rien, tu en entendras à peine parler.

Pompadour prit à peine le temps de retrouver son souffle. Achever de convaincre Florimond lui permettait de tenir à distance les pensées, les images nées de son récit. Désirant ardemment que la résolution de cette affaire confortât son pouvoir, elle acheva de dérouler :

— Écoute ce que je sais. C'est du certain, puisque je le tiens du roi en personne. Comme j'ai commencé à te l'exposer, la fille est la troisième qui est ainsi retrouvée. Nue et vidée de son sang, comme les deux autres, celle de la rue des

Égouts-du-Ponceau et la morte de la rue du Puits-de-Rome[1]. L'infortunée de cette fois-ci a été découverte près du Grand Arsenal, sur la berge, en contrebas du mail, derrière l'une des énormes piles de bois qui encombrent souvent les lieux, comme celles de l'île Louviers, en face[2]. Le corps gisait derrière un tas de planches. Voilà tout ce que je suis en mesure de te révéler. À toi de découvrir le reste.

Tout était dit, c'était terminé, songea la favorite, soulagée. Donner au roi son avis sur une guerre à mener, voire la conseiller, ne lui demandait pas beaucoup d'efforts, tant, vus de Versailles, affrontements, mitrailles et canonnades paraissent lointains. Parler de filles quasiment découpées vivantes à quelques lieues de là était tout autre chose. Pompadour posa, en un mouvement gracieux et d'un délicat abandon, ses beaux bras sur les accoudoirs de son cabriolet[3] de satin brodé, et avec un petit rire spirituel et flûté, elle poursuivit, comme tenant pour acquis que son valet acceptait la mission proposée :

— Florimond, je te prie, en attendant que tu te fasses enquêteur, veux-tu me préparer une tasse de chocolat ? Je n'ai pas envie de demander ce service à mes femmes de chambre. Il y a un réchaud dans ce placard, tu le sais. Et prends le service à liséré bleu, il égaiera cet appartement sombre.

---

1. Ces deux voies furent raccourcies lors des travaux urbains du XIXe siècle et sont respectivement devenues la rue du Ponceau (2e arrondissement) et la rue au Maire (3e arrondissement).

2. Aujourd'hui délimitée par le quai Henri-IV et le boulevard Morland (4e arrondissement), cette île servait de dépôt de bois. Elle a été réunie à la rive droite au milieu du XIXe siècle.

3. Siège doté d'un dossier incurvé.

Le valet avait l'esprit rapide : servir la marquise n'était pas de tout repos, tant celle-ci avait dû batailler pour s'élever, batailler pour monter plus haut, et batailler pour garder sa place auprès du roi. Pompadour avait eu raison de souligner qu'ils se connaissaient tous deux depuis longtemps. Des liens indissolubles s'étaient créés entre eux. Il existait du reste un échange de bons procédés : la marquise, qui régnait sur le roi, estimait et protégeait Florimond ; en retour, fort de ce qu'il espionnait et apprenait en tant que valet, celui-ci protégeait la marquise. Certes, il ne savait pas de quelle manière il allait s'y prendre pour enquêter sur la mort des trois filles saignées à blanc. Mais pour le chocolat demandé par Jeanne Antoinette, il était compétent. Il aurait le geste sûr : depuis de longues années Pompadour avalait des litres de cette boisson ambrée. Il commença à battre le briquet.

Le garçon savait depuis longtemps que le mal existait, il était même bien placé pour le savoir. Il songea à la malheureuse morte, la fille retrouvée près de la Seine, dont Pompadour venait de lui parler. Sans pouvoir s'en empêcher, il se mit à imaginer le visage de l'assassinée du Grand Arsenal. Cette figure était forcément plus qu'imprécise, floue. Peu à peu, sans vraiment le vouloir, le jeune homme y mêla les traits d'une tout autre personne, qu'il avait, celle-ci, connue, et même fort bien, avant de ne plus la voir, soudain, et dont l'absence lui était une béance si cruelle. Florimond en eut le cœur étrillé. Mais il se reprit, tint son malheur à distance et se tourna vers la favorite, l'air décidé, le buste droit, la voix posée :

— Voulez-vous, Madame, que je râpe de la cannelle dans votre chocolat ?

À Paris, dans le quartier du Marais

À Versailles, on s'émouvait. À Paris, le même jour, la matinée s'était longuement étirée. Charles de Bourbon-Condé, comte de Charolais, gouverneur de Touraine, était d'humeur joyeuse. Après le souper de la veille au soir, offert à des amis triés sur le volet, eux aussi de bon vivants, il s'était délicieusement attardé à parcourir d'un œil jouisseur et du bout d'un doigt d'esthète le maroquin et le papier de livres choisis. Il avait longtemps feuilleté des ouvrages d'histoire et de fables, puis s'était couché, le corps et l'esprit repus de contentement.

Ce jour-là, il se sentait une âme de jeune homme. Si le roi son cousin habitait à Versailles, parfois à Compiègne, à Fontainebleau ou dans l'un de ses petits châteaux de campagne, Choisy[1], La Muette ou Saint-Hubert, Charolais, lui, se plaisait à Paris. Il aimait son hôtel de la rue des Francs-Bourgeois[2]. Là, le comte vivait au centre du monde dont il avait tant besoin : la capitale du royaume, son agitation, ses foules, ses magasins, ses boutiquiers. À l'instar de la plupart des Condés, sa famille, Charolais appréciait les belles choses. Il faisait régulièrement venir chez lui marchands de tableaux, de curiosités, de coquillages rares, d'agates, de porcelaines apportées de Chine et du Japon. Mécène, le conte commandait des peintures, des ouvrages rares, souvent scientifiques, à

1. De ce château, peut-être le séjour préféré de Louis XV, il ne reste presque rien.
2. Cet hôtel se trouvait du côté impair, non loin de l'angle de la rue Vieille-du-Temple, en allant vers la place Royale, aujourd'hui place des Vosges (4e arrondissement).

des libraires qui savaient dénicher pour lui la perle rare.

Toilette faite mais encore en chemise de nuit, ses cheveux blonds non poudrés, Charolais resta un moment dans sa chambre, meublée avec élégance. De toute évidence, le maître des lieux avait lui-même choisi tissus et tapis : tout était harmonie et de bon goût, tout témoignait qu'un grand seigneur vivait ici, qui savait profiter de la vie. Le comte regarda un moment les rayons du soleil qui caressaient le plancher de bois châtain. Puis il quitta son confortable fauteuil depuis longtemps accoutumé à accueillir sa silhouette lourde.

À cinquante-cinq ans, Charolais était un homme aux hanches et au ventre proéminents, à la bouche charnue, au visage rond et mou ; cette figure empâtée ne disait rien ni de sa vive intelligence ni de sa curiosité d'esprit. En revanche, sa stature épaisse annonçait tout de son plaisir d'exister, de l'appétit avec lequel le comte prenait la vie qui lui était offerte. Capétien, Bourbon mais fils cadet d'une branche cadette, Charolais n'avait aucune chance d'accéder au trône, il le savait et l'avait toujours su. Peu lui importait. Le comte était philosophe : à son cousin le roi la pesanteur de l'étiquette, le tracas de devoir gouverner. À lui le plaisir de vivre, le temps de lire, de se divertir, de se passionner pour les travaux des naturalistes et des physiciens, qu'ils fussent français ou anglais, comme Isaac Newton. Car le monde avançait, et Charolais voulait avancer avec lui. Il voulait apprendre et jouir, donc, d'une existence qui lui était plus que douce, de ses nombreuses demeures et des trésors qu'elles recelaient. Et aussi tirer plaisir du travail du bois ; cette occupation reposait son esprit lorsqu'il avait lu trop longtemps et souhaitait se délasser.

Mais ce matin Charolais ne désirait ni se mettre devant son tour ni se plonger dans la lecture. Il aspirait à quelque chose, oui, mais à quoi ? Peut-être à un peu de fantaisie. Le comte s'approcha de la fenêtre ouverte, attiré par la belle lumière qui dorait l'atmosphère de la chambre, se campa, porta son regard sur les bâtiments qui enserraient sa demeure, par-delà cours et parterres. En contrebas, s'étendait le jardin de ses voisines, les pieuses sœurs hospitalières de Saint-Anastase : un long terrain qu'occupaient quatre grands massifs de plantes et de fleurs, ordonnés autour de deux allées dont le croisement décentré s'ornait d'un calme bassin.

Voici un siècle tout juste que les religieuses avaient dû abandonner leur première maison, à côté de l'église Saint-Gervais, toute proche. Elles s'étaient alors installées dans un bel hôtel qui s'élevait rue Vieille-du-Temple, au droit de la rue des Blancs-Manteaux[1]. Joyeux mécréant, Charolais ne s'était jamais beaucoup intéressé à elles. Mais, parce que agir ainsi était le commun des princes, il versait aux nonnes de très larges aumônes, à chaque Pâques, afin qu'elles puissent à leur tour secourir les pauvres. Car, selon leur règle, ces hospitalières accueillaient des vagabonds, seulement des hommes, qui pouvaient dormir dans l'institution trois nuits de suite, pas davantage.

Or, pour la première fois, le comte prêta attention au chant clair des religieuses qui parvenait jusqu'à lui, mêlé au murmure de la ville. Curieux, il se pencha et aperçut les sœurs qui, sorties à la file de leur maison, venaient herboriser. L'œil distrait, le prince les regarda, toutes pareilles, alignées et obéissantes, et écouta un moment leurs voix apaisantes : il ignorait Dieu,

1. Le marché des Blancs-Manteaux occupe aujourd'hui l'emplacement de cette ancienne maison religieuse.

mais non la beauté. Puis il s'en désintéressa, revint dans son intérieur. Il vit une bouteille laissée dans un seau d'argent. Il ne se souvenait pas avoir commandé du vin de Champagne, du moins pas ce matin : sans doute, songea-t-il, la bouteille était là depuis la veille, souvenir d'agapes joyeuses. Il songea que cette journée, qui semblait si bien commencer, méritait d'être saluée avec entrain, accueillie avec la meilleure humeur possible. Et tant pis si le vin aurait gagné à retourner à la cave pour s'y rafraîchir. Le comte ouvrit lui-même le flacon, se servit un premier verre, en apprécia le contenu avec un émerveillement enthousiaste. Puis il avala un deuxième verre, plus vite. Peu à peu, ses pensées commencèrent à s'embrouiller. Charolais aimait cet état. Le vin, l'esprit du prince pétillaient l'un et l'autre. Un troisième verre, ou un quatrième, Charolais ne savait déjà plus. Puisse son existence, songea-t-il, toujours crépiter ainsi, avec joie et amabilité ! Et que, jusqu'à son dernier souffle, il sache profiter de cette douceur de vivre.

Tout se mélangeait dans son esprit. Soudain, sans qu'il sût pourquoi, l'histoire de sa famille s'imposa à lui. C'était une lignée glorieuse mais furieuse aussi. Il revit son père, le prince Louis, qui terrorisait les siens et ses gens. Il songea aussi à son grand-père, qu'il avait bien connu. Parce qu'il croyait être un loup, se souvenait Charolais, cet aïeul avait l'habitude, la nuit venue, de hurler à la mort dans son appartement de Chantilly, mêlant ses jappements à ceux des chiens de son domaine. Et ces chiens, irrités, se demandaient qui était cette bête inconnue dont ils ne reconnaissaient pas l'aboiement. Charolais remonta plus encore dans l'arbre de sa dynastie, songea aux premiers princes de Condé, ses ancêtres, qu'il admirait particulièrement, parce qu'ils avaient chevauché, combattu, guerroyé et tenu tête à de nombreux ennemis, à la fin des Valois et au début des Bourbons ; des valeureux qui n'avaient certes jamais régné sur la France, mais qui avaient toujours su s'amuser... À leur santé ! Et encore un verre de champagne, vidé d'un trait !

Et toujours, s'élevant des jardins du couvent voisin, les voix virginales... Quelques instants plus tôt, Charolais en avait été charmé et tout disposé à faire une nouvelle donation à ses pieuses voisines. À présent, il ressentait le besoin de se moquer, de rappeler quel était son sang, la glorieuse et fastueuse histoire de sa lignée, riche de tant d'esprits libres, qui n'en avaient jamais fait qu'à leur tête. Sans compter que, par sa mère[1], il n'était rien de moins que le petit-fils de Louis XIV, certes par voie de bâtardise, mais le prince s'en moquait, puisqu'il était un Bourbon... Et encore un verre de champagne ! Au nom de sa toute-puissance, de sa liberté, de sa volonté de faire ce qui lui plaisait ! Quand la bouteille serait vide, le prince en demanderait une autre, voilà tout. Charolais porta la main à sa chemise, tituba, vacilla, se reprit. Il s'approcha de la fenêtre, mais resta en retrait afin d'observer les nonnes et de mieux organiser son entrée en scène. Du fracas, il allait y en avoir, et de la rigolade, aussi !

Après une courte pause, s'élevait un nouveau cantique. Recueillie, la procession cheminait toujours ; calmement, elle tournait et retournait dans les allées du jardin monacal. Les voici, se dit le comte, les oiselles toujours chantantes, qui se trouvaient maintenant au droit de sa fenêtre. Charolais

---

1. Louise-Françoise de Bourbon, Mlle de Nantes, fille naturelle de Louis XIV et de Mme de Montespan.

s'avança, leva la jambe, chancela encore, réussit néanmoins à monter sur l'étroit balcon de pierre. Et, cramponné, se haussa sur la rambarde de fer forgé afin de mieux prendre son appui et de bien se faire voir. Aussi preste qu'il le pouvait, bien que tout tanguât un peu autour de lui, le cousin du roi écarta sa chemise, laissa passer, incongru, entre les volutes de fer forgé, ce qu'il voulait montrer aux nonnes et dont il n'était pas peu fier. Puis il gesticula afin d'attirer l'attention des religieuses, qui ne l'avaient pas encore aperçu. Vive sa race, songea-t-il, qui, après tout, avait été jadis rebelle et huguenote et donc avait autrefois pissé à la raie des nonnes !

En contrebas, l'agité fut aperçu. Habituées et dressées à vivre ensemble, les religieuses levèrent la tête toutes au même instant. Innocentes, elles virent donc simultanément le corps et le triomphe du comte. Vives et impressionnables, les plus jeunes détalèrent aussitôt. D'autres restèrent coites. La plus âgée était sœur Marie-Agnès de la Visitation, que tout le monde vénérait parce qu'elle avait fait partie des premières jeunes filles accueillies dans la Maison royale de Saint-Louis[1], du temps de Mme de Maintenon. Petit visage ridé, strié comme un vieil ivoire, la nonne demeura clouée sur place. Un peu parce que l'âge et les rhumatismes l'avaient rendue moins valide que ses compagnes. Surtout parce que la religieuse, tétanisée mais fascinée, distinguait pour la première fois ce dont elle avait toujours supposé l'existence sans l'avoir jamais vu. C'était donc ainsi fait !

1. La Maison royale de Saint-Louis, établie à Saint-Cyr, près de Versailles.

2

À Versailles

Quelques jours étaient passés. Cet après-midi, Pompadour était confiante. Feuilleter, dans le calme et le luxe de son appartement, le livre des années passées lui était agréable. Assise dans un fauteuil couvert d'une tapisserie richement fleurie, s'amusant à suivre, observée à travers le verre d'une large sphère montée sur un piédestal de bois et de bronze, la gracieuse nage des cyprins dorés[1] que ces messieurs de la Compagnie des Indes lui avaient offerts voici peu, la marquise réfléchissait. Dressait une fois de plus le bilan de sa vie. Elle était montée, sans cesse, avait parfois manqué trébucher, mais avait finalement toujours gravi une nouvelle marche, puis une

1. Pompadour fut la première, en France, à posséder ces poissons d'agrément.

autre. La favorite était parmi les femmes les plus puissantes du monde. De cela, elle était certaine. Jeanne Antoinette pouvait espérer s'élever plus haut encore. Dans son for intérieur, elle n'avait jamais douté que Florimond accepterait la mission inattendue qui lui avait été présentée. La marquise était lucide. Elle n'était pas certaine que le garçon réussirait à s'acquitter de la tâche confiée, mais elle savait qu'il essaierait, avec intelligence, dévouement et perspicacité. Au demeurant, elle n'avait pas eu le choix : Louis XV avait demandé... Pour assurer sa place auprès de lui, Pompadour s'était proposée, puis, faute qu'un autre parti s'offrît à elle, s'était adressée à Florimond. Maintenant, songeait la marquise, advienne que pourrait. Elle n'avait pas trop mal mené sa barque jusque-là. Avec de l'adresse, et surtout de la chance, son valet trouverait ce qu'elle lui avait demandé de débusquer.

La marquise se leva, s'approcha de son serre-bijoux, acajou, bronze et porcelaine. Ici, Pompadour gardait les joyaux qu'elle aimait le plus, qu'il s'agît de simples bagues ou de grandes parures, d'onyx ou de diamants. La favorite fit coulisser un tiroir, apprécia une rangée de bracelets, manipula un autre présentoir, caressa du regard un grand collier à pendeloques qui représentait une fortune à lui tout seul. Elle effleura un rang de perles, l'un des plus beaux du royaume, elle le savait. En dessous reposait une broche, en or et émeraudes, sa préférée, même si ce n'était pas la plus précieuse ni n'était un présent du roi. Elle avança ses doigts délicats, tira sur un ruban pour ouvrir un nouveau compartiment. Désirées, les pierres vertes lui apparurent, taillées à la perfection, d'une belle teinte à la fois sombre, noble et apaisante. Le plaisir né de leur contemplation ne s'émoussait jamais, au contraire, il s'enrichissait chaque fois. Devant cette splendeur qui s'offrait à elle, Pompadour était transportée.

Comment aurait-elle pu deviner qu'une autre main que la sienne, quelques heures auparavant, avait ouvert ce meuble, était allé droit au but, avait tiré ce même tiroir, caressé cette broche, avait voulu s'en emparer avant de devoir renoncer dans l'urgence, car il y avait eu du bruit, avant de vite repousser le présentoir, de rabattre l'étoffe protectrice, de refermer le meuble, vite, très vite, car voilà qu'on était arrivé, qu'on allait surgir, qu'on allait s'apercevoir de l'intrusion, de la tentative de vol ? Ignorante, donc, de cette profanation, souillure qui avait manqué s'achever en un larcin, la marquise resta là, à considérer les magnifiques scintillements, éclats, éclairs, splendeurs de vert sombre, de vert clair et de vert pâle. Ces jeux de lumière et de couleurs étaient d'une perfection et d'une profondeur incomparables. Pompadour était persuadée qu'elle était une des seules, en ce bas monde, à pouvoir apprécier cette beauté à sa juste mesure.

Ailleurs, à Paris

Au *Mouton noir* se déroulait une scène ordinaire : clients et servantes s'asseyaient, se relevaient, allaient et venaient. On se pressait, mais rien ne se cognait ni ne se renversait, car chacun était habitué à ce joyeux entassement, savait s'y mouvoir sans qu'un seul carafon, flacon ou plat fût heurté. Autour de plusieurs tables de bois et de tabourets paillés, renforcés de quelques bancs et tréteaux, se côtoyaient des buveurs, des discutailleurs et des fumeurs. Et aussi des compétiteurs. Car en ce lieu on jouait ferme, de l'aube au crépuscule. La chose était bien connue dans le quartier, c'est pour cela qu'on y venait et qu'on s'y pressait. Dans un désordre ordonné, on pariait, on jouait aux cartes, aux dés, au jacquet et même aux échecs, pour les plus savants des habitués du cabaret.

C'était donc un jour comme les autres. Aussi, parmi les attablés, nul ne prêta grande attention aux premiers éclats de voix qui s'élevèrent du côté de la rue, se mêlant d'abord au vacarme de la ville. On pensa à une banale querelle d'ivrognes, à une altercation entre joueurs de brelan ou de piquet. Mais le tumulte enfla soudain. Des voix, des cris. Une table retournée et jetée à terre, avec tout ce qu'il y avait dessus : jambon, bière et oublies[1], roi de pique, valet de trèfle et dix de carreau. On se retourna. Un énergumène, avec une écharpe de coton entortillée autour du visage, s'en prenait aux joueurs de piquet ou de brelan, les insulta :

— Canailles, arrêtez, jetez tout cela !

Le furieux renversa une autre table, un tabouret, des tréteaux. Les cartes volèrent un peu partout, jusque dans la ruelle fangeuse.

— Crapules, vous n'avez pas mieux à faire ?

Passé la surprise, les clients du *Mouton noir* reprirent leurs esprits. Deux ou trois des plus costauds s'avancèrent, l'un d'eux attrapa le fauteur de troubles. Mais l'assaillant était agile, nerveux et vigoureux. Il se débattit, frappa, se défit de l'étreinte, battit en retraite, s'abrita derrière un pilier. Regarda autour de lui, vit que toutes les tables de jeu étaient retour-

1. L'oublie est une pâtisserie cuite entre deux plaques de fer avant d'être souvent roulée sur elle-même.

nées, les dés, jetons et pions sur le sol. Ce spectacle parut le satisfaire. Il recula d'un pas, avisa le cabaretier qui arrivait, du fond de sa souillarde, une canne à la main. D'une voix claire, presque joyeuse, qui ne trahissait en rien les efforts déployés, l'inconnu masqué s'adressa à ceux qu'il venait d'attaquer :

— Et que cela vous serve de leçon. Plus de jeux, ici, jamais. Je n'en veux plus !

À la fois proclamation, souhait et ordre, le propos était un défi. Les clients, le tavernier et ses aides s'étaient maintenant regroupés, sur le point de faire face ensemble à l'assaillant, de lui réserver un mauvais sort. Celui-ci pirouetta, s'élança au-dehors, se faufila parmi les badauds qui s'étaient approchés, bouscula ceux qui ne s'écartaient pas assez vite, et disparut bientôt au coin de la rue, telle une jeune anguille dans un ruisseau. Privé de la belle victoire que les cartes d'une partie soudain interrompue lui promettaient, un des joueurs du *Mouton noir* voulut courir après le furieux. Il s'élança mais trébucha, chuta, s'écorcha, se releva, et comprit qu'il avait laissé passer sa chance de rattraper l'autre. Rageur, impuissant, le poursuivant malheureux aperçut, ultime bravade, jeté en l'air, là-bas, au-dessus des têtes, un insolent morceau de tissu, l'étoffe qui avait permis à l'assaillant, sans doute un demi-fou, de cacher son visage.

Quelque part

Et, de nouveau, c'était ce rêve, qui revenait chaque fois qu'elle s'endormait, ou presque. Assoupie mais cependant à peu près lucide, tant son esprit avait appris, même dans ces moments-là, à démêler le vrai de l'imaginé, la femme savait qu'il s'agissait d'un songe. Une illusion si proche des événements auxquels elle redonnait presque vie... C'était le palais de Versailles qui brillait de mille feux à l'occasion des fastueuses réjouissances données pour le mariage du Dauphin[1], le 23 février 1745. Illuminations, habits de fêtes, pierreries... C'était la foule, souvent venue de Paris, qui se pressait au bas de l'escalier de la Reine, éclairé comme en plein jour. C'étaient les huissiers, qui, vite débordés, contraints à l'impuissance, laissaient passer cette cohue, même ceux qui n'avaient pas été invités en bonne et due forme et n'avaient donc pas de billets d'invitation, surtout de riches bourgeoises de Paris, pressées de rivaliser avec les femmes de la cour, si jalousées. Et ce flot turbulent qui s'engouffrait dans les salons surchauffés, s'y empiffrait de poisson et de fruits de mer – c'était Carême – en pillant les buffets, qui gagnait ensuite la Grande Galerie, qu'illuminaient huit mille bougies ! Là, la cour commençait à danser, qui déguisé en Turc, en Arlequin, en jardinier, en Pierrot, qui en Persan, en diable, en Scaramouche, en Indien. La dormeuse, elle, était en Diane. Et là, à ce moment de ce songe renouvelé, comme toutes les nuits ou peu s'en fallait et à peu près à l'image de ce qui s'était jadis passé, une porte qui s'ouvrait. C'était le battant de l'antichambre de l'Œil-de-Bœuf[2].

Comme dans la réalité, comme dans les souvenirs d'une femme assez endormie pour rêver mais assez clairvoyante pour savoir que ce n'étaient là que des songes, surgissait alors

---

1. Mort avant Louis XV, ce prince, père de Louis XVI, ne régna jamais.
2. Ainsi nommé en raison de la forme d'une fenêtre donnant sur la cour de la reine.

un groupe de huit danseurs aux habits encore plus extraordinaires que les autres. Les huit étaient déguisés en ifs, semblables aux arbustes qui ornaient les allées du parc. Et aussitôt, une rumeur courait parmi les courtisans :

— Le roi… il est caché sous l'un de ces artifices.

— Oui, mais lequel est-ce ? Celui-ci ?

Ce soir-là, timide depuis son enfance, Louis XV avait proposé à sept de ses proches et amis de se vêtir comme lui, de se cacher sous le même feuillage, pour mieux aller et venir à sa guise, indiscernable au milieu de cette turbulente bande de faux topiaires. Sitôt arrivés dans la galerie, les huit ifs se séparèrent. L'un se mêla à un groupe de Turcs enturbannés, deux à des Pierrots et des Colombines. Les autres demeuraient seuls. Les courtisans, surtout les dames, tâchaient de savoir lequel de ces arbres factices était le roi, pour s'en faire remarquer, le flatter, en obtenir une faveur. La rêveuse, comme les autres, revivait dans ce songe mille fois répété ce qu'elle avait connu, vu, entendu ce soir-là. Elle s'intéressait à l'un des ifs, le suivait au milieu de la joyeuse cohue, était certaine que sous cet arbuste se dissimulait le roi, elle se réjouissait de bientôt lui parler. De lui parler et de…

Dans la réalité, du moins c'était ce qu'elle pensait, la femme s'était alors approchée du faux buisson. Dans le songe qu'elle faisait, quelques années plus tard, la rêveuse voyait soudain l'arbuste se retourner, s'avancer vers elle, grandir, menaçant, croître encore jusqu'à devenir un ogre, un énorme arbre vivant, à l'écorce rugueuse, aux aiguilles acérées. L'arbuste devenu monstre s'approchait encore. Et c'est à ce moment, toujours le même, que la dormeuse se réveillait, en nage, haletante, l'esprit et le ventre noués par la peur.

L'éveillée reprenait son souffle, à peine soulagée que se termine là ce rêve, souvenir d'une féerie qui s'achevait comme les autres fois en cauchemar. De surcroît en cauchemar interrompu, au seuil de ce que la femme devinait être une révélation. Haletante, ruisselante, égarée, perdue, elle songea à appeler, puis se ravisa aussitôt : elle ne savait plus où elle en était, elle n'aurait pu le cacher, il lui aurait fallu raconter son rêve à la femme de chambre accourue en hâte, elle n'aurait pu faire autrement, en tout cas elle ne se sentait pas la force de mentir à cette heure si affreuse. Et pour rien au monde la femme ne voulait revivre ce songe en l'évoquant devant autrui, prolonger ce rêve si bouleversant, peuplé d'images de jour en jour moins incertaines, mais aussi d'odeurs de sang et de sueur. De haine et de peur, la sienne.

Rue des Francs-Bourgeois

Charolais comprit qu'il ne pourrait, comme il l'aurait souhaité, demeurer sans compagnie à feuilleter les nouveaux ouvrages commandés pour orner sa bibliothèque, tant pour leur contenu que pour leur reliure soignée. À regret, il dut entendre la suite de ce propos importun :

— Déjà, à cette heure, Votre Altesse, les nonnes se sont plaintes à l'archevêque.

Intendant des affaires et de la maison du comte de Charolais, Guillaume de Turpin avait la pleine confiance de son maître ; il était en quelque sorte son secrétaire particulier. Mince, presque maigre, laid mais le regard insistant, spirituel, l'homme avait l'habitude de gérer les biens du petit-fils de Louis XIV sans lui rendre compte des détails qui, de toute évidence, auraient ennuyé le comte, par naissance au-dessus de ces contingences. Charolais était fort riche, comme tous les princes du sang. Lorsque Turpin l'estimait nécessaire, il puisait sans rien dire dans la fortune du comte pour résoudre les tracas qui, autrement, auraient pu gâter la vie de son maître.

Turpin, donc, ne parlait que rarement avec Charolais de dettes, de rentes, d'acquisitions, de reventes de terres et de propriétés, de nouveaux achats auxquels un prince devait procéder pour sans cesse agrandir, embellir ses domaines ou faire taire un importun. Mais, lorsqu'il estimait que les intérêts supérieurs de son maître étaient en jeu et qu'il ne pouvait ni ne voulait décider seul, l'intendant n'hésitait pas à prendre l'initiative d'un entretien. Pour se couvrir et aussi mieux mettre en valeur, avec intelligence, ses qualités de second. Comme cette fois-ci. Donc, Turpin insista :

— Cependant, Votre Altesse, mieux vaudrait accorder un nouveau secours, faire un don appréciable à ces religieuses. L'argent est puissant et il saurait ici acheter leur silence.

Charolais était ennuyé d'avoir à s'occuper de cette affaire dont il ne se souvenait qu'à peine et qui n'était de toute façon guère importante à ses yeux. Le comte considéra l'intendant. Au fond de lui, il savait que Turpin avait raison, mais cette fois le prince rechignait à admettre qu'il s'était mal comporté. Donc, Charolais tergiversa, ou du moins le tenta-t-il :

— Il m'est bien égal d'offrir de nouveaux vitraux à leur église ou de payer la réparation de leur maître-autel : on m'a dit qu'il était mangé par les vers et branlant. Mais ce serait reconnaître que j'ai fait ce dont elle m'accuse. Et, vois-tu, Turpin, je ne m'en souviens pas bien, pas du tout, même. Je me revois en effet, le vin de Champagne aidant, m'intéresser au chant qui s'élevait du jardin, par-delà les parterres et les murs. Je me rappelle m'être approché de la fenêtre. Mais, pour le reste et ce qui est arrivé ensuite... non, vraiment, accorder une obole à ces filles m'ennuierait, ce serait admettre que j'ai fait ce que je ne me rappelle pas avoir fait.

Guillaume de Turpin n'entendait pas lâcher l'affaire, il voulut objecter, mais le comte ne lui en laissa pas le temps et ajouta :

— Après tout, qui sait ? Pourquoi un valet facétieux ne serait-il pas entré dans ma chambre, profitant de ce que mon esprit se promenait dans les nuages ? Ma maison ne manque pas de drôles qui auraient pu vouloir se distraire à bon compte, sans penser à mal. Il suffisait, pendant que j'étais à ma toilette, de passer ma chemise et de se mettre ensuite à la fenêtre, le visage plus ou moins caché par le rideau, et de se montrer aux nonnes..., de leur montrer ce qu'elles ont vu... Et, du reste, en sont-elles mortes, ces geignardes, de ce qu'elles disent avoir aperçu ?

Le comte éclata de rire. D'ailleurs, il était las de cette discussion et n'aspirait maintenant qu'à se retirer dans sa bibliothèque. À ce moment-là, l'intendant sut que son maître, par paresse, allait céder, se ranger à son avis, le parti le plus sage. Et c'est ce qui advint en effet :

— C'est bon, Turpin, paye aux sœurs les vitraux dont elles ont besoin. Et fais aussi réparer leur autel, pour faire bonne mesure, et que l'on ne dise pas que je ne sais pas me montrer généreux. Qu'elles célèbrent également quelques messes à mon intention, cela les occupera et les empêchera de dire d'autres sottises. De toute façon, elles n'ont que cela à faire.

Mais je le crois vraiment, à mesure que je réfléchis : je suis innocent de ce dont ces folles m'accusent. Du reste, je me fous bien de tout cela, si tu veux savoir.

L'intendant s'inclina. Il avait à cœur de régler l'affaire au plus vite, n'en demandait pas davantage. Comme à l'accoutumée, rien, ni dans son attitude ni dans l'expression de son visage, ne laissait apparaître ses sentiments. Il allait se retirer, silencieux. Il était efficace, l'affaire serait bientôt réglée. Or, d'un geste presque affectueux, Charolais le retint :

— Turpin, je sais que tu es honnête, que tu te donnes beaucoup de mal pour moi et que, par ma faute, tu exécutes et décides, tu accomplis bien plus que ce qu'un simple intendant aurait à faire auprès d'un autre. Prends mille louis chez l'un de mes banquiers, tu les as bien mérités. Signe à ma place, comme à l'accoutumée. Et ces mille louis, dépense-les, mange-les, bois-les, fais-en ce que tu veux, cours la gueuse et couvre-la de colifichets, du moment que tu dilapides ces pièces en pensant à moi et en me remerciant du fond de ton cœur, que je sais dévoué !

L'intendant s'inclina et sourit. Il n'ajouta rien mais se promit, pour chacun des mille louis que lui donnait le comte, d'en détourner dix autres. Ce ne seraient pas mille louis que Charolais penserait lui avoir donnés, mais dix mille, et sans le savoir. Voire cent mille, s'enhardissait l'intendant, la tête tournée par ces montants, étouffant à force de contenir une jubilation qu'il devait taire. Argent qui s'ajouterait à tant d'autres détournements, selon autant d'habitudes depuis longtemps prises. De ces vols, le cousin du roi n'avait pas la moindre idée, savait l'intendant, ni ne s'apercevrait jamais. Du moins, pensa Turpin, il lui fallait l'espérer.

À Versailles

Nicolas René Berryer, comte de La Ferrière, ne risquait pas de passer inaperçu à Versailles. Le lieutenant général de police n'en était pas mécontent. Il était à peine plus âgé que le roi. Grand et mince, il était certes moins beau que son souverain, mais les dames le regardaient, et pas seulement parce qu'il était, à leurs yeux, un détenteur de puissance et de secrets. Surtout, comme chaque fois qu'il était vu ici, sa présence en inquiétait plus d'un. Nombre de courtisans craignaient que, pour une raison ou une autre – et il n'en manquait pas –, leur nom figurât sur une liste, grise ou noire, que La Ferrière était sur le point de transmettre à Louis XV. Car La Ferrière les connaissait tous, sinon personnellement, du moins de réputation. Il savait quel duc passait pour avoir tué son père pour en hériter plus tôt ; quel vicomte serrait de trop près sa sœur, quel autre son cheval ; quel marquis attendait de trahir le roi afin d'obtenir une récompense de l'Angleterre ou de l'Autriche, grands ennemis du royaume ; quel autre affamait ses enfants et ses valets pour ne pas trop dépenser chez lui et, *a contrario*, pour pouvoir tenir son rang à la cour sans regarder, cette fois-là, à la dépense en rubans et en dentelles.

Sitôt descendu de son carrosse, La Ferrière aurait pu gagner le bureau du roi en passant par les petits appartements où ne pénétraient que les familiers du souverain ou les grands commis. Il s'était cette fois-là amusé à attendre son tour, au vu et au su de toute la cour, dans le salon de l'Œil-de-Bœuf, une des salles les plus importantes du château puisqu'elle jouxtait la chambre du roi. Pourtant, ne se trouvait, dans le portefeuille du lieutenant général de police, que du très ordinaire. Du commun qui regardait surtout Paris, des affaires somme toute insignifiantes, des histoires d'accapareurs et de trafiquants, de pilleurs de troncs, de femmes infidèles et de tueuses de mari. Tout cela concernait peu la cour que, du reste, La Ferrière n'avait pas officiellement pour mission d'espionner. Du banal, donc, du moins à l'exception d'un court document, rapport mince mais précis et définitif : il s'agissait d'une certaine enquête sur un sujet sensible et qui pouvait intéresser le souverain mais aussi et surtout Pompadour.

Le policier avait d'abord pensé obéir à sa conscience, remplir une fois de plus son devoir, lui qui était pétri de règle, qui n'était que travail, honnêteté, probité et respect de la loi. Sur la route qui l'avait mené de Paris à Versailles, il était tout à fait certain de parler de cette affaire-là au roi. Maintenant, sur le point de rencontrer le Bourbon, La Ferrière balançait, soupesait, hésitait. Il leva les yeux, considéra les bambins, zéphires et chérubins de plâtre doré qui couraient entre murs et plafond, tout autour de la pièce. À des riens, à des allées et venues d'huissiers, à d'imperceptibles bruits, La Ferrière, fin connaisseur du palais, de la cour et de l'étiquette, devinait que, dans un instant, il serait introduit auprès du roi. Sans qu'il sût pourquoi, contempler les enfantelets étincelants de la corniche acheva de faire basculer sa décision. De cette enquête, il ne dirait rien à Louis XV. Mieux valait sur ce point encore garder le secret, n'en parler à personne, en dépit des risques encourus, bref, se montrer aussi ingénu que l'étaient les angelots de plâtre. Il préférait attendre que ses hypothèses fussent pleinement étayées, et ainsi être certain de ne pas se fourvoyer.

Le geste à la fois nonchalant et rapide, il ôta une feuille du maroquin qu'il portait sous le bras. La Ferrière sourit. De ce qui était écrit sur ce papier, le Bourbon ne saurait sans doute jamais rien. Et, à vrai dire, cela n'avait guère d'importance. Mais Pompadour, vieille et fidèle amie du lieutenant général de police, l'ignorerait aussi. Du moins pour le moment. Ensuite, selon la manière dont tout cela évoluerait, le policier aviserait. Et La Ferrière sourit de nouveau, plus que jamais sûr de lui, car il se sentait maître des destins.

En route pour Paris

Deux ou trois jours s'étaient écoulés, pas davantage. Jean Florimond avait toujours obéi à la marquise de Pompadour, il n'allait pas agir autrement cette fois-ci. Mais la mission confiée était d'un genre inédit. Laquais aguerri pour ce qui regardait le service de la favorite mais enquêteur plus que novice, le garçon voulut songer à la manière dont il allait s'y prendre. Mais il n'y réussit pas : il possédait encore trop peu d'éléments pour bâtir un plan d'investigation, fût-ce le plus sommaire. Florimond remarqua seulement que, s'il ne se trompait pas – les cartes de la ville étaient réservées à une élite de bibliophiles et le valet devait se fier à son seul sens de l'orientation, conforté par sa mémoire –, la rue des Égoûts-du-Ponceau n'était guère éloignée de la rue du Puits-de-Rome : les deux voies étaient situées au nord des Halles, de part et d'autre du prieuré de Saint-Martin des Champs[1]. La troisième jeune fille assassinée avait, elle, été retrouvée au bord de la Seine. Le garçon regarda autour de lui, et choisit de se rendre jusqu'à la berge où cette dernière victime avait été découverte.

---

1. Aujourd'hui le Conservatoire des arts et métiers (3e arrondissement).

La course lui prendrait environ deux heures. À condition que son cheval ne perde aucun fer, qu'aucun embarras de charrettes fracassées ne le retarde sur la route qui menait de Versailles au pont de Sèvres, puis, par-delà le village d'Auteuil, le Cours-la-Reine et la place de Grève, à l'île Louviers, là où Paris, avec ses rues et ses maisons toujours plus nombreuses, commençait, depuis quelques années, à partir à l'assaut des cultures maraîchères du faubourg Saint-Antoine.

En chemin, afin de réserver sa sagacité aux investigations qu'il allait devoir mener, Florimond laissa aller son esprit. Il appela les premiers souvenirs qui le liaient à Pompadour. Il se revit, accueillant la jeune épouse de Charles Guillaume Le Normant d'Étiolles au château de son mari fraîchement épousé, près de Sénart. Le garçon n'était alors qu'un valet parmi d'autres. En dépit de son jeune âge, il avait eu l'habileté de ne pas regarder la jeune femme comme si elle avait été une bourgeoise parvenue, ce qu'elle était pourtant. Sans doute avait-il compris que Jeanne Antoinette irait loin et que mieux valait monter avec elle plutôt que demeurer dans une position confortable mais somme toute banale. Sans doute aussi, mais il ne s'en était pas encore rendu compte, Florimond avait-il songé que servir la marquise, et s'élever avec elle, pourrait un jour, avec l'aide de la Providence, l'aider à surmonter d'une manière ou d'une autre l'épreuve à laquelle il devait chaque jour faire face.

Durant tout le temps que Pompadour avait fait son chemin dans la société, elle avait gardé Florimond à son service, avait écouté ses avis. Un jour, à force d'interroger les piqueurs et autres veneurs du roi, le valet avait particulièrement bien conseillé Jeanne Antoinette. Celle-ci avait réussi à placer sa voiture – une calèche découverte, pour ne rien laisser au hasard, rose de surcroît, pour mieux mettre en valeur la robe bleue de l'ambitieuse – sur le chemin de Sa Majesté. Et ensuite, tout s'était déroulé comme Florimond l'avait imaginé. Au débouché d'une allée, Louis XV avait vu Jeanne Antoinette, était tombé amoureux d'elle, avait manqué en oublier le cerf qu'il chassait, avait repris ses esprits, avait forcé et tué la bête, avait fait porter ses bois à la marquise. Peu après, lors d'une autre chasse, toujours sur une idée de Jean, Pompadour s'était approchée de Louis XV. Cette fois, la voiture était bleue et la robe rose. Une idée de génie. On en parlait encore à Versailles. Quelque temps plus tard, Jeanne Antoinette avait paru au bal masqué donné pour le mariage du Dauphin. Elle s'était parée en Diane, selon une autre suggestion – brillante – de Florimond.

— En Diane, mais pourquoi, Jean ? avait alors demandé la jeune femme, certaine que c'était là une bonne idée, mais qui, en patiente artisane de son ascension, désirait être en l'espèce mieux instruite.

— Les autres seront en Persane, en Turque, très parées, peut-être trop car le roi aime la nature. C'est parce que votre robe sera simple et fraîche que vous serez remarquée et que vous achèverez de séduire Sa Majesté.

Florimond avait dit vrai. D'autant plus à son aise que nul ne pouvait voir son visage ni même apercevoir ses yeux dissimulés par des feuilles, un danseur habillé en if avait tourné autour de la jeune femme. C'était le roi, bien entendu.

Ensuite, tout était allé très vite. Rendez-vous, étreintes, passion partagée. Puis présentation à la cour, après que Florimond, encore lui, avait aidé Jeanne Antoinette à répéter les phases et les révérences d'usage, le plus compliqué étant de s'exprimer sans bafouiller ni rougir, et de quitter le roi en allant à reculons, à petits pas glissés, sur des parquets trop cirés, sans marcher sur sa robe ni se tordre le pied, alors que la cour assemblée attendait, pressentait, espérait un bafouillement ou, encore plus drôle et réjouissant, une chute, une robe froissée, bref, une affaire gâtée.

Pompadour n'était pas tombée. Si ce n'est, peu après, dans les bras du roi, puis sur un matelas moelleux. Puis avait eu lieu la première installation à Versailles, avec la chambre de Florimond aménagée près de celle de Jeanne Antoinette. Puis le don du château et du marquisat de Pompadour, un peu plus tard celui du titre de duchesse[1], bref, la consécration, suivie d'un enchaînement de réussites et de victoires. De tout cela, Florimond pouvait être fier. Sa maîtresse serait peut-être arrivée aussi haut sans lui, mais rien n'était moins sûr. En tout cas, cela aurait pris beaucoup plus de temps. À juste titre, le valet pouvait estimer que le triomphe de Pompadour était en grande partie le sien.

De ce constat, le serviteur aurait pu s'enorgueillir. Et, sur ce chemin qui, de Versailles à Paris, le menait il ne savait où, le garçon aurait pu y trouver du réconfort. Or, il n'en était rien. À son ascension fabuleuse, accomplie dans l'ombre de Pompadour, Florimond ne songeait pas. La peine qui ne lâchait pas sa morsure, apparue dans le salon de Pompadour, allait croissant.

Et, de nouveau, Jean tenta d'imaginer le visage de la dernière des filles retrouvées mortes.

1. Pompadour fut faite duchesse en 1752, mais n'utilisa jamais ce titre.

Et, de nouveau, ce fut comme une pointe qui lui transperça le cœur. Car le valet devait refouler ces souvenirs, ces regrets, cette douleur immense. Il devait de toute urgence revenir dans le présent, s'occuper l'esprit, songer à l'histoire des filles tuées. Or, il s'en sentait incapable.

Et, de nouveau, une autre disparue prit forme devant lui. Il lui semblait l'entendre l'appeler, gémir. Marguerite.

Il manqua fondre en larmes. Car Florimond, qui s'en désolait chaque jour, n'avait pas entendu parler de cette Marguerite depuis de trop longues années. Depuis le jour où il avait entendu dire que celle-ci était peut-être partie en Amérique, dans la lointaine Nouvelle-France[1], ce territoire, que, à Paris, on supposait, on devinait immense, recouvert de forêts, peuplé d'Indiens farouches, de loups et d'ours, à peu près glacé toute l'année. Et encore, de ce départ pour un pays de neige, Florimond ne pouvait être certain, car ce n'était là qu'une rumeur, qui avait couru à l'époque sans qu'on ait jamais pu dire comment et de qui elle était née. C'était peu, c'était incertain, insuffisant. Ce qui martyrisait le valet de Pompadour, qui ne vivait pas une journée sans y penser. Car cette Marguerite jadis soudain disparue et depuis trop longtemps introuvable, cette Marguerite qui l'appelait chaque jour n'était autre que sa petite, sa chère petite sœur.

1. Du nom donné à la colonie qui, sous Louis XV, s'étendait sur de larges portions de la côte Est des actuels États-Unis et Canada.

À Versailles

Ce n'était pas, et loin de là, une affaire d'État qui se traitait ici, dans le grand bureau du roi, aux boiseries sculptées d'enfants, d'agrafes et de fleurs, parmi les plus belles du château, dorées voici quelques mois à peine. À moins de considérer que ce qui concernait le lit de Sa Majesté en était une.

— Et le cocher ? s'alarma une nouvelle fois l'inquiet Louis XV.

— C'est un imbécile, juste bon à conduire ses bêtes. Il ne dira jamais rien. Mieux vaut ne pas en changer.

Chez les Bontemps, on était premier valet de chambre du roi de France, donc son homme de confiance, depuis pas mal de temps, de père en fils. L'ancêtre, Jean-Baptiste Bontemps, avait servi Louis XIII puis Louis XIV. Son fils, le célèbre Alexandre, avait pris sa place et servi le Roi Soleil – qui l'avait anobli en 1650 – jusqu'à son dernier souffle, en 1701[1]. Lui avait succédé dans la même fonction son propre enfant, puis son petit-fils, et aujourd'hui c'était encore un Bontemps, Louis Dominique, qui occupait la place. Grand, le cheveu noir et bouclé, le muscle affleurant sous le costume, très fringant car il n'avait que dix-sept ans, Louis Dominique était ambitieux. S'il était devenu premier valet de chambre à un âge plus tendre que son illustre arrière-grand-père, il était encore loin de posséder toute l'autorité que ce dernier avait exercée, et n'avait ni son crédit ni sa réputation. Et il s'en agaçait.

Loin de constituer un handicap, son jeune âge lui était un atout auprès d'un Louis XV aussi vert, sinon davantage, que

1. Voir *Les Dieux outragés*, Éditions du Masque.

l'avaient été ses aïeux le Roi Soleil et Henri IV, de joyeuse mémoire. D'abord parce que le premier valet de chambre avait toute l'énergie nécessaire pour servir le roi. Ensuite et surtout parce que Louis XV espérait qu'un homme jeune soit apte à conserver sa belle humeur, en tout cas plus qu'un homme mûr, et à accepter aisément que le roi fût gaillard et ordonnât largement sa vie autour de la satisfaction de ses désirs, bref escomptait que Bontemps fasse montre d'indulgence à l'endroit des désirs royaux.

— Tu sais ce que tu as à faire, maintenant, reprit le Bourbon. Bontemps...

— Sire ?

Le roi demeura un moment comme indécis. Il y eut un silence, qui menaçait de devenir gênant. Le premier valet de chambre crut que Louis XV détournerait le regard sans rien ajouter, tant il était habitué à ce que le Bourbon recule, ait honte de lui. Or, il n'en fut rien :

— Je te remercie. Pour cela et pour le reste.

Le garçon s'inclina, demeura un instant le regard baissé afin de ne pas montrer qu'il n'était pas dupe : le roi aurait sans doute désiré se livrer davantage, mais il n'en avait pas eu le courage. Soit que Louis XV eût trouvé Bontemps trop jeune pour recueillir les confidences d'un homme dans la force de l'âge. Soit que, passé un premier élan, le roi eût répugné à se confier.

Habit de couleur bleu de bleuet et gilet mauve, le monarque s'approcha de son bureau, fit jouer une des clefs, saisit une bourse :

— Voici pour les frais courants. Il y a aussi de quoi payer la gouvernante.

En cette année 1755, Louis XV avait quarante-cinq ans. On disait de lui qu'il avait été le plus bel homme de son royaume et qu'il le demeurait, en dépit du temps qui passait. Svelte encore, le visage régulier, l'expression plutôt bienveillante, celle d'un personnage à qui le sort a beaucoup donné, les yeux sombres, depuis toujours le Bourbon craignait la mort. Autour de son berceau, on s'était plu à mourir à la chaîne, à croire qu'ils s'étaient donné le mot : son grand-père, son père, sa mère et son frère[1] avaient tous été emportés par la maladie en quelques mois. Très jeune, il avait compris que la mort existait et qu'elle viendrait se saisir de lui un jour. Depuis, le roi de France et de Navarre vivait sans jamais vraiment cesser de songer à son trépas, à celui des autres, et se plaisait à entendre des histoires de défunts, de fantômes et de cimetières. Ce qui avait fait de lui, au bout de quatre décennies, un homme mélancolique, mais qui le cachait assez bien ; cet être qui s'ennuyait souvent multipliait les voyages, allait d'un château à l'autre afin de tenter de se désennuyer. Et, surtout, s'étourdissait en allant de conquête en conquête. Ou, plutôt, de pelotage en lutinerie, sans jamais s'arrêter, mollir ou s'en lasser. Cela ne lui réussissait pas trop mal : le roi était toujours souriant et aimable, bien que souvent étreint par une tristesse de bon ton. Mais avec ce sentiment-là il avait, forcé et contraint, appris à vivre, sans en être très fier.

Pâle, pressé par le désir et se reprochant déjà d'être sur le point de l'assouvir, car il était homme à avoir des remords,

1. Respectivement le Grand Dauphin, la Dauphine et le Dauphin de Bourgogne, puis leur fils, le Nouveau Dauphin, tous disparus en 1711 et 1712.

Louis XV ajouta :

— Tu verras, tu recompteras et tu me diras plus tard si cela suffit.

À cet instant, un bruit caractéristique retentit dans la Cour royale : roulement de carrosse, fracas des roues sur le pavé, son mat des sabots qui claquaient[1]. C'était l'attelage de la reine. Celle-ci s'en allait visiter quelque hospice pour y distribuer des aumônes, comme elle en avait l'habitude.

D'emblée, le roi en conçut une double contrariété. Non seulement il allait une fois de plus tromper son épouse, mais, de surcroît, tandis qu'il organisait ses plaisirs, la reine, plus pieuse qu'une nonne, allait soulager la misère des indigents. Que Dieu ait pitié de lui !

— Bontemps...

— Oui, Votre Majesté ?

— Tu doubleras, en prenant sur ma cassette, la somme que la reine consacre à ses bonnes œuvres ce mois-ci.

Louis XV accorda un regard bref et doux à son valet. Celui-ci y lut de la confiance, de la reconnaissance – Bontemps était efficace et discret, Louis XV le savait – et aussi de l'envie : le premier valet de chambre était si jeune ! Puis, sans rien ajouter, le monarque examina les papiers laissés sur son bureau. Louis Dominique comprit qu'il devait se retirer. Ce qui l'arrangeait.

Une fois revenu dans le logement qu'il occupait dans les entresols, tout près de celui de son maître, Bontemps réflé-

1. Deuxième des trois cours du palais, la Cour royale se trouve entre la cour des Ministres, la plus vaste, et la cour de Marbre, surélevée de quelques marches et où les voitures ne pouvaient aller.

chit aussi vite qu'il le put. Il fallait transmettre sans tarder un ordre aux Écuries, afin que la voiture brune et verte fût attelée et que se rendît disponible le cocher mis dans la confidence. Sans compter le courrier à envoyer rue Saint-Médéric, de toute urgence, par un laquais de confiance, un qui savait tenir sa langue, afin de prévenir la vieille de l'arrivée du carrosse et demander que l'élue se tînt prête. Louis Dominique sourit. Il pensait à tout, il avait de qui tenir : auprès de son père, il avait été à bonne école. Le souhait du Bourbon serait une nouvelle fois exaucé. Le roi serait content de lui. La dynastie des Bontemps avait encore de beaux jours devant elle, elle servirait Louis XXI ou Henri VIII, et d'autres encore après eux !

Or, sur le point de sonner un garçon bleu[1] afin de lui transmettre à son tour ses ordres, le premier valet de chambre s'arrêta soudain. Par où, aujourd'hui, faire monter l'élue et la mener jusqu'à qui de droit ? Depuis quelques jours, le Degré du roi était encombré d'échafaudages, de maçons et de peintres : une fissure était apparue dans un mur qu'une eau infiltrée entre deux zincs du toit avait endommagé. Il ne pouvait être question que la jeune fille arrivât toute couverte de plâtre dans le lit de Louis XV. En dépit de son emplacement avantageux, le degré d'Épernon, lui, était trop malcommode, ses marches trop étroites, la petite risquait de s'y tordre la cheville. Quant à celui des cuisines, il était trop fréquenté, sans compter les odeurs de graillon qui y traînaient. Il était impensable que le roi reçût une jeune fille parfumée au beurre chaud, fût-elle un

1. Valet de l'appartement privé du roi, ainsi nommé en raison de la couleur de son habit.

appétissant tendron. Ne restait donc que l'escalier semi-circulaire aménagé entre la Grande Galerie et la cour des Cerfs[1]. Il était certes assez éloigné du saint des saints. Mais, au moins, cet escalier avait l'avantage d'être peu fréquenté. En passant par les arrières, le jeune Bontemps, sûr de lui –sans doute trop–, se faisait fort de mener la choisie à bon port, sans que trop de monde l'aperçoive. Il pensa donc, pour toutes sortes de raisons, que c'était là la meilleure solution.

À Paris

Après tout, songea Florimond, tout était peut-être déjà écrit, et de longue date. Le garçon avait jusqu'à présent songé que seul le désir de se hausser dans le monde l'avait incité à se ranger d'emblée du côté de Pompadour. Et si, pensait-il maintenant, il avait décidé jadis de servir Jeanne Antoinette afin de pouvoir, d'une manière ou d'une autre, se servir de la puissance de la jeune femme pour, enfin, apaiser le chagrin qui était le sien, mener à bien la douloureuse quête qui était la sienne, depuis le jour maudit où... ? Une fois de plus, songer à la disparue qui le hantait lui fut insupportable. Florimond chassa ces pensées, réalisa qu'il était parvenu à bon port.

Depuis fort longtemps, des bateliers venus du Morvan, de la Brie, de Champagne et de Bourgogne, donc arrivés par l'amont, déposaient à l'entrée de la capitale le bois de chauffage dont se servaient les Parisiens. Partout, d'immenses tas,

1. Ainsi nommée en raison des (fausses) têtes de cerfs surmontées de (vrais) bois, accrochées là au début du règne de Louis XV.

promis à la cheminée ou au travail des menuisiers. Les uns aussi hauts que des immeubles, les autres comme des collines tronquées : du bois à brûler, de charpente, du bois à faire des meubles, du bois déjà préparé, billes plus ou moins écorcées, planches, poutres, madriers, fagots. L'endroit grouillait d'une vie laborieuse. Là se croisaient et se bousculaient portefaix, acheteurs, artisans, grossistes, bateliers, qui négociaient, marchandaient, se disputaient avant de se mettre d'accord. Des charretiers et, surtout, les manœuvres qui, dans la vase jusqu'à la ceinture, tiraient les troncs hors de l'eau, devaient parfois aller chercher les bois dans la boue où ceux-ci s'enfonçaient, avant de les tirer, pousser, jusqu'à la rive.

Né manant et l'étant resté quoiqu'il servît Pompadour, le valet n'en était pas moins habitué à toujours vivre à la cour. Ce n'était certes pas la première fois qu'il venait à Paris. Mais venir ici en tant que fureteur lancé sur la piste du crime lui parut à tout le moins étrange, incongru, souillant. Jean Florimond ne savait pas par où commencer l'enquête insensée que lui avait confiée la favorite du roi, de manière si inattendue. Il remit son cheval à un cabaretier établi contre l'une des maisons construites devant l'estacade qui reliait, à l'est, l'île Louviers à la berge. Puis il s'avança vers les piles de bois, un peu au hasard. Dépourvu de sa livrée et vêtu d'un habit très simple, le garçon avait l'air d'un négociant avisé, désireux de conclure la meilleure affaire possible. Il commença à marcher entre les piles de poutres de chêne et les planches de noyer. Sans prendre garde à l'élégant carrosse qui était arrivé en même temps que lui et qui s'était arrêté non loin de là, fort incongru en ce lieu de labeur, si peu propice aux élégances…

Il ne remarqua pas un fait, pourtant curieux : les deux

occupants de la voiture, un homme et une femme, n'en descendaient pas. Il ne vit pas non plus que, derrière les rideaux tirés, ces personnages se terraient, le scrutaient, l'espionnaient, l'épiaient avec attention mais prudence, se cachaient derrière l'étoffe au moindre mouvement que faisait Florimond, de peur que celui-ci se retournât et les aperçût ; sitôt l'alerte passée, ils le considéraient de nouveau avec une attention renouvelée mais sans aucune haine. De l'homme on ne distinguait décidément rien ; de la femme on ne voyait pas grand-chose, si ce n'est une main, avec un doigt auquel était passée une bague de peu de prix mais à l'ornement étrange, digne d'être remarqué, un travail curieux qui mariait plusieurs métaux communs et qui figurait une belette sur le point de vaincre un félin.

Florimond marcha, marcha encore. Au bout d'une heure passée là, le négoce et la manipulation du bois n'avaient plus guère de secrets pour le valet. Celui-ci revint vers la berge, s'assit sur un rondin. L'endroit était venté : ici, la rive décrivait une courbe molle exposée à la brise glissant sur la rivière. Ce vent, Florimond n'en fut pas gêné. Il voulait réfléchir. Missionné par Pompadour, il s'était précipité jusqu'à Paris. Seul face à la rivière, loin de Versailles, le garçon mesura soudain son incompétence. Ce fut comme un gouffre qui s'ouvrait à ses pieds. Aider Pompadour à déjouer une cabale, affronter des ducs tout-puissants, défier jusqu'aux filles du roi, méchantes vierges bigotes, ridicules et frustrées, les pires ennemies de la marquise, et risquer ainsi d'être emporté avec Pompadour en cas de disgrâce, tout cela n'avait jamais fait peur au garçon. Versailles, théâtre permanent d'une guerre de tranchées où l'on se disputait la faveur du roi, son argent et ses caresses, lui était devenu familier. Mais rechercher l'assassin de filles vidées de leur sang lui parut soudain pour ce que c'était : impossible.

Habitué, à la cour, à devoir réagir vite pour contrer une manœuvre, le valet était sur le point de s'en aller et de revenir séance tenante à Versailles pour annoncer à Pompadour que, cette fois, il renonçait. La marquise lui en voudrait-elle ? Sans doute, pensa le laquais. Car la défection de Florimond lui ferait perdre une importante place forte dans le combat que Jeanne Antoinette menait chaque jour pour conserver sa place de favorite. La mort dans l'âme, le valet se leva.

C'est alors, que, soudain, éclata un tumulte, non loin de là. On entendait des cris, des hurlements même. Florimond crut d'abord qu'il s'agissait d'une rixe entre portefaix. Mais le chahut s'accrut. Florimond voulut s'approcher, monta sur une grume, vit le mystérieux carrosse resté là tout ce temps. La voiture s'était embourbée, le cocher devait être un âne, un maladroit, il s'était trop approché de la rivière. Il criait, fouettait ses bêtes pour que celles-ci arrachent l'équipage à la boue. Mais les chevaux s'enfonçaient. Le conducteur était têtu et, surtout, savait qu'il risquait sa place si, toutefois, il ne l'avait pas déjà perdue. Il cria encore, se dressa sur son siège au risque de tomber. Les chevaux rassemblèrent leurs dernières forces, le naseau frémissant, l'œil fou. Pendant un instant, ce fut comme si les bêtes et les roues ne savaient plus comment faire pour avancer, rouler et s'en aller d'ici. Nouveau cri du cocher. Cette fois, le carrosse s'ébranla pour de bon, avança et s'éloigna enfin.

— C'est ici que le corps a été trouvé.

Le valet de Pompadour se retourna.

Un homme était là, qu'il n'avait ni vu ni entendu venir, et

qui le regardait, l'œil fixe. L'inconnu reprit :

— À l'endroit précis où vous êtes assis. Et vous voulez savoir qui l'a découverte, la fille ?

Florimond considéra son interlocuteur. Sans doute, songea le valet, un des nombreux « tireurs », un de ces manœuvres qui, tout au long des heures qui étiraient chaque jour, s'échinaient à extraire de l'eau les bûches, les billes et les grumes afin de les porter jusqu'à la grève. Habits déchirés, mal rapiécés, mouillés jusqu'à la taille, pas de souliers et chapeau sans forme sur des cheveux mi-longs, coupés et coiffés à la hâte.

Le tireur se tut. Il regarda Florimond de haut en bas, le temps de s'assurer qu'il avait affaire à un homme qui, sinon riche, avait du moins le droit de piocher dans la bourse de son maître pour acheter le renseignement dont il avait besoin. Le valet de Pompadour comprit. Il lui fallait graisser la patte du bavard pour que celui-ci le fût davantage. Le valet tendit un louis, une fortune pour l'autre. Sans sourire ni remercier, l'homme fit disparaître la pièce dans ses hardes et reprit très vite, et avec force détails :

— La fille, je l'ai vue arriver. Si pâle, si titubante et si dégoulinante de sang que je comprendrai jamais comment elle était pas déjà morte. C'était juste avant l'aube. Elle a marché encore un peu, est allée vers l'eau. Je crois qu'elle savait plus ce qu'elle faisait, elle avait perdu sa tête, à force d'avoir saigné. On avait l'impression que, pour remplacer le sang qu'elle avait plus dans les veines, elle voulait boire l'eau de la rivière. Et le carrosse, il est venu après. Pas longtemps après, mais après quand même.

— Un carrosse ?

— Oui. Sitôt qu'il s'est arrêté, un homme en est descendu.

Il y avait quelqu'un d'autre, je crois que c'était une femme, mais elle, elle est demeurée dans la voiture. L'homme a regardé autour de lui, comme s'il cherchait la fille morte; il s'est approché du tas de bois, là-bas. S'il avait marché encore un peu, pas beaucoup, en allant de ce côté, il l'aurait trouvé, le corps, car il était pas bien loin. Mais des mariniers sont arrivés pour prendre leur travail, alors, l'homme qui cherchait, il est remonté dans le carrosse et celui-ci est reparti. J'ai tout vu parce qu'un mal de dents m'avait assailli toute la nuit et que je m'étais levé tôt, pour trouver une tenaille et me soigner. J'étais sur le seuil de la maison, là-bas, où on dort tous, nous autres, en cette saison.

L'homme marqua une nouvelle pause, eut un drôle d'air, puis reprit, souriant un peu :

— Je peux dire que je l'ai vue, la voiture, et de près.

Le tireur sourit plus franchement encore. Florimond comprenait le message : pour se montrer plus bavard, le portefaix voulait un nouveau dédommagement. Le valet tira une autre pièce de sa poche. L'autre la saisit, regarda au loin un train de bois, dont les cordes s'étaient défaites, qui arrivait de l'amont. Son équipage peinait à le diriger vers la rive, à cause des rondins qui se mettaient en travers. Il ajouta, souriant davantage, pour faire le malin, cette fois :

— Au fait, y avait pas de blason dessus ce carrosse. D'ailleurs, vous avez pu vous en apercevoir, vous aussi.

Florimond sursauta :

— Moi ? Mais qu'ai-je à faire dans cette histoire, je n'étais pas ici, ce matin-là…

— Cette voiture, vous la connaissez. Pour ça, c'est sûr !

— C'est impossible !

— Vous êtes plus savant que vous le croyez. C'est le même

carrosse que celui qui est resté là un moment tout à l'heure, avant que le cocher se laisse embourber. J'en suis à peu près certain. C'est une des voitures du comte de Charolais. C'est pas étonnant, quand on y réfléchit bien. L'hôtel du prince n'est pas très loin d'ici : quand on prend par la rue du Figuier, on arrive vite rue des Francs-Bourgeois. Enfin, moi, ce que j'en dis, c'est ce que j'ai entendu dire, car je vais rarement par là-bas, j'ai rien à y faire, et puis c'est trop loin pour moi.

L'homme cracha par terre, attendit encore un peu, puis regarda Florimond :

— Je sais ce que vous pensez. Vous vous demandez pourquoi la voiture était là aujourd'hui ? Et pourquoi elle est restée à la vue de tout le monde ? Je sais pas. De toute façon, les gens du comte, ils n'ont peur de rien, vu que Charolais, c'est le cousin du roi.

Florimond ne laissa rien paraître, mais il n'en pensait pas moins. Par-delà l'horreur déroulée dans ce récit, la chance lui avait souri. Alors qu'il était sur le point d'abandonner une partie à peine entamée, le destin venait à son secours par la rencontre fortuite de ce portefaix qui venait de lui fournir une brassée de renseignements et d'observations inappréciables. Le comte de Charolais, savait le valet, était connu pour son humeur fantasque. À écouter les propos les plus alarmants, Charolais était même un personnage inquiétant.

Grâce à cet observateur bavard et convoiteux, tout était changé, l'avenir s'éclairait. Et Florimond, pleinement habité par sa mission, déterminé, décida de reprendre l'initiative dans cette conversation inattendue et étonnante :

— Mais ceux que tu as vus l'autre fois, l'homme et la femme, tu saurais les décrire davantage, tu pourrais les reconnaître ?

Après avoir tant parlé, l'homme changea d'attitude. Avec ses deux louis en poche, riche désormais, il mesurait qu'il était peut-être en danger, car il avait sans doute trop parlé. Il fit un pas en arrière, se contredit, se renia presque :

— C'est que, en fait, je les ai pas vus tellement que ça, en tout cas pas la dame.

Il recula encore.

— Mais tu viens de me dire que…

Cette fois, le portefaix s'affola. Et, avant que Florimond ait pu esquisser un geste pour tenter de le retenir, en le saisissant par la manche ou en lui donnant une troisième pièce, le bavard se faufila entre deux tas de bois. L'instant d'après, il avait disparu. Le valet de Pompadour comprit qu'il était inutile de se lancer à sa poursuite. L'autre était déjà loin ou tapi dans un recoin, sous un tas de planches où Florimond ne le trouverait jamais. C'était égal, songea ce dernier. Il pouvait revenir auprès de la marquise et se présenter à elle sans avoir à rougir de ses premières investigations. Pourtant, ce n'est pas à Versailles que le valet entendait se rendre dès à présent. Car, pensait-il, autant battre le fer pendant qu'il était chaud, puisque, décidément, sur cette berge fétide, le destin décidait de lui être favorable, de lui sourire, même si cette aide, comme tombée du ciel, était encore entourée de brumes. Florimond était si confiant en son avenir que le souvenir de Marguerite avait enfin lâché prise, ce qui n'était pas arrivé depuis longtemps et dont il ne s'aperçut même pas.

À Paris, mais ailleurs

Revêtue d'une tenue prêtée par une de ses chambrières, la nouvelle venue était de surcroît masquée. Ou, plutôt, voilée. Et pourtant, nul bal, nulle joie, nul amusement. Tout au contraire. Pas de salon doré, mais une salle basse humide et sombre. Pas de musique, mais un silence de sépulcre. Pas d'élégants invités rieurs, mais une poignée de fonctionnaires du Châtelet, mornes et gris, devenus indifférents au spectacle de la mort parce qu'ils la côtoyaient chaque jour... L'homme toisa la visiteuse, ne la reconnut pas, crut avoir affaire à une folle – il y en avait déjà eu par ici – qui, entre deux parties de plaisir, venait se repaître de la vue d'un cadavre, à une désaxée très sûrement venue de la cour, à en juger par ses manières. Car, sur ce point, le garde n'avait pas été berné : la femme appartenait au monde des courtisans, il en était certain : elle avait cette manière d'être et de parler propre à Versailles, que les bourgeoises de Paris, en dépit de leurs efforts, ne parvenaient jamais à acquérir.

Désormais obséquieux et déférent, l'homme passa devant la femme pour lui montrer le chemin. À celui ou à celle qui n'était pas habitué à l'accomplir – et l'inconnue était de ceux-là –, le trajet semblait long : couloirs tortueux, paliers, passages étroits. Le tout était si peu éclairé que cela paraissait être aménagé sous terre quoiqu'il n'en fût rien. Bientôt, la femme arriva là où elle avait voulu se rendre de son plein gré. Dans une salle basse étaient exposés les malheureux et les infortunées retrouvés morts à Paris, le temps que viennent là les familles à la recherche d'un disparu, le temps que les religieuses préposées à la toilette des morts accomplissent leur travail.

— Il y a celle-ci, qui vient d'arriver, expliqua l'homme, sans se soucier de se montrer compatissant, encore moins attentif à adoucir ses propos.

Il leva un drap. Apparut une forme, pâle. La femme vit un corps, nu à partir de la taille, un ventre, des seins, un cou entaillé, des cheveux blonds, très blonds, et défaits, emmêlés. Le visage toujours dissimulé, elle s'approcha. Élégante entre toutes, arrivée tout exprès de Versailles, la visiteuse aurait pu se laisser tomber dans un état de sidération, du moins d'abattement, ici, dans ce qui était une sorte d'antichambre de la mort. Mais il n'en fut rien, car elle était venue en mission et restait maîtresse d'elle-même. Elle se pencha sur la pierre froide, le dernier lit de la morte, examina le visage, de près, d'encore plus près, puis se releva, sinon heureuse, du moins réjouie et rassurée. Cette nouvelle fille retrouvée assassinée n'était pas de celles qui avaient vécu, fût-ce un jour, une semaine ou un mois, rue Saint-Médéric. Sans attendre d'avoir quitté ce dépôt obscur, la femme ouvrit sa bourse, en tira une pièce à l'effigie de celui qui avait été son amant, le serait peut-être de nouveau un jour si Dieu le voulait bien, et la tendit au garde.

Ce dernier ressentait un certain mépris envers celle dont il croyait toujours qu'elle était venue ici pour se réjouir du spectacle de la mort : il en connaissait tant, de ces femmes de la cour, indécentes, qui aimaient contempler des cadavres, quand ce n'était pas assister à des pendaisons, avant de regagner Versailles, l'esprit échauffé, voire avec des désirs enflammés par ce qu'elles avaient vu à Paris. Comme celles qui louaient balcons et estrades pour ne rien perdre d'un supplice et mieux jouir d'une exécution publique. Du reste, ne disait-on pas que le roi en personne aimait contempler, certes de loin, tombes et cimetières, et se faire longuement raconter les mises en terre ? Que de bizarrerie et de méchanceté, songeait l'homme, cachés sous la dentelle et la soie !

Le policier prit à peine le temps de remercier, fit aussitôt disparaître la récompense dans les replis de son habit fatigué, sans se douter que la femme était profondément soulagée que le détenteur du profil figuré sur la pièce ne fût en rien concerné, comme elle venait de le vérifier, par le trépas de la fille qui gisait ici. Car la morte, la visiteuse en était certaine, n'avait de son vivant jamais habité rue Saint-Médéric. Et, toujours masquée mais désormais rassurée, la marquise de Pompadour fila vers la sortie de la froide morgue du Grand Châtelet.

À Versailles

Louis XV posa la main sur la poignée de la petite porte qui donnait accès à l'étrange paradis dont il s'était doté, dans le secret et la honte. C'était ce moment-là qu'il préférait : la minute où il pénétrait dans la chambre secrète, alors que la jeune fille l'attendait déjà. Durant le court laps de temps où il repoussait le battant de bois lambrissé, le monarque aimait apercevoir la lumière qui, les rideaux tirés, baignait la chambre d'une lueur dorée. À cet instant, toujours, Louis XV devinait la présence de la convoquée qui l'attendait, sentait son parfum, l'odeur de la soie dont elle venait de se dévêtir, entendait son souffle, imaginait son désir, son appréhension aussi, peut-être. Plus rien ne comptait alors que le moment présent.

Le roi ne s'appartenait quasiment plus, déjà étourdi. Il se demandait, comme chaque fois, depuis tant d'années, ce qui lui procurait le plus de jubilation. Était-ce seulement d'entrer dans cette chambre, de n'être que sur le bord du plaisir, de l'attendre encore un peu ? Était-ce la pensée de l'étreinte qui allait suivre et dont il frissonnait déjà ? Ou était-ce de savoir que, le plaisir pris, l'affaire faite, la chose consommée, le corps encore parcouru de l'onde tant attendue, il oublierait pendant une heure, ou deux, ou trois, qu'il allait mourir un jour, comme ses parents, comme ses frères ? Peu importait, à cet instant précis Louis XV frémissait de satisfaction.

À ce vertige, qui aurait saisi tout autre homme que lui, s'ajoutait celui causé par la constatation de sa propre puissance. Il était le maître en son royaume, n'avait pas à compter son argent et avait – cette idée l'exaltait au plus haut point – tout pouvoir, ou à peu près, pour choisir la jeune fille qui lui plaisait parmi toutes celles qui passaient à sa portée ou qui lui étaient signalées. Nul besoin de recourir à des professionnelles : même en ne chassant qu'auprès des familles nobles désargentées – il y en avait tant, qui demeuraient loin de Paris faute de pouvoir tenir leur rang à la cour – ou de la bonne bourgeoisie, le vivier était bien garni. Cette pensée réjouit le Bourbon.

Mais le roi songea que, ce jour-là, il ne disposait que de peu de temps, entre deux conseils. Il referma la porte et marcha tout droit vers le lit, comme l'aurait fait n'importe quel homme mûr marié à un tendron : il y avait là une proie, certes, mais aussi une partenaire qui était aussi une juge, impitoyable car jeunette ; auprès d'elle il s'agissait de ne pas faiblir, car elle ne laisserait pas passer le moindre relâchement.

À Paris

Certes presque achevée, cette visite au Grand Châtelet avait éprouvé Pompadour. Sans s'en rendre compte, elle respirait à peine, du moins juste assez pour ne pas s'asphyxier. Elle s'en voulait de ces précautions, mais elle redoutait les miasmes dont elle devinait la présence dans cet air vicié. Dans un instant, elle serait sortie d'ici. Elle pressa le pas. Ce Châtelet était un labyrinthe, la favorite aurait dû se faire escorter. Et soudain, au détour d'un couloir, elle entendit un bruissement, un frôlement, sentit une présence. Elle s'était crue seule ici. Il n'en était rien. Puis ce fut un heurt, qui la surprit plus qu'elle ne l'effraya : une autre femme, mise avec soin. Celle-ci s'excusa. Pompadour vit qu'elle pleurait. L'inconnue voulut s'effacer, fit un pas de côté. Mais la marquise se rangea, elle aussi. Les deux visiteuses manquèrent de nouveau se cogner. Cette fois, Pompadour s'amusa presque de cette confusion. Ce modeste embarras apportait un peu de fantaisie, de distraction dans ce bâtiment si austère :

— Passez, je vous prie.

L'autre hésitait. La favorite insista. La femme sourit. Elle semblait soulagée de rencontrer ici une autre personne du sexe, parut vouloir sinon se confier, du moins échanger un propos qui lui tenait à cœur avec quelqu'un qui saurait l'entendre, peut-être l'écouter :

— Je suis à la recherche de… du corps d'une jeune fille. Elle a disparu voici quelques jours. Vous en dire davantage me coûterait et vous importunerait, je le sais. Je suis certaine qu'elle est morte. Mais contempler sa dépouille m'est nécessaire. On m'a dit que je pourrais la trouver ici.

Pompadour voulait être compatissante, se montrer aimable. L'inconnue l'ennuyait pourtant, la retardait, alors qu'elle désirait tant regagner Versailles. Elle fit cependant bonne figure. L'autre sembla rassurée, encouragée à poursuivre :

— C'était ma filleule. L'avez-vous vue ? De sa taille et de sa corpulence, il n'y a guère à dire, rien qui permettrait de la distinguer d'une autre. Mais ses cheveux sont bruns, si bruns que, à la lumière, on croit y distinguer des reflets bleus.

Celle que recherchait l'inconnue n'était pas celle qu'avait vue la marquise. Cheveux blonds comme des blés contre cheveux aile de corbeau… La favorite de Louis XV ne savait rien de cette femme, encore moins de la supposée morte que celle-ci recherchait. Elle fut cependant soulagée quand elle comprit que le corps qu'elle venait de voir n'était pas celui de la fille recherchée par l'inconnue. D'emblée, elle se sentit plus proche de cette femme rencontrée par hasard. Et, d'une voix douce, la marquise, qui se laissa aller à lui caresser l'épaule, encouragea son interlocutrice :

— Madame, allez là-bas, la pièce froide est au bout de ce corridor. Mais sachez que celle que vous cherchez ne s'y trouve pas. Avec l'aide de Dieu, votre filleule est vivante et vous la serrerez bientôt dans vos bras.

Jeanne Antoinette avait les larmes aux yeux, se le reprocha et, cette fois, laissa là la femme et sa terrible quête. Quant à cette dernière, elle demeura un instant sans rien dire et sans rien faire, comme songeuse. D'un geste mécanique elle caressa de l'index la bague qu'elle portait à l'annulaire de l'autre main. Le bijou présentait un ornement original : un petit mammifère – un furet, une loutre, une martre ? – qui s'apprêtait à dévorer un tigre. Un objet de peu de prix, en fer et cuivre. Sans doute un souvenir, donc, un bijou de famille, légué par un père, un oncle, qu'un mendiant n'aurait pas voulu mais qui, aux yeux de celle qui le portait au doigt, était doté d'une grande valeur et dont la possession la rassurait, surtout en ce moment.

3

Ailleurs, à Paris

Plus il pensait à sa rencontre avec le portefaix de la berge, moins Jean Florimond s'étonnait que le destin lui ait donné ce coup de pouce. Avant cet entretien, il avait certes failli flancher et renoncer. Il aurait eu tort et aurait manqué de jugement. Car depuis qu'il était entré au service de Jeanne Antoinette Poisson, le cours de sa vie avait toujours pris ce tour facile, sans qu'aucun obstacle véritable se soit dressé sur le chemin triomphal qui avait vu le jeune homme aider la future Pompadour à accomplir un parcours superbe : partir de rien, en tout cas de pas grand-chose, et devenir plus puissante que la reine de France.

Le garçon choisit donc de gagner sur-le-champ l'hôtel de Charolais, du moins ses abords, pour tâcher de voir, d'apercevoir au plus près ce qui pourrait lui être utile. Pour la même raison, il résolut de ne pas reprendre son cheval et laissa sa monture à un aubergiste du quai des Célestins, qui avait l'habitude de garder les chevaux des marchands de bois lorsque ceux-ci repartaient loin de Paris avec un chargement, le temps de quelques jours. Florimond préférait aller à pied, pour mieux raisonner. Il prit la rue Saint-Paul puis celle des Francs-Bourgeois. À l'angle de la rue des Trois-Pavillons, il s'arrêta, feignit de s'intéresser aux livres d'un marchand. D'ici, il pouvait voir, à quelques pas, le haut portail de l'hôtel de Charolais. Il resta là un moment, prit un ouvrage, le feuilleta, le reposa et en saisit un autre. Son regard croisa celui du boutiquier. Florimond craignit que celui-ci le prenne pour un amateur désargenté prêt à commettre un larcin, songea à juste titre que mieux valait ne rien compliquer. Il paya le livre dont il n'avait en réalité que faire, s'éloigna, jeta aussitôt le volume sur le premier tas de déchets trouvé, se dirigea, faussement flâneur, vers l'hôtel de Charolais.

L'air de rien, Florimond passa devant le porche, dont la haute porte de chêne armorié était fermée. Il poursuivit sa route, tourna à droite et revint sur ses pas par la rue Barbette, arriva pour la deuxième fois devant la demeure du cousin du roi, la dépassa, fit de nouveau demi-tour. Cette fois, la porte cochère était grande ouverte. Il aperçut une charrette de foin qui tournait dans la cour, rien que de très banal : il fallait bien nourrir les chevaux du prince.

Prenant la mine de celui qu'ébaubissait la pompe des grands, Florimond haussa le cou pour tâcher d'en voir davantage. Mais il n'aperçut que des laquais, des palefreniers et des servantes qui s'affairaient, autre scène ordinaire dans la demeure d'un grand personnage.

— Ce n'est pas ici que vous trouverez ce que vous cherchez.

Ces mots ne pouvaient s'adresser à lui. Florimond ne

broncha pas, ne se retourna pas. De toute évidence, cette déclaration était destinée à un autre. Or, la voix insista :

— Détournez-vous de cet hôtel, vous perdez votre temps.

Cette fois, le valet de Pompadour eut un doute. Il se retourna, étonné. C'était une jeune femme qui s'adressait à lui. Un visage ovale, traits réguliers et yeux noisette, à l'expression décidée, taille moyenne. Et une certaine manière de se tenir, assurée, presque noble. Une créature jolie, presque belle, en tout cas désirable. Surtout, elle regardait le valet droit dans les yeux, et lui parlait avec le ton et les manières de ceux qui se connaissent depuis longtemps. Sans hésitation, l'inconnue reprit :

— Charolais n'est pas votre homme. Ni, d'ailleurs, personne de sa maison, aucun de ses valets, aucun de ses palefreniers. Vous voulez savoir où explorer sans vous égarer davantage ?

Un temps décontenancé, Florimond reprit ses esprits :

— Qui êtes-vous ? Pourquoi vous adressez-vous ainsi à moi ? Et comment savez-vous ce que je cherche ?

La femme regarda autour d'elle avant de répondre :

— Cela fait beaucoup de questions, tout du moins trois, et, donc, autant de réponses. Ce que je veux vous révéler, je ne peux vous le dire ici, dans la rue. Il nous faudrait un endroit calme, à l'abri des regards et surtout des oreilles indiscrètes, vous le comprendrez lorsque vous aurez entendu mes propos.

Le valet de Pompadour regarda autour de lui, aperçut un clocher par-dessus les toits :

— Cette église ?

Impuissante à cacher son agacement, ne semblant d'ailleurs pas le désirer, la femme secoua la tête :

— Non, c'est la chapelle des Blancs-Manteaux, elle est réservée aux moines, nous ne pourrions y pénétrer. Je pensais aux arcades de la place Royale, mais il y a toujours du vent et celui-ci risquerait d'y porter nos paroles, outre le fait que l'on pourrait nous y apercevoir de loin. Mais l'idée de nous réfugier dans une église est excellente. Allons à Saint-Josse, ce n'est qu'à quelques rues d'ici et il n'y a jamais grand monde. Nous ferons semblant de prier l'un à côté de l'autre.

Florimond fit un pas, puis hésita :

— Je ne vous connais pas. Me direz-vous ce que…

La femme le prit par le bras, comme elle l'aurait fait si Florimond avait été son mari, et l'entraîna, calme et décidée. Sans le regarder, telle une épouse bavardant tranquillement, elle ajouta, entre ses lèvres :

— Je vous raconterai tout, mais dans l'église, pas avant. Le danger est trop grand, en fait il est immense. Voulez-vous que je vous révèle ici, dans cette rue emplie de badauds, qui est le plus grand criminel du royaume, celui que vous recherchez ?

Qui était donc, songeait Jean, cette femme tombée du ciel, qui lisait dans ses pensées, savait avec tant de précision ce qu'il cherchait ? Abasourdi mais prêt à donner sa confiance, le valet de la marquise de Pompadour se laissa faire.

À Versailles

Revenu dans sa véritable chambre[1], celle où il dormait seul chaque nuit, Louis XV regarda sa montre. L'affaire avait duré

---

1. Chaque soir, Louis XV faisait semblant de se coucher dans la chambre de Louis XIV, puis, une fois les courtisans retirés, allait dormir dans une pièce plus petite et plus confortable.

à peine plus d'un demi-quart d'heure, le souverain était déjà de retour dans l'un de ses petits cabinets privés. C'était là une double occasion de se réjouir. D'une part, il avait pu vivre un moment de liberté, contrer l'implacable étiquette, cette prison perpétuelle, que son arrière-grand-père le roi Louis XIV lui avait léguée et qui ne lui laissait que peu de loisirs, encore moins d'intimité puisqu'il devait se lever en public, s'habiller en public, aller à la messe chaque jour, travailler avec les ministres, faire une visite à la reine, recevoir ses filles, souper en public, se coucher en public. D'autre part, le souverain avait une nouvelle fois su se montrer gaillard, en dépit du temps qui passait, gaillard et rapide. Et, de cela, il se réjouissait.

— Bontemps, fais comme à l'accoutumée, inutile de t'en dire davantage, je pense, dit doucement Louis XV.

Puis le roi se tut : il savait que la satisfaction qui avait étreint son corps quitterait bientôt son esprit. Dans peu de temps, il serait de nouveau mélancolique, craindrait de s'ennuyer et même, peut-être, si les choses tournaient mal, se repentirait de tromper la reine, sans cesse et sans cesse, avec tout ce que Versailles, Paris et la France comptaient de filles prêtes à lui être soumises.

— La personne sera rhabillée dans un instant, Sire.

Las, le monarque reprit brièvement la parole :

— Pour la suite, fais ce qu'il y a à faire, selon la situation qui prévaudra.

Le valet de chambre s'inclina. Oui, pour la suite, il savait que faire. Dans l'immédiat, Louis Dominique Bontemps faisait raccompagner la jeune élue jusqu'à la maison de la rue Saint-Médéric, dans le quartier du Parc-aux-Cerfs. Ensuite, il la ferait surveiller, du moins demanderait de ses nouvelles à la vieille gouvernante. Si, dans quelques semaines, l'état de la petite changeait à la suite des œuvres du roi, il faudrait trouver un accoucheur, puis offrir une dot à la jeune mère, lui dénicher un mari pas trop regardant sur le nom du véritable père de l'enfant à naître et expédier autant que possible tout ce petit monde en province afin qu'ici, au château, on ne se doute de rien. Puis il faudrait amener une autre jeune fille, qui prendrait la place de la précédente...

—Bien, Votre Majesté.

Bontemps tendit au roi une chemise propre et un nouvel habit, tout bien lavé, repassé, empesé, satin bleu et broderies jaunes. Il s'efforçait de ne pas regarder le monarque. Non pas qu'il pensât quoi que ce fût de la conduite de Louis XV, mais il connaissait assez le souverain pour deviner que celui-ci, abandonné déjà par le contentement précaire ressenti après la besogne accomplie dans la pièce secrète, commençait à se désespérer.

—Bontemps, pour la reine...

La voix du roi était blanche. Le premier valet de chambre crut bien faire en prévenant sa demande :

—Oui, je me souviens, Sire, je ferai encore une fois doubler en votre nom la cassette que la reine consacre à ses œuvres, aux malades et aux indigents qu'elle secourt.

Louis XV soupira. La situation que redoutait tant le premier valet de chambre se mettait en place, devant ses yeux, car il savait ce que pensait le souverain. Celui-ci n'aimait pas et n'avait jamais aimé la jeune fille qu'il venait d'étreindre dans la chambre dissimulée, Bontemps le savait. Le roi n'avait que désiré un corps. Il en était allé de même pour toutes celles qui avaient été conduites ici. Et il en irait de même pour toutes les autres qui lui succéderaient. Le roi était l'esclave de ses sens et, à cause de cela, offensait la religion et la reine. Quant à Louis XV, il sentait monter en lui une sorte de dégoût de lui-même ou, du moins, le sentiment de mener une existence à la fois vaine et méprisable. Il était désespéré. Comment expliquer autrement que, le lit de l'adultère encore tiède, le roi ne songeât qu'à couvrir la reine d'attentions ?

Le trouble de Louis Dominique s'accrut lorsqu'il s'aperçut que le souverain ne s'était pas montré très clair sur le sort de la jeune fille. En attendant de savoir si celle-ci était enceinte, ce dernier souhaitait-il la revoir ? Le roi était-il déjà lassé et désirait-il qu'une autre lui fût substituée sans attendre ? Et, dans ce cas, fallait-il se débarrasser sur-le-champ de celle qui avait cessé de plaire ou la laisser vivre encore un peu au Parc-aux-Cerfs ? Bontemps n'osa pas interroger son maître : le sujet était délicat... Du reste, le Bourbon avait la mine sombre et triste de celui qui ne veut plus être importuné, sous aucun prétexte, *a fortiori* sur un sujet qui le rendait honteux. Le premier valet de chambre n'ajouta rien. Il songeait à la manière dont il allait s'y prendre pour raccompagner la jeune fille chez elle sans qu'on la vît dans le château, du moins sans qu'on lui prêtât attention. Le plus difficile concernait les pièces et les escaliers à parcourir dans le palais. Une fois au-dehors, au milieu de la foule qui allait et venait, des échoppes qui vendaient babioles et en-cas, nul ne remarquerait rien.

Mais le roi n'en avait pas fini de se mettre en règle avec sa conscience, de jouer au bon père de famille après avoir projeté de jouer au bon époux :

— Dans un moment, je vais aller voir Mme de Pompadour. Envoie un page : qu'elle se tienne à ma disposition, j'ai besoin de ses conseils.

Le premier valet de chambre opina mais se raidit. Il obéirait au roi, quoiqu'il eût préféré que celui-ci le consultât, lui, et non Pompadour. Après tout, ne vivait-il pas dans l'intimité du souverain beaucoup plus que la marquise, et donc ne le connaissait-il pas mieux ? Son aïeul Alexandre avait été pour Louis XIV tout à la fois un confident, un père, un homme de confiance et un conseiller. Louis Dominique Bontemps, lui, espérait être plus encore. Serait-il un jour ministre ?

À Paris

À peine furent-ils arrivés à Saint-Josse que, d'un regard, l'inconnue proposa à Florimond de s'installer dans une chapelle située au fond de l'église, le long de la rue Quincampoix, étroit oratoire encombré d'ornements et où ils seraient seuls. Chemin faisant, le valet de Pompadour avait eu le temps de reprendre ses esprits. Ses questions étaient prêtes et, dès qu'ils prirent place l'un à côté de l'autre, les mains jointes, il chuchota :

— Comment saviez-vous que j'étais à dessein devant l'hôtel de Charolais et que je le surveillais ? Et que je suis à la recherche d'un criminel ? Et, tout d'abord, qui êtes-vous ?

La femme esquissa un sourire en prenant soin que cette expression puisse s'adresser à la statue de la Vierge devant laquelle elle s'était placée. Par précaution, pour le cas, improbable, où ils seraient observés.

Elle murmura :

— Ce sont trois questions. Or, les réponses que je peux vous apporter s'articulent les unes aux autres. Aussi écoutez-moi bien.

L'inconnue se tut, le temps de laisser passer un groupe de femmes, sans doute des commerçantes du quartier qui allaient fleurir le maître-autel. Puis elle reprit :

— Deviner ce que vous cherchez n'est pas bien compliqué. Je vous ai vu passer à plusieurs reprises devant l'hôtel du comte de Charolais, avec l'air de celui qui ne veut pas se faire remarquer mais qui en fait trop pour ne pas l'être. Or, Paris bruit de mille ragots au sujet du prince, et depuis longtemps. Ce ne sont certes que des rumeurs, mais elles sont anciennes et convergentes. Il n'est pas difficile, du moins à première vue, d'établir un lien entre les trois crimes qui ont été commis récemment dans la capitale, connus de tout le monde et, qui que vous soyez, votre présence insistante devant la demeure du cousin du roi.

— J'étais donc bien aisé à repérer ?

— À peu près autant que si un ambassadeur du roi de Perse venait se confesser à Notre-Dame. Mais laissez-moi poursuivre, je vous prie. Donc j'ai compris que vous vous intéressiez au cousin du roi à qui, si je ne me trompe, vous imputez la mort des trois malheureuses qui ont été retrouvées ici et là dans Paris, vidées de leur sang ? Me trompé-je ?

— Non…

— Voyez, je ne suis pas sotte. Mais écoutez la suite. Nous badinons presque et c'est inconvenant car le sujet que nous devons aborder est affreux. Comme j'ai d'ailleurs commencé à vous le dire tout à l'heure.

— Lorsque vous avez évoqué le coupable que je cherche ?

— Oui.

La femme se tut, regarda furtivement autour d'elle et assena :

— Louis. C'est Louis qui est l'auteur des crimes qui nous occupent. Pas Charles, mais Louis. Vous comprenez ?

De toute évidence, l'inconnue ne voulait pas en dire plus, du moins pour le moment, sans doute pour laisser au valet le temps d'accomplir seul une partie du chemin à parcourir pour deviner jusqu'où son interlocutrice allait le mener. Et, en effet, le garçon saisit le sens de ce discours sibyllin : travailler à Versailles et servir Pompadour lui avait appris à déduire vite, et à partir de pas grand-chose. Mais il fut si ébahi de ce qu'il était en train de comprendre que ses mots, balbutiés, se heurtèrent :

— Pas Charles, comte de Charolais, mais Louis... De qui voulez-vous parler ? Du roi ? Selon vous, c'est le roi en personne qui est derrière tout cela ?

L'inconnue gardait le silence. Mais, au regard qu'elle lui adressa, le jeune homme comprit qu'elle confirmait cette affirmation insensée. La femme laissa encore passer un court instant afin de permettre à Florimond de mesurer toutes les conséquences de cette révélation muette. Puis elle reprit la parole et débita d'un trait le propos qui lui brûlait les lèvres :

— Vous le savez aussi bien que moi : personne n'ignore que le roi délaisse le lit de la reine depuis de longues années. D'abord, Louis s'est intéressé aux sœurs de Nesle[1], entre autres. J'en passe, pour aller vite, et cela n'a d'ailleurs guère d'importance. Puis il y a eu Pompadour.

La marquise avait raison d'accorder sa confiance à Florimond. Au prononcé du nom de la favorite, celui-ci ne broncha pas ; il ne se trahit donc pas. Du reste, la femme poursuivit :

1. Quatre de ces cinq sœurs furent les maîtresses de Louis XV, à la suite...

—Mais Louis s'est lassé de la marquise, comme de toutes les autres : son caractère est ainsi fait. Il est arrivé à un âge où il lui faut sans cesse de la nouveauté, du frais, du jeune, de l'inattendu. Ce renouveau, désiré chaque jour ou presque, cet incessant besoin de printemps requinquant, le roi le trouve auprès de jeunes filles qu'il fait enlever et qu'il enferme ensuite à Versailles. Non pas au château, bien sûr, mais dans une certaine maison de la ville.

Entendre que le roi ne se satisfaisait plus des charmes de Pompadour n'apprenait rien à Florimond, mais que le souverain élevait en secret de jeunes proies pour sa consommation personnelle lui était une révélation. Et de taille. Mais, là encore, le valet demeura impassible. L'esprit rompu à analyser, il objecta cependant :

—Je ne comprends pas. Il est question de meurtres et vous ne me parlez que des faiblesses d'un homme...

La femme maîtrisait sans doute ses émotions tout autant que Jean Florimond. Elle lui répondit sans se troubler :

— Tout est lié. J'avoue que je ne sais pas exactement de quelle manière. Mais tout cela est joint. Il est possible que, mal dressées ou au dernier moment rebelles, des filles aient refusé ce qui leur était proposé et qu'on les ait tuées afin de les punir et de les faire taire à jamais. Ou bien qu'elles aient été exécutées après avoir été contraintes, forcées, malmenées, et là aussi pour s'assurer de leur silence.

Le récit était terrible, glaçant, gravissime. Cette fois, Florimond en fut ému. La femme le comprit ; elle ajouta :

—Allez voir à Versailles, rue Saint-Médéric, dans le quartier du Parc-aux-Cerfs. La dernière maison en allant vers l'est, juste avant la courbe de la rue des Tournelles. Si vous restez là assez de temps, dans le creux de l'après-midi, vous verrez la voiture...

—De quoi parlez-vous?

—Prenez soin de vous cacher mieux que vous ne l'avez fait devant l'hôtel de Charolais, il y va de votre sûreté. Il y aura donc d'abord le carrosse, toujours le même. Ensuite, vous distinguerez trois personnes, exactement. Pas une de plus, pas une de moins. Une vieille femme, un des cochers du roi et une malheureuse. Sachez regarder et comprendre, sans vous montrer, bien entendu. Et vous verrez que je dis la vérité. Les jours où le roi courre le cerf, allez là-bas un peu après la fin de la chasse, c'est généralement l'heure où la voiture arrive. Vous comprendrez du reste sans trop de mal que l'endroit est lui aussi, d'une certaine manière, le théâtre d'une certaine chasse...

L'inconnue paraissait sûre d'elle, et rien n'indiquait qu'elle puisse être une démente occupée à divaguer. Florimond le mesura. À peine entrevues les conséquences de ce qu'il venait d'apprendre, le jeune homme interrogea:

—Mais si ce que vous me dites est vrai, comment le savez-vous et pourquoi me le dites-vous?

Ils entendirent des bruits de porte, des pas résonner sous la voûte, c'était un va-et-vient incessant, Saint-Josse était plus fréquentée que la femme avait semblé le croire. Elle laissa passer un groupe de fidèles, hésita avant de répondre:

—Je le sais parce qu'une jeune fille qui était attachée à la maison du comte de Charolais est tombée dans le piège que le roi lui a tendu. Je connaissais cette malheureuse, j'étais même sa parente, sa marraine, et je me désole de sa mort. Mais je ne suis qu'une faible femme et je me sais de surcroît épiée, suivie, peut-être menacée de mort. Et des morts, il y en a eu dans cette affaire, celles que l'on connaît et sans doute d'autres, beaucoup d'autres.

Quoique cet exposé ouvrît devant lui des précipices vertigineux, Jean Florimond ne s'effraya pas de ce qu'il entendait : c'était la curiosité, le désir de savoir si, oui ou non, la femme disait vrai qui l'habitaient maintenant, au détriment de toute autre pensée. Il brûlait donc de retourner dès que possible à Versailles, et non pour se rendre au château. Mais la femme ajouta :

— Je ne sais quel sort m'attend, mais j'ai préféré partager mon secret. Pour le cas où… où il m'arriverait malheur, il faut que nul n'oublie. Je le dois à cette malheureuse personne, dont je viens de vous parler. Ce faisant, je vous mets sans doute vous aussi en danger et cela me préoccupe. Mais je me sentais si seule, si démunie et si vulnérable, je n'avais guère le choix… À présent, Monsieur, agissez comme vous l'entendez. Et je devine que vous agirez le mieux possible car vous me semblez être un homme de bien, je le lis sur votre visage.

— Mais si j'ai besoin, si je désire vous revoir, comment puis-je vous retrouver ?

Il y eut un bruit du côté de l'entrée. De simples paroissiens, sans doute, qui venaient prier. La femme mit à profit cette diversion. Elle se releva, aussi vive qu'une enfant, puis disparut avant que Florimond ait pu réussir, s'il l'avait voulu, à la retenir.

Resté seul, le garçon réfléchit. Il avait laissé parler l'inconnue, l'avait écoutée sans la contredire. Or, ce que lui avait dit celle-ci lui paraissait insensé. Le roi, chacun le savait, ne se satisfaisait plus de la seule reine, et de loin. Mais que de ce tempérament exigeant fût née une folie meurtrière, c'était une tout autre affaire, une affaire à laquelle le valet avait du mal à croire. Mais enfin, songea-t-il, puisqu'il lui fallait enquêter, autant aller vérifier ce que la femme venait de lui dire. Il n'y avait sans doute rien à voir de particulier, rue Saint-Médéric, rien que de l'ordinaire, mais Florimond avait le désir de bien faire. Il allait sur-le-champ se rendre jusqu'au quartier du Parc-aux-Cerfs, n'y verrait rien de ce que la femme lui avait dit. Mais au moins le valet de Pompadour n'aurait rien négligé à propos de cette affaire de filles retrouvées mortes, pas même les divagations d'une bavarde rencontrée par hasard.

Quelque part

Cette fois, le songe s'empara de la femme alors qu'elle ne s'était pas même déshabillée et couchée. Il avait suffi qu'elle s'assoupisse un moment sur ce canapé, saisie par la fatigue au beau milieu de cette journée, pour que ce cauchemar, qui attendait son heure, fondît sur elle. Et ce jour-là ce fut de manière plus complète et plus mordante – surtout plus précise – que les autres fois.

Elle revécut d'abord son arrivée à Versailles, le soir du bal des Ifs. La montée de l'escalier des Ambassadeurs[1], la traversée des salons envahis par les invités costumés, puis, enfin, l'entrée dans le saint des saints, la Grande Galerie, bondée, surchauf-

1. Ce fabuleux degré fut détruit en 1752, afin d'agrandir les appartements privés de la famille royale.

fée, illuminée, tout emplie de musique, de parfums, de rires, de bavardages, de joie. Puis, pour la énième fois, l'endormie vit un danseur travesti en arbuste s'avancer vers elle au milieu de la foule des courtisans qui ignoraient que, devant eux, allait se nouer une puissante idylle. Le buisson vivant s'approcha, la femme ne put voir le visage qu'il dissimulait. Mais elle comprit, de toute son âme, que derrière ces feuilles patiemment assemblées, cousues et collées, c'était le roi qui se cachait, le roi en personne, qui allait être son amant.

À l'image de la réalité, à l'image de ce qui s'était passé et dont ce songe était le pâle reflet, la femme tendit la main à l'homme déguisé, tant désiré. Ils dansèrent ensuite tous deux. Puis le danseur-buisson se pencha sur sa cavalière, ses lèvres s'approchèrent autant que faire se pouvait, car son déguisement le gênait, d'une oreille fine, si féminine, caressée par des boucles châtain :

— Dans un instant, je vous délaisserai et m'approcherai du buffet, vous ferez mine de vous désintéresser de moi. Et, pour donner le change, vous resterez seule un moment, puis vous gagnerez la porte que vous voyez là-bas. Des huissiers la surveillent, pour empêcher quiconque de la franchir car, si l'on n'y prenait pas garde, je retrouverais dans mon lit jusqu'à des bourgeoises venues de Paris : toutes veulent la place. Mais pour vous, j'ai donné un ordre particulier. Les laquais vous laisseront entrer, vous conduiront même jusqu'à moi.

La femme accepta, dans son rêve, de se séparer de son cavalier durant un court moment puisque les indications données recelaient une promesse, plus que séduisante, enivrante… Peu après, elle franchit le seuil défendu par les huissiers dont le roi lui avait parlé. Un laquais lui proposa de le suivre, lui fit traverser une suite de pièces où, à mesure qu'elle marchait, s'assourdissait le vacarme du bal donné en l'honneur du mariage de l'héritier du trône. Enfin, le serviteur s'arrêta devant un dernier battant. D'instinct, la femme devina que, derrière, l'attendait la félicité. Et, en effet, elle retrouva là le roi. S'était passé ensuite ce qui n'était que trop attendu. La vie de Louis XV, celle de Jeanne Antoinette, le sort du royaume en avaient été bouleversés. Mais, passé l'étreinte, il fallut se séparer, le roi se devait à la fête, aux courtisans. Pompadour se rhabilla seule. Occupé de son côté à repasser son habit de feuilles, Louis prit à peine le temps de lui indiquer comment s'en aller.

—Un homme de confiance vous attend derrière cette porte, il vous mènera à votre voiture.

La tête encore toute retournée, plus que satisfaite, heureuse, Jeanne Antoinette quitta la pièce. Elle poussa la porte, se trouva dans un corridor, supposa qu'elle devait poursuivre son chemin, franchit un autre battant, entra dans une pièce, vit un homme, ne comprit pas, pensa à un jeu :

—Sire, vous revoici donc ? Voulez-vous refaire ce que...

L'homme-buisson eut un geste galant. Sa voix se fit basse, grave :

—Approchez, ma chère...

La femme s'avança. Et soudain, dans son rêve, tout se brisa, se fracassa, fut pulvérisé, écrasé.

Dans les rues de Versailles

Le temps de revenir à Versailles, de songer à ce qui lui avait été dit à Saint-Josse, d'aviser et de passer à l'action, un jour s'était écoulé. Voici un moment que Florimond arpentait la rue Saint-Médéric et les chaussées voisines, sans jamais trop s'éloigner de la maison que lui avait indiquée l'inconnue. Il guettait la survenue d'un mystérieux véhicule. Soucieux de ne pas se faire repérer, il jouait assez bien au promeneur désœuvré. Heureusement pour lui, le Marché neuf n'était pas loin et il pouvait tout à son aise se mêler aux domestiques et aux bourgeois qui allaient et venaient. Mais rien ne se passait, nulle voiture n'arrivait. Il finit par se lasser, songea que les révélations de l'inconnue n'étaient pas fondées, qu'il avait eu affaire à une folle. Par acquit de conscience, Florimond décida néanmoins de passer une dernière fois devant la maison, à l'aspect si commun et où devaient habiter un rentier et sa famille qui auraient été bien étonnés de savoir que leur demeure suscitait une telle curiosité.

C'est alors que le valet de Pompadour entendit le roulement d'un carrosse. Il se retourna. C'était une voiture à la caisse brune relevée de filets verts. Le garçon poursuivit son chemin, l'air de rien, puis se cacha dans une encoignure. L'attelage s'arrêta devant la maison. Au même moment, parce qu'elle guettait sans doute derrière sa fenêtre, une vieille femme surgit, sortit et trottina. Le cocher descendit de son siège, ouvrit la portière. Une jeune fille apparut, à laquelle la vieille tendit la main. Puis tous trois se dirigèrent vers la mystérieuse demeure.

Loin d'être ébahi de voir prendre vie ce qui lui avait été décrit et qu'il avait cru être un conte, Florimond en conçut soudain une exaltation difficile à maîtriser, au risque que son comportement le fît remarquer. L'inconnue de Saint-Josse avait dit vrai, en tous points ! De moins en moins prudent, le valet se pencha encore un peu. Toujours escortées par le cocher, les deux femmes s'apprêtaient à pénétrer dans la maison. Or, la jeune fille se retourna soudain vers la voiture. Au même moment, une main gantée apparut soudain à la portière et, avec elle, l'extrémité d'une manche cousue dans un tissu précieux et au coloris délicat. Il y avait donc quelqu'un d'autre, dans ce carrosse et dans cette histoire, songea Florimond. Le récit de l'inconnue de l'église Saint-Josse était-il donc à la fois véridique et incomplet ? Le valet n'eut pas à s'interroger davantage. Car après la main apparut un visage féminin, qui sourit. Et le garçon fut frappé de stupeur.

D'instinct, il se serra dans le renfoncement qui lui offrait un maigre abri, une mince protection. D'un geste gracieux, la personne restée dans la voiture appela le cocher. Celui-ci revint vers la voiture. La femme lui adressa quelques mots, que Florimond ne put entendre mais dont il devina aisément le sens, car l'occupante de la voiture, souriante, tendit dans le même temps une bourse. Le cocher salua, prit ce qu'on lui donnait, le porta à la vieille, qui, enfin, fit disparaître l'objet sous ses habits. Une récompense, frémit le valet, il ne pouvait s'agir que de cela. La vieille était une maquerelle, ou quelqu'un dans ce genre. Qui obéissait à la femme restée dans la voiture brune et verte. Et cette dame sans aveu, l'organisatrice d'abjections que Florimond ne faisait qu'entrevoir, celui-ci l'avait parfaitement reconnue. Il la fréquentait, et de si près, et depuis si longtemps ! C'était la favorite du roi, la marquise de Pompadour.

À Paris

L'homme remonta sa culotte de soie. Voilà, c'était terminé. Il resta un moment, entre satisfaction et hébétude. Il était content parce qu'il était parvenu à ses fins, ce qui n'avait pas été sans mal, tant cette affaire-là avait été difficile à mener à bien. Le gibier n'avait pas été aussi abondant qu'on l'escomptait, et la proie, qui avait été assez sotte pour se faire attraper, avait ensuite donné du fil à retordre. À en juger par ce qu'il éprouvait jadis en de pareilles circonstances, le plaisir de l'homme aurait pu s'en trouver enflammé. Cette fois, pourtant, il n'en avait rien été. Ça avait gigoté, protesté, supplié, ça s'était tortillé, débattu. Le prédateur s'en était trouvé agacé, gêné. Vieillissait-il ? C'était possible. En tout cas, il se promit de ne jamais se remettre dans une telle situation, d'avoir à courir après sa prise après que celle-ci eut tenté de s'échapper. Il confierait à quelqu'un d'autre, par exemple un valet, le soin d'attendrir la viande avant de la consommer.

L'homme était ahuri parce que, son désir assouvi, il se trouvait face à un vide. Et, au milieu de cette béance, où s'accrocher, à quoi se rattraper pour se justifier à ses propres yeux ? À rien. Il se sentait écœuré par ce qu'il avait fait, par le spectacle qui s'offrait à lui, il se dégoûtait lui-même. Et pourtant, il savait que, passé cet accès de honte et d'abattement, il recommencerait dès qu'il en aurait l'occasion ou, plutôt, dès qu'il en éprouverait le besoin. Et, de nouveau, avant qu'il exulte, il lui faudrait traquer, repérer, enfermer, battre et humilier, faire mal. L'avenir qui se traçait lui-même le terrifiait. L'homme aurait tant aimé ne pas être celui qu'il était et commettre ce qu'il commettait depuis maintenant tant d'années !

Il resta sans chemise. Donc mal rhabillé, il s'assit, s'enfonça plus avant dans ses sombres pensées, sans plus regarder ce qui, pourtant, était le fruit des abominations qu'il avait commises : le corps sanglant d'une jeune fille qui n'était pas morte sur-le-champ. C'était une mince, très mince consolation, tout au plus un soulagement, un souci de moins : celle-ci, au moins, elle ne s'était pas, comme d'autres, comme les trois dernières, échappée.

À Versailles

Jean Florimond retourna au château sans hâte. Le palais s'élevait au bout de l'avenue de Sceaux et, s'il n'était allé lentement, le valet n'aurait pas eu le temps de réfléchir comme il le désirait. Car il y avait à penser. Il avait vu ce qu'il avait vu, cependant, il avait assez de jugement pour ne rien conclure. Pompadour connaissait l'existence de la maison de la rue Saint-Médéric, cela ne pouvait être nié. Pour le reste, et Florimond, qui connaissait son Louis XV, n'avait pas à s'interroger plus longtemps pour en être certain : rien n'indiquait que ce qu'il avait aperçu avait un lien avec les crimes commis à Paris. Il était même certain du contraire, jusqu'à ce qu'une preuve lui fût soumise. Le jeune homme jugeait la chose impossible ; certes le roi péchait contre la morale, du moins contre ce qu'enseignait l'Église, estimait Florimond, qui, sur ce point-là, était de ceux qui n'écoutaient ni les sermonneurs ni les prêtres. Mais Louis XV n'était pas un meurtrier, le valet voulait le croire. Restait la marquise. Celle-ci, en allant dans le quartier du Parc-aux-Cerfs, déployait donc une activité qui jusqu'à ce jour était inconnue de Florimond. Et cela décevait le garçon, le dépitait. Le décourageait, aussi. Lui qui, depuis de longues années, consacrait sa vie à la favorite avait été trahi, du moins tenu à l'écart. Par-delà le mystère à dissiper, car l'affaire présentait aux yeux de Florimond beaucoup plus d'ombres que de points clairs, c'était une manière de trahison. Il se sentait moqué et sot : de toute évidence, ce n'était pas la première fois que la marquise se rendait rue Saint-Médéric, le valet l'avait deviné, compris. Depuis quand, et pourquoi, la marquise se cachait-elle ainsi de celui qui avait cru jusque-là être son homme de confiance ?

Le garçon était si perdu dans ses pensées – autant d'interrogations – qu'il manqua, en traversant la place d'Armes, se faire renverser par un pot de chambre[1] qui venait de s'élancer à bonne allure. Quelques instants plus tard, passé la première des grilles dorées qui ornaient plus qu'elles ne défendaient le palais du roi, il se hâta sur le pavé inégal. Passé la clôture[2] que seuls franchissaient de rares carrosses dont les occupants, de grands personnages, avaient droit aux honneurs du Louvre[3], Florimond se dirigea vers le corps central du palais. Il laissa à droite le passage, souvent venté, qui donnait accès aux parterres du Nord, gagna la petite salle des gardes du roi, située à l'angle de la cour de Marbre. Il fallait, pour avoir le droit d'entrer dans cette partie du château, faire partie des proches du roi et de la famille royale – le valet de Pompadour était dans ce cas. Car c'est par là que Louis XV gagnait ses appar-

1. Voiture de louage, transportant quelques passagers, surnommés les lapins et les singes.
2. Déposée à la fin du règne de Louis XV, cette grille a été rétablie en 2007.
3. Privilèges ainsi nommés, et dans toutes les demeures royales, non pas dans le seul Louvre.

tements privés et en sortait. Florimond connaissait le palais de fond en comble, surtout cette partie du corps central où vivaient le roi, sa famille et ses proches. Il parcourut un dédale de corridors et d'arrière-cabinets, ouvrit une dernière porte. Là commençait l'appartement de Pompadour.

Un autre que Florimond aurait pu se laisser abuser par la scène : Pompadour était mollement étendue sur une méridienne. À ses pieds, un volume posé à même le tapis, une édition reliée à ses armes, en vélin citron. On aurait pu croire que Jeanne Antoinette avait un instant abandonné la lecture de *Robinson Crusoé* pour laisser ses doigts jouer avec les colliers contenus dans un coffret posé sur ses genoux. Lui savait que ce spectacle n'était qu'une mascarade et cachait un mensonge. Se sachant ridiculisé, trahi par celle qu'il vénérait, par cette femme à laquelle il avait dédié sa vie, il décida de ne pas laisser croire qu'il était abusé. Il attaqua d'emblée, avec d'autant plus de force et de violence, sans craindre de se perdre, qu'il se sentait pris pour un être ridicule que l'on pouvait berner aisément.

— Madame. Je sais tout.

Pompadour était intelligente, fine. Là encore, assise avec élégance, elle aurait pu donner le change. Sa belle main referma la boîte à bijoux. La marquise adressa à Florimond un sourire aussi apaisant et charmeur que ceux dont elle comblait le roi dans l'intimité. Instruit par ce qu'il avait vu et compris dans le quartier du Parc-aux-Cerfs, Florimond eut un mauvais sourire. Pendant des années, il avait fait confiance et servi avec abnégation, certes en pensant que son zèle et son dévouement étaient reconnus et hautement appréciés. Mais tout cela n'était qu'une toile peinte. Derrière se trouvait la vérité, à tout le moins pénible à admettre, puisqu'il avait été tenu à distance, que ce fût par mépris ou par mésestime. Il poursuivit donc :

—Je vous ai vue tout à l'heure, devant la maison.

Pénétrante, Pompadour comprit que, à cet instant, elle était découverte, comme laissée nue en rase campagne. Or elle voulut se donner un peu de temps, un instant encore, pour réfléchir avant de contre-attaquer. Au risque de se montrer maladroite, de se lancer dans une contre-offensive d'emblée vouée à l'échec. D'une voix dont Florimond décela toute la fausseté, elle demanda :

—Je ne comprends pas. Que veux-tu dire ?

—Vous étiez dans le carrosse, devant la demeure de la rue Saint-Médéric. Vous n'en êtes certes pas sortie, mais je vous ai vue.

Pompadour mentit si maladroitement qu'elle se déçut elle-même :

—Je ne sais de quoi tu parles. Était-ce bien moi ? Tu as pu te tromper…

Sûr de lui, le domestique était prêt à toutes les insolences :

—Après tant d'années passées auprès de vous ? Je vous ai contemplée à loisir, vous et le cocher, la vieille et la jeune fille. J'ai tout distingué, tout observé. Votre geste et la bourse aussi.

Cette fois Pompadour ne pouvait plus jouer la nonchalante. Elle se leva, fit quelques pas, s'approcha d'une fenêtre qui donnait sur la cour des Cerfs. Elle leva les yeux, regarda les fenêtres de l'appartement du roi, au premier étage :

—C'est bon, Florimond. Je ne sais comment tu as appris ce que tu sais désormais, mais tu es dans le vrai. Or, vois-tu, tout cela, c'est à cause de lui.

Jeanne Antoinette se retourna vers son valet. Son visage était toujours beau mais grave. Elle était particulièrement élégante, dans une seyante robe de damas vert rayé dont elle avait elle-même indiqué la nuance à ses couturières. Loin de se comporter comme si elle s'était sentie accusée, la favorite considéra le valet avec assurance. Elle reprit :

—J'ignore ce qui t'a conduit rue Saint-Médéric et je ne veux pas le savoir, du moins pour le moment, j'ai trop à penser. Mais je te mets en garde, je te préviens, même si, au demeurant, et par ta faute, nous ne pouvons plus reculer maintenant et que je dois mener cette conversation jusqu'à son terme. Es-tu prêt ?

Toujours habité par la fureur, la rage d'avoir été joué pendant tant d'années, et l'esprit aussi malmené à la pensée des noirceurs dont Pompadour était complice, le valet s'enhardit :

—Est-ce moi qui, ici, suis accusé ?

Florimond comprit aussitôt qu'il avait été insolent et qu'il risquait d'avoir à le regretter.

—Tu vas être avili et mortifié, mais tu l'as bien cherché. Par ce que tu vas apprendre, tu seras transformé. Tu vas éprouver de la honte, car tu vas être contraint d'entendre ce que nul n'a jamais entendu, ce que nul ne sait et, surtout, ce que seule une autre femme, une amie proche, une sœur, aurait éventuellement eu le droit de savoir.

Ce discours, songea le valet, était inattendu, vaguement inquiétant. Mais le garçon ne dit rien, il attendait la suite. Celle-ci ne tarda pas, bien qu'il le comprît, ce propos serait circonstancié, précis et long.

—Je te demande tout d'abord de me promettre, de jurer que tu ne parleras jamais de ce que je vais te révéler.

Là, avant de se jeter pour de bon à l'eau, une eau glacée, Pompadour, dont la voix s'était soudain affermie, éprouva une dernière réticence, un accès de pudeur. Elle se tut un instant. Mais son esprit était délié. La marquise savait qu'elle ne pouvait plus reculer. D'ailleurs, pourquoi ne pas se confier à Florimond ? pensa-t-elle. Hormis ce qu'elle allait lui révéler, le garçon connaissait tous – ou presque – les secrets de la marquise. Que Pompadour livre à Florimond le peu qu'il ne savait pas – certes un peu qui était immense – ne ferait que flatter le jeune homme, dans le meilleur sens du terme, le contenterait, lui montrerait qu'il était tenu en haute estime, quoi qu'il en pensât. Avec un peu de chance, du moins c'était à espérer, cela ne ferait que renforcer l'attachement que la marquise et son valet avaient l'un pour l'autre. Déjà certaine de rétablir la situation à son profit, la favorite poursuivit :

— C'est vrai, tu m'as aperçue, à l'endroit que tu dis et avec les personnes que tu as citées. C'est du reste ma faute, j'aurais dû me montrer plus prudente. Mais, après tout, ce n'est peut-être pas plus mal que tu saches la vérité. Car, crois-moi ou non, il me coûtait d'être obligée de te mentir, du moins par omission, depuis le moment où tout cela s'est mis en place. Tu connais du reste une large partie de l'histoire, peut-être sans le savoir.

— Je ne sais rien…

Il y eut un silence. Puis Pompadour reprit :

— Oh si… Le chocolat, Florimond, ne t'es-tu jamais demandé pourquoi j'en buvais tant ?

La marquise sourit mais sans joie. Elle regarda son valet avec une certaine retenue, cependant mêlée de commisération, tant elle savait que, au terme de son exposé, Florimond se sentirait honteux, serait contraint de s'excuser. Elle poursuivit son discours, décidée à ne pas le farder :

— Dès l'instant où j'ai rencontré le roi, et pendant de longues années, j'ai feint, Florimond. J'ai dit, prononcé, soufflé et susurré, j'ai eu les gestes, les soupirs, j'ai contrefait les contentements, les attitudes qui sont ceux d'une femme... Je veux dire par là les mots, les initiatives, les comportements d'une femme autre que moi, d'une femme qui, elle, ne reste pas indifférente, trouve un intérêt à ce qui est en train de se passer. Saisis-tu ? Dois-je être plus précise ? Alors, écoute. Le chocolat passe pour donner de l'ardeur à celles qui, comme moi, n'en ont pas assez ou pas du tout. Tu sais que j'en ai bu des quantités et que je continue d'en boire. Sans grand effet, je pense, même si je ne me suis jamais découragée.

Le serviteur restait muet, stupéfait. Pompadour avait eu tort de penser que son valet avait deviné l'infirmité dont elle souffrait. Elle avait en revanche bien mesuré la honte qui, maintenant, habitait le garçon, mortifié d'entendre ce qu'il entendait. Elle reprit :

— Or, je crois que Sa Majesté a fini par comprendre ce qu'il en était. Mais, en tout cas, Louis n'en a jamais rien dit. Aussi, que voulais-tu que je fasse ? Que je m'efface et que je laisse ma place à une autre ? Cela aurait été signer ma perte, ma relégation, ma déchéance, cela m'aurait peut-être menée au couvent. En tout cas, j'aurais dû renoncer à mes châteaux, à mes tableaux et à mes bijoux. Et cela, il m'était impossible de l'entrevoir, Florimond.

La marquise laissa son regard caresser les tentures, les meubles raffinés qui garnissaient son intérieur, sans compter ses bijoux, plus de trois cents au total, et son argenterie… Son valet savait qu'elle disait vrai. La favorite n'était pas cupide, mais elle aimait les arts, raffolait de ce qui était beau, élégant, et elle ne se trompait jamais car elle avait un goût très sûr. Pompadour fit un effort pour s'arracher à la contemplation de ses trésors, sans doute la seule vraie satisfaction qu'elle éprouvait en ce monde, puisque, de son propre aveu, d'autres plaisirs lui étaient refusés. L'air vaguement ennuyé, mais sans mépris, elle considéra de nouveau Florimond. Sans doute connaissait-elle assez la vie pour savoir que, de toute façon, elle ne trouverait jamais personne d'autre en qui elle pût avoir davantage confiance :

— Bref, voulais-tu que j'attende d'être exilée, sans rien tenter ni mettre en œuvre ? Tu me connais assez pour savoir qu'il m'était impossible d'adopter une telle conduite.

Pompadour venait d'exposer sa faiblesse. Elle n'était pas mécontente, maintenant, de montrer à Florimond que de cette impotence elle avait fait une force. Elle n'était pas fâchée de faire comprendre à ce garçon, qui lui était tout dévoué, qu'elle détenait toujours le pouvoir et la puissance. Sur lui et sur Louis XV. Désireuse de se monter précise, elle ajouta :

— Puisque mon tempérament ne pouvait combler le roi, j'ai donc décidé de faire en sorte que Sa Majesté trouve cependant son contentement, et que ce soit grâce à moi.

Le récit était un peu flou, songea Florimond. Mesurant cette perplexité, Pompadour se fit plus précise :

— J'ai suggéré au roi que je ne prendrais pas mal qu'il se divertît sans moi. Et je lui ai proposé de mettre mes talents au service de ce plaisir, qu'il s'agissait donc d'assouvir par personne interposée. En d'autres termes, Florimond, oui, c'est bien moi que tu as vu devant la demeure de la rue Saint-Médéric. Et cette maison, c'est moi qui ai suggéré au roi d'en faire l'acquisition. Quant à la jeune fille que tu as aperçue quand elle y entrait, c'est moi qui l'ai installée là-bas. Et, si tu veux tout savoir, cette fille succède à une autre, et une autre encore lui succédera sans doute, quand elle aura fini de plaire... Je veille sur cette entreprise. Mais je ne suis pas seule. Rue Saint-Médéric, je suis secondée par une femme âgée, une sorte de gouvernante, que tu as aussi sans doute distinguée, qui tient la maison et à laquelle je fais souvent passer quelque argent, outre celui que le roi lui donne, car elle est honnête, consciencieuse et appliquée; je n'ai qu'à me féliciter de ses services. Pour ce qui regarde cette affaire, au château, c'est Bontemps qui officie.

La marquise avait prononcé ces derniers mots non sans un certain mépris, mais Florimond ne releva pas. Il était pâle. Comme Pompadour le lui avait annoncé, il était submergé par la honte: il avait entendu ce qu'il n'aurait jamais dû savoir, le douloureux secret de la femme qu'il servait. Le valet s'était cru trahi: il n'en était rien. Le garçon se retrouvait sot, certain d'avoir été inélégant. Pompadour, de son côté, poursuivait:

—Tu as peut-être cru que tout cela avait à voir avec les malheureuses que l'on retrouve exsangues depuis plusieurs semaines dans les rues de la capitale.

Là, Florimond répliqua. N'ayant jamais songé à établir ce parallèle, il entendait le faire savoir:

—Non, Madame.

Pompadour le regarda, soupira, puis reprit:

—Pour ce qui est des petites auxquelles le roi veut bien s'intéresser, je te prie de croire que, quand elles ont cessé de plaire, leur sort est enviable. De Sa Majesté elles reçoivent de jolies toilettes, des bijoux, et n'ont à se soucier de rien. Si un enfant vient à naître, celui-ci est élevé aux frais de son père[1]. La fille est dotée et mariée à un gentilhomme désargenté, qui n'a qu'à se réjouir de pouvoir réparer le château familial qui menaçait ruine. Chacun y trouve son compte, crois-moi. Le roi, les jeunes pensionnaires de la maison de la rue Saint-Médéric, et jusqu'à la gouvernante. Mais c'est surtout le royaume qui se porte le mieux possible. Le roi est satisfait. Et moi aussi, je ne le cache pas. L'esprit libre, reposé, je peux mieux me consacrer à conseiller Sa Majesté, et aussi à recevoir les ministres, bref à tâcher de participer, avec mes modestes moyens, à la bonne administration des affaires publiques.

La favorite se tut. Elle savait que son valet avait besoin d'un peu de temps pour assimiler toutes ces informations, si inattendues, si surprenantes et si nombreuses. Elle mesurait aussi que Florimond devait se sentir sot, méprisé et joué, puisqu'il avait été tenu à l'écart d'une large part de la vie de sa maîtresse. Aussi voulut-elle le consoler :

— Crois-moi, je ne pouvais te mettre dans la confidence : je n'avais guère le choix, car il y allait de ma pudeur, et prononcer ces mots aurait offensé la décence. Mais tu m'as contrainte de te parler. Bien entendu, tout cela doit demeurer secret. Enfin, le plus possible…

Fine connaisseuse de l'âme humaine, Pompadour tira alors de sa manche une carte maîtresse, l'atout décisif qu'elle tenait en réserve depuis le début de cette conversation. Par la nouvelle révélation qu'elle allait faire à Florimond – divulgation

1. Peinte par François Boucher, l'une des plus fameuses jeunes filles du Parc-aux-Cerfs fut Marie-Louise O'Murphy, qui donna une fille à Louis XV.

qui confirmerait, s'il en était besoin, son propos–, la marquise allait recouvrer la pleine confiance de son valet, cette confiance qui lui était si nécessaire. Ce dévoilement allait prouver au garçon –même si Pompadour ne l'avait pas instruit plus tôt de l'existence de la maison du Parc-aux-Cerfs– qu'elle ne lui cachait désormais plus rien.

—À présent que tu es dans le secret, Florimond, veux-tu contempler ce qui existe ici, à Versailles, et dont tu n'as jamais su ni même soupçonné l'existence ? Es-tu prêt à voir de tes propres yeux ce dont bien peu de monde, au château, connaît la présence et qui, pourtant, se trouve ici, si près de nous ?

Sans attendre que le valet lui donnât la réponse, qu'elle devinait par avance, Pompadour se leva et fit signe à Florimond de la suivre.

À Paris

Lancé dans la rue, plutôt le chemin, qui menait du Marais jusqu'au faubourg, le carrosse allait aussi vite que possible en dépit des fondrières, des poules et des porcs échappés de leur enclos. Une bouteille de vin roulait sur le plancher de la voiture, cognait les pieds de son unique passager, qui achevait de piétiner des tessons, débris du verre dans lequel il avait bu et qu'il avait jeté, dépité, lorsque le flacon s'était trouvé vide, impuissant à achever de le saouler. Car, plus encore quand il était enivré, l'homme transporté aimait tout à la fois rouler vite et ne pas attendre. Il se plaisait à rester dans sa maison de Paris, mais voulait, devait aussi séjourner de temps à autre, le temps d'une fête ou d'une chasse, dans l'une de ses nombreuses demeures d'Île-de-France. Chaque année il tuait par milliers faisans, perdrix, lièvres et sangliers, et aussi chevreuils et cerfs, mais plus rarement. Sans compter d'autres gibiers...

Lancée à grande allure sur une mauvaise route, la voiture cahotait. Son unique passager en était tout ballotté mais n'en avait cure. Il voulait à tout prix, mais sans véritable raison, arriver au plus vite, et le cocher savait qu'il devait tout mettre en œuvre pour satisfaire ce désir, sous peine d'avoir à rendre des comptes à son maître... Et tant pis pour celui qui n'avait pas le temps de se mettre à l'abri derrière une borne, dans un renfoncement. Il risquait d'avoir un bras ou une jambe brisés dans l'aventure. Le carrosse ralentit cependant, s'arrêta presque. Qu'était-ce donc? s'interrogea le passager, l'esprit toujours voilé par les effets du vin. Celui-ci flaira quelque chose, tapa du pied, se mit à la portière, se pencha, sursauta.

— Hou, le barbichon, le chapon!

Il y en avait un, là-bas, lent et dodu, qui ne se hâtait pas, et dont le cocher n'avait pas voulu déranger la marche tranquille en dépit des ordres. L'homme s'empourpra. De colère puisqu'il n'avait pas été obéi, mais de joie aussi, car cet importun-là, il allait falloir, il allait pouvoir l'écraser. Le passager se pencha davantage, héla le conducteur désobéissant:

— Veux-tu donc que je te fasse rosser par les concierges et les jardiniers dès que nous serons arrivés? Tu retiens les chevaux, et pour un moine, en plus? Alors que, précisément, tu sais que je ne souffre pas les gens de cette espèce! Vas-y, crie, cravache et démène-toi, relance tes bêtes, va bon train et écrase-moi ce bonhomme-là!

Les chevaux parurent comprendre ces vociférations. Sans que le cocher fasse rien, ils hennirent, trépignèrent, s'élancèrent. Le moine, quant à lui, ne s'était pas retourné, n'avait pas hâté le pas ni ne s'était rangé. Tant il était certain que son froc et sa tonsure faisaient de lui un homme respecté. L'attelage avait repris sa course. Il était presque trop tard lorsque le religieux mesura enfin le danger. La voiture était sur lui. Fracas du carrosse brinquebalé, fracas des sabots, respiration haletante et odeur forte des chevaux énervés. Le religieux n'eut que le temps de sauter derrière un muret. L'attelage passa devant lui, mené par un cocher livide et avec, à la portière, un homme décoiffé et dépenaillé, qui hurlait des insultes et des obscénités – taïaut ! pousse-toi, cul de cochon, frocard ! jean-foutre ! ou bien va sucer la quignolle du diable ! taïaut !

C'était Son Altesse Sérénissime le comte de Charolais, qui changeait de nouveau de résidence, gagnait sa maison des faubourgs, une aimable « folie[1] » rebâtie voici une quinzaine d'années, au nord de la ville, au bout de la rue Montmartre et un peu après la chapelle dédiée à Notre-Dame de Lorette, dans un territoire encore peu construit, au milieu des champs et des potagers, dans le quartier de la Nouvelle-France.

À Versailles

Dès qu'ils furent sortis de l'appartement de la marquise, Florimond eut l'impression étrange et jamais éprouvée jusqu'alors que le monde était en quelque sorte renversé. C'était Pompadour qui le menait, le précédait et ouvrait les

1. Maison de plaisance, plus petite qu'un château, édifiée hors d'une ville.

portes devant lui, et non l'inverse, comme cela aurait dû être. De plus, bien que la favorite et son valet n'eussent fait que quelques pas, ce dernier ne reconnaissait plus rien : un Versailles inconnu se présenta à lui. La marquise n'avait fait que prendre un escalier dérobé semblable à tant d'autres qui irriguaient le palais, permettant d'aller et venir d'un étage à l'autre sans avoir à emprunter les grands degrés très fréquentés. Pompadour ouvrait des portes, en fermait d'autres, montait, descendait, franchissait les uns après les autres d'étroits passages, des cabinets minuscules, laissant dans son sillage le souvenir d'un parfum délicat. Enfin, elle s'arrêta devant un dernier battant.

— C'est là, dit-elle simplement. Es-tu prêt ?

Florimond retenait son souffle. Il ne dit rien. Cette fois, Pompadour engagea le valet à passer devant elle. C'était une pièce au plafond bas, qu'éclairaient deux fenêtres donnant sur la cour des Cerfs. Si la courte promenade faite en compagnie de la marquise avait suffi à le désorienter un temps, un bref regard accordé à ce qu'on voyait au travers des deux baies permit à Florimond de se repérer aussitôt. Le garçon croyait avoir traversé tout le palais, il n'en était rien. Ils se trouvaient au-dessus de la petite salle des Gardes, dans une sorte d'entresol, aménagé juste en dessous du bureau du roi. Le valet se sentait très sot de n'avoir jamais deviné que cette pièce existait, lui qui croyait connaître le palais comme sa poche et qui vivait, parce qu'il servait Pompadour, dans l'intimité du souverain.

La pièce était parfaitement située. Louis XV pouvait aisément accéder à cette chambre secrète d'à peu près n'importe quelle autre pièce de ses appartements, qu'il se trouvât dans son cabinet de travail ou dans sa bibliothèque. De toute évidence, il s'agissait d'une chambre, puisqu'un lit en composait à peu près tout l'ameublement, hormis deux ou trois sièges et des lambris d'un goût exquis. C'était une pièce dédiée au plaisir et à lui seul, comme le confirma aussitôt la marquise :

— Florimond, tu contemples ce que fort peu de monde a pu voir, ce dont fort peu de monde connaît l'existence. Je n'ai pas besoin de te révéler quelle est la destination de cette pièce, tu l'as devinée dès que tu es entré ici. C'est bien dans cette chambre que Louis « connaît » les jeunes filles de la maison du Parc-aux-Cerfs, c'est ici que celle que tu as vue a été conduite, comme les autres. Me crois-tu, maintenant ?

Le valet choisit de dire le fond de sa pensée :

— Je vous prie, Madame, de m'excuser d'avoir eu de mauvais raisonnements et de vous avoir contrainte à me dire, à me révéler ce que, sans doute, je n'aurais jamais dû savoir.

La favorite était généreuse, elle savait pardonner :

— Je me félicite qu'un garçon tel que toi soit à mon service. Tu as douté, tu t'es indigné, mais à juste titre. Et en t'en prenant de front à moi, tu as fait preuve de franchise et de courage.

Comme indifférente et étrangère à une scène qui, pourtant, proclamait en creux son infirmité, Pompadour considéra le lit du roi, le lit où elle ne s'était jamais allongée et ne s'allongerait jamais, laissant ce soin à d'autres. Par un étrange paradoxe, ce meuble assurait aussi sa position et son pouvoir.

— Allez-vous me renvoyer ?

Pompadour eut un mince sourire :

— Je te le répète : tu t'es montré maladroit mais aussi intègre, scrupuleux et courageux. Je ne doutais guère que tu avais ces qualités. Tu en as fait preuve et je ne t'en apprécie que davantage. J'ai plus que jamais besoin de toi.

Pompadour comprenait et réfléchissait vite. Comme elle le lui avait dit, elle ne pouvait en vouloir à Florimond : les apparences avaient été trompeuses, mais le valet était revenu de son côté. La marquise devait, et sans tarder, le remettre sur le chemin qu'elle lui avait indiqué. C'est ce qu'elle fit, donc, sans attendre ; elle en profita même pour dire en quelques mots ce qu'elle avait déjà compris :

— Car c'est en commençant à enquêter sur l'affaire des filles retrouvées mortes que tu as su ce qui se passe rue Saint-Médéric, je suppose ?

Florimond était sur le point de dire ce que, en effet, il avait appris, ou cru apprendre, d'abord auprès du portefaix, puis auprès de l'inconnue de Saint-Josse. Mais la marquise ne lui en laissa pas le temps. De toute évidence, elle voulait aller vite :

— Tu me raconteras cela une autre fois. Je n'ai plus besoin de tes services, pour le moment. Reprends ton investigation. Du reste, ne demeurons pas ici. Le roi, à cette heure, n'a aucune raison de venir en ce lieu. Il vaut cependant mieux que nous nous retirions. Rencontrer ici Sa Majesté serait plus qu'embarrassant. Ai-je besoin de te dire que tu ne dois parler à personne de ce que tu viens d'apprendre ?

Avec un geste familier, Pompadour poussa Florimond hors de la chambre secrète. Elle ne put retenir un soupir. La marquise lui faisait confiance, et elle espérait sincèrement que celui qui tuait à Paris serait découvert. Parce que le crime lui faisait horreur. Et, surtout, parce que la favorite du roi était une fine politique, l'amie des philosophes, des penseurs et des écrivains. Elle était instruite de ce qui pouvait se dire dans les salons de la capitale, dans les corridors de Versailles et dans les rues de Paris. Tôt ou tard, le secret du Parc-aux-Cerfs serait éventé. Non pas que Florimond trahirait sa promesse. Sur ce point, Pompadour savait qu'elle pouvait compter sur lui. Mais elle devinait que, en dépit des précautions prises, l'existence de la maison de la rue Saint-Médéric serait un jour découverte, et que seraient rélévées les activités que cette demeure abritait. Une servante, une fille de peine, une teinturière, un fournisseur s'interrogerait, ferait des rapprochements, comprendrait et raconterait ce qu'il aurait déchiffré. Ce serait une traînée de poudre embrasée.

Le roi avait été adoré, du temps de sa jeunesse. Quand il avait été souffrant à Metz, en 1744, si malade qu'il avait cru trépasser, la France entière avait prié pour lui, avec ferveur. Le roi y avait gagné son surnom de « Louis le Bien-Aimé[1] ». Ce temps, l'affection que le souverain avait suscitée n'étaient plus. Au cours des années suivantes, sa politique n'avait pas été comprise, elle avait même été critiquée, condamnée. La popularité du roi avait décliné puis sombré. Le jour où la demeure du Parc-aux-Cerfs serait découverte, l'opinion publique ne ferait pas le tri, elle mettrait dans un seul sac ce qui concernait cette maison et les jeunes filles assassinées découvertes à Paris. À coup sûr, se disait la favorite, le peuple penserait que ces malheureuses avaient été tuées soit parce qu'elles avaient refusé de se laisser conduire dans la petite maison de la rue Saint-Médéric, soit parce que, après qu'elles avaient cessé de plaire et peut-être protesté contre leur mise à l'écart, il avait été jugé plus prudent de les rendre à jamais

1. Une fois guéri, le roi fit bâtir l'église Sainte-Geneviève, aujourd'hui nommée Panthéon.

silencieuses. C'est cela, Pompadour en était certaine, qui se dirait et qui serait cru et répété, à Versailles, à Paris, dans toute la France et dans toute l'Europe, où tout ce qui se passait à la cour de Louis XV était scruté et commenté. La marquise en était persuadée.

— C'est cela que l'on pensera. Et l'on ne pourra rien y faire.

Pompadour avait prononcé ces mots à voix haute. Parce que cet avenir aperçu lui paraissait plausible et la terrassait d'horreur. Il fallait absolument, songea-t-elle, plus que soucieuse, que Florimond menât à bien sa mission, et vite. Le sort de la France et accessoirement celui de Pompadour étaient en jeu. Son valet était-il l'homme de la situation ou bien n'était-il pas déjà dépassé par les événements ? Jeanne Antoinette ne voulut pas s'interroger davantage sur ce point. Il lui était impossible de dire au roi qu'elle se retirait de l'affaire et plus qu'ardu de la confier à un autre que Florimond. Il était trop tard pour reculer. Puisse le garçon réussir !

Sur le palier, Pompadour se tourna vers son valet :

— À propos, il faudrait, à l'occasion, que tu déplaces le vase des cyprins. Mimi grogne, jappe et tourne autour depuis quelques jours, je ne voudrais pas qu'il arrive un malheur. Je ne sais dans quel salon les mettre. Le mieux serait que tu prennes les poissons chez toi, ils y seront d'ailleurs plus au chaud, à l'abri des courants d'air. Pense à les nourrir. Plus tard, nous aviserons…

Le valet salua pour prendre congé et montrer qu'il avait bien compris l'ordre donné. Il s'empressa cependant de l'oublier aussitôt, tant le sort de deux ou trois poissons rouges venus d'Asie lui importait peu, au regard de la honte qu'il éprouvait. Il s'éclipsa aussitôt, soulagé de pouvoir aller cacher sa gêne, lui qui avait soupçonné une femme admirable et l'avait contrainte, pour ainsi dire, à se confesser devant lui.

4

Dans le faubourg de la Nouvelle-France

Quelques jours s'écoulèrent. À Versailles, ces journées furent assez ennuyeuses car le roi, ces temps-ci, se languissait partout. Chez Charolais, en revanche, elles furent moins monotones.

Le comte appréciait cette maison de la Nouvelle-France, à l'allure assez sobre pour signifier au passant que n'habitait pas là un banquier enrichi mais un homme qui avait assez de goût pour ne pas proclamer qu'il était riche. Belle façade en pierre de Saint-Leu, sept fenêtres à chacun des deux étages, celles du centre placées dans un léger avant-corps surmonté d'un fronton aux armes de l'Altesse[1]. Un inté-

1. Le domaine formait un rectangle de nos jours délimité par les rues de Rochechouart, de Dunkerque, du Faubourg-Poissonnière et de Bellefond, dans l'actuel 9e arrondissement de Paris.

rieur divisé en un grand nombre de chambres et de petits salons propres aux réunions intimes, le tout meublé avec raffinement de fauteuils, commodes et tables de jeu. Charolais aimait surtout les jardins qui entouraient ce séjour : une succession de parterres, de potagers, d'allées et de bassins composaient un cadre vraiment charmant, pas moins de vingt et un arpents au total où le comte pouvait se promener à sa guise. D'autant que le vaste domaine comprenait aussi de véritables bosquets, auxquels il s'intéressait particulièrement. Les arbres, choisis, plantés, taillés avec soin, lui fournissaient un bois précieux. Car lorsqu'il ne buvait pas, le comte aimait tourner le bois. Ce matériau, il le faisait souvent venir des profondes forêts qu'il possédait un peu partout en Île-de-France. Mais pour les pièces de choix, quand le prince voulait façonner une babiole destinée à un parent ou à un proche, c'est le bois d'un des tilleuls coupés dans le parc de sa maison de plaisance que le propriétaire des lieux souhaitait travailler.

Sitôt arrivé à bon port et à peine dégrisé, Charolais alla donc saluer ses chers arbres. L'œil connaisseur, la main tendre, il caressa longuement le tilleul qu'il avait choisi pour lui faire l'honneur de le travailler, dans quelques années, lorsque le fût aurait été coupé, élagué, séché.

Puis, en habit gris à larges boutons brillants, culotte sombre, bas de soie et canne à pommeau d'or dans sa main potelée, le prince décida de faire quelques pas dans les allées de son domaine, suivi du fidèle Guillaume de Turpin. Efficace, celui-ci écrivait sur de petits papiers les ordres que lui donnait son maître à mesure qu'il visitait sa propriété jusque dans ses moindres recoins, qu'il s'agît d'une bordure de buis à rectifier, d'un massif de giroflées, de tulipes ou de jonquilles à replanter, d'un bassin à repeupler de carpes.

Chemin faisant, le comte arriva au pied du haut mur qui ceignait le domaine et que trouaient seulement deux portes, l'une au sud, tournée vers Paris, l'autre à l'est. Il s'apprêtait à examiner quelques plants de vigne qui poussaient là, à l'abri de la muraille, laquelle permettait de garder et renvoyer la chaleur nécessaire aux plantes. Or, des bruits lui parvinrent, depuis le dehors : des cris, des rires, des chants. Des jeunes gens, sans doute, qui allaient à pied, s'encourageaient les uns les autres afin de ne pas fléchir, de ne pas faiblir au terme du voyage qui les menait jusqu'à Paris. Charolais se prit à haïr ces clameurs, pourtant bien innocentes, parce que celles-ci s'imposaient à lui, lui semblaient enlaidir son domaine. Contre ce tracas, le prince ne pouvait rien faire. Aussi fit-il demi-tour et gagna-t-il à grandes enjambées une autre partie du parc. Là-bas, derrière cette charmille, il n'entendrait plus les rumeurs de la ville.

Charolais aperçut alors, sur le côté, une petite étendue de terre meuble qui faisait sur l'herbe comme une tache, vilaine, incongrue. Il s'emporta, sanguin.

— Qu'est-ce donc ? Pourquoi n'y a-t-il plus d'herbe ici ?

Intelligent, l'esprit vif, le prince exultait déjà de pouvoir s'en prendre à un de ces gens, alors qu'il n'avait pu courir après les gêneurs de l'autre côté du mur. Si des taupes étaient responsables de ces dégâts, pourquoi les jardiniers ne les avaient-ils pas exterminées ? Pourquoi n'avaient-ils pas ressemé là un carré de gazon ? Avec Turpin sur ses talons, le comte s'approcha, se pencha. On aurait dit que la terre avait été retournée avec méthode. En tout cas, comprit Charolais, un homme était cause de ce désordre, et non un animal. Quoi qu'il en fût, le cousin du roi voulait punir ce manquement. Les jardiniers, certes, mais aussi et surtout son intendant, qui n'avait pas su contrôler leur travail :

—Turpin, tu n'as donc pas donné des ordres ? Pourquoi ce lopin n'a-t-il pas été mieux arrangé ? Suis-je, moi, un prince, un Condé, obligé de vivre au milieu d'une jachère ?

L'intendant considéra Charolais, ne répondit pas, se contenta de baisser la tête. Ce qui n'eut pour effet que de décupler la colère du cousin du roi. Du coup, celui-ci s'emporta et réitéra les reproches qu'il avait déjà adressés maintes fois à l'administrateur de ses biens :

—Tu ne dis rien ? Parce que tu n'oses confesser que tu t'es montré étourdi, nonchalant, comme à l'accoutumée ? Incapable !

Le comte s'avança, menaçant. L'intendant recula. Son maître voulut le frapper. Mais son allure était lourde, son bras lent, et Turpin si mince qu'une simple contorsion lui permit d'éviter le coup. Le prince émit un grognement, voulut taper de nouveau. Mais l'autre esquiva encore. Charolais mesura alors combien son attitude risquait de sombrer dans le plus grand ridicule. Il cessa de gesticuler, se donna une contenance en tapotant sur son habit :

—Pour cette fois, je te fais grâce. Mais veille à ce que cette friche ne le soit plus avant ce soir.

Turpin voulait à tout prix que l'orage cesse. Il était pour cela prêt à se tenir le plus bas possible, de ramper et de s'humilier en attendant des jours meilleurs :

—Je n'ai d'autre désir que d'obéir à Votre Altesse.

—Tu m'as mis en colère. Pour aujourd'hui, je ne veux plus te voir. Cache-toi où tu veux, mais je ne désire plus te rencontrer. Pour demain, nous verrons.

Son Altesse sérénissime fit demi-tour, s'éloigna. Demeuré seul, Guillaume de Turpin regarda la parcelle de terre piochée qui avait tant irrité son maître. Se pouvait-il, s'interrogeait l'intendant, que le prince eût oublié pourquoi cette partie de ses jardins se trouvait dans cet état de désordre ? Sans doute. Car Turpin connaissait assez Charolais pour savoir que celui-ci n'avait pas feint d'être surpris par le trouble aperçu, n'avait pas feint la colère. Aussi insensé que cela pût paraître, constatait le malmené Turpin, le cousin du roi ne se souvenait plus que cette terre retournée l'avait été parce que, là, et sur son ordre, au plus profond d'une nuit, une tombe avait été creusée à la hâte et à la lueur des flambeaux par ses jardiniers devenus un moment fossoyeurs.

À Versailles

Une nouvelle fois, Pompadour ouvrit le meuble, installé dans sa chambre, où elle gardait ses bijoux préférés, colliers, parures, boucles d'oreilles. Des diamants, surtout, mais aussi des saphirs et des perles, des rubis, des topazes. Et la chère broche en or sertie d'émeraudes. Une fois de plus – était-ce la centième, la millième fois ? –, la marquise fit coulisser le tiroir, en bois de citronnier tapissé de velours, où le bijou était rangé. Elle se pencha, ne vit rien. Il y avait d'autres broches, des pendants d'oreilles, des bracelets, des diamants, des rubis, des topazes, mais rien qui ressemblât à des émeraudes.

Elle s'empara du tiroir et le vida sur son lit, couvert d'un jeté jaune paille, fouilla encore, ne trouva rien, entreprit de vider le serre-bijoux tout entier, inspecta, tira les autres compartiments, sortit les casiers, les visita tous. La marquise devait en convenir : elle avait été dépouillée. Et comment le voleur avait-il bien pu pénétrer jusqu'ici, dans l'appartement de la favorite, ouvrir le serre-bijoux, s'emparer du joyau ? Et pourquoi n'avait-il volé que ce seul ornement ?

La favorite savait que le château n'avait jamais été à l'abri des détrousseurs, même du temps de Louis XIV. Mais les larrons s'en prenaient généralement aux ornements des salons et des jardins ou bien profitaient des soirs de fête pour détrousser, au vu et au su de tous, protégés par la cohue. C'était, pensa-t-elle, la première fois qu'un tel vol était ainsi commis. C'était en tout cas la première fois que Pompadour était dépouillée. Elle referma le meuble, songeuse et plus que contrariée. Que devait-elle penser ? Si peu de gens avaient accès à cette pièce ! Le roi y venait parfois bavarder. Quelques valets aussi, et des servantes. Mais lequel d'entre eux aurait pu oser la voler ainsi ?

L'affaire était d'importance. Pour autant, songea la favorite, il ne pouvait être question, en ce moment, d'ouvrir un nouveau front. Avec ce qu'elle devait déjà mener à bien, Pompadour avait fort à faire. Pour le moment.

À Paris

Cette fois, Florimond avait préféré ne pas monter à cheval, mais gagner la capitale en voiture. Non pas à bord de l'un des lourds carabas[1] qui faisaient la navette entre Versailles et Paris :

1. Le carabas transportait vingt personnes.

ces véhicules étaient malcommodes et surtout beaucoup trop lents. Il avait choisi de voyager à bord d'un pot de chambre. Certes, le confort offert par cette voiture était lui aussi rudimentaire, on y était exposé à la poussière du chemin. Mais accomplir ainsi le voyage était nettement plus rapide.

Depuis longtemps la route qui passait par les paroisses de Viroflay, Chaville et Sèvres n'offrait plus rien au valet que celui-ci pût découvrir ou qui eût de quoi l'intéresser. Cela lui laissa le loisir de dresser un bilan de ce qu'il avait vécu et appris depuis quelque temps. À la réflexion, et celle-ci n'avait pas besoin d'être longue, le valet ne pouvait rien reprocher à sa maîtresse pour ce qui regardait la maison de la rue Saint-Médéric. En ce qui concernait la femme de l'église Saint-Josse, en revanche, il pensait tout autrement. Certes, il lui aurait été loisible de penser que l'inconnue avait été abusée, comme il avait lui-même failli l'être, qu'elle avait été mal renseignée et que cela l'avait trompée. Or, sans qu'il puisse s'expliquer pourquoi, il rejetait cette possibilité. C'est à dessein que cette fausse amie l'avait mis sur la fausse piste du Parc-aux-Cerfs, il en était certain. Cette femme sortie de nulle part ne pouvait savoir qui était Florimond. Elle avait sans doute jugé qu'il était un homme de peu. Et pourtant, elle avait décidé de le tromper et aussi de lui nuire… Mais pourquoi ? Bien incapable de répondre à cette question, il décida de la mettre de côté, faute de deviner le premier indice, d'avoir un début de piste qui lui permettrait de lui apporter une réponse.

D'autant que, à ces pensées, à ces raisonnements s'ajoutait, de plus en plus présent, un autre tracas, beaucoup plus douloureux. Florimond ne s'en étonnait pas. Ses nerfs avaient été mis à rude épreuve : tour à tour il s'était cru trahi, du moins moqué par Pompadour, puis il avait compris qu'il n'en était rien, du moins si l'on allait au fond des choses. Au contraire, il avait été berné par l'inconnue rencontrée à Paris. Tout cela lui était désagréable, au bas mot, cela le désorientait. Le trouble éprouvé réveillait une autre émotion, jamais disparue, jamais éteinte, douloureuse, et cette douleur ne demandait qu'à se faire plus présente et avait le visage de sa sœur. Marguerite… Enlevée, disparue. Était-elle vivante ou morte ? Et si elle était vivante, en quel lieu se trouvait-elle ?

Florimond en était à peu près là dans ses réflexions lorsque le pot de chambre arriva aux premières maisons de Vaugirard. Il serait bientôt à Paris et il lui fallait décider ce qu'il allait faire. Dès l'instant où Pompadour lui avait parlé des filles tuées dans la capitale, le valet avait eu l'ardente ambition de résoudre l'affaire. Certes pour obéir à sa maîtresse, mais aussi parce que, comme elle, il n'admettait pas le crime. Depuis, il n'avait pas changé d'avis. Tout au contraire. Depuis, la marquise s'était confiée à lui, et il mesurait désormais pleinement l'importance capitale que, pour Pompadour, pour lui-même et pour le royaume, revêtait la résolution de l'affaire. Son désir d'enquêter était intact, voire décuplé. Mais où irait-il maintenant ? S'intéresser au comte de Charolais ne l'avait jusqu'à présent mené nulle part, ou, plus exactement, l'avait conduit à se méprendre. Le valet estimait cependant que cette piste ne devait pas être négligée : le portefaix rencontré au bord de la Seine, lui, n'avait pu vouloir l'abuser. Le garçon était dégourdi. Parce qu'il vivait à la cour, il connaissait nombre de laquais bien placés. Un bref détour par un des hôtels particuliers du faubourg Saint-Germain lui permettrait de savoir où se trouvait à cette heure le cousin du roi.

Si celui-ci était encore rue des Francs-Bourgeois, Florimond s'y rendrait, cette fois sans se laisser distraire. Si le comte se trouvait ailleurs, que ce fût à la campagne ou dans sa maison de la Nouvelle-France, le valet l'y rejoindrait.

À Versailles

Au même moment, la femme rêvait. Cette fois plus violemment encore que lors des autres songes, l'arbuste se jeta sur elle, avec appétit, sans aucune tendresse, bien loin de là. Elle eut un mouvement de recul:

—Votre Majesté, vous me faites peur.

Cette remarque – une plainte – n'eut pas l'effet escompté. Une main se fit plus ferme, inquisitrice. L'homme poussa sur le lit, sans ménagement, une femme apeurée, inquiète. Elle se cogna la tête sur le montant.

—Sire, ce n'est pas ainsi que je croyais…

—Tais-toi, catin de port de guerre!

Il grogna, se défit, voulut besogner, ne le put pas, insista, s'efforçant, soufflant, contraignant, pesant de tout son poids. À travers son travestissement, la femme ne voyait qu'un regard, et c'était un regard de dément. La malheureuse mesura le danger, sans le comprendre. Elle se débattit, toutefois incapable de crier. Son assaillant la gifla. Sous le coup de la douleur et de l'atroce déception qui la submergea, la proie dès lors ne tenta plus rien. Or cette capitulation, qui n'était que le résultat d'une peur panique, loin d'apaiser la fureur de l'homme, la décupla:

— Crois-tu que c'est en m'offrant de la chair molle et muette que tu vas me satisfaire? Ne peux-tu gémir et protester ? Ou m'insulter, même ? Où sont tes mains mignonnettes ? Pourquoi ne viennent-elles pas te défendre et me taper, au moins me griffer un peu ?

Et l'assaillant recommença à frapper la malheureuse. Celle-ci comprit enfin que contrefaire l'obéissante et l'abandonnée, n'offrir que sa passivité à ce bourreau était un mauvais calcul. Le barbare ne souhaitait pas la soumettre, il voulait la battre, lui faire mal, l'entendre crier, pleurer, sangloter, supplier et se débattre, quémander encore et toujours. Aussi dut-elle, en quelques instants, une poignée de secondes, vite déterminer, vite, très vite, ce qu'elle devait faire afin de survivre à cette épreuve insensée, insupportable. La femme estima que rien ne servirait de supplier l'homme, sans parler de tenter de le raisonner. Alors, bien qu'elle n'ait jamais eu l'occasion ni le besoin de combattre ainsi, l'assaillie rassembla toutes les forces qu'elle fut capable de mobiliser en cet instant critique. Elle serra les poings, les abattit sur son agresseur. Dans ce rêve, qui ne faisait que reproduire une réalité affreuse, le plus achevé de tous ces affreux songes, un habit craqua, d'autres coutures cédèrent, la robe se fendit, se déchira. Fort opportun, car la malheureuse put s'agiter davantage, se démener, se défendre. Et cela changea tout. Elle plia le genou et le releva d'un coup. Sous l'effet de la surprise et de la douleur, de la colère et aussi de l'humiliation, l'homme poussa un cri étouffé. Le souffle soudain coupé. D'un coup sec, et bien que cela n'eût pu le soulager, il arracha son camouflage de feuilles, à la recherche de l'air qui lui manquait. Mais le répit obtenu de haute lutte par la malheureuse ne fut que de courte durée. Fou de rage, l'assaillant retrouva sa vigueur. La douleur fouettait son désir.

Au terme de ce cauchemar nourri de ce qu'elle avait vécu et subi, la femme revit la face de celui qui avait ôté son masque. Sous le choc, elle se réveilla, plus terrifiée que jamais. La fin de ce rêve sans cesse renouvelé et pour cette fois achevé – c'était là un progrès, un tournant décisif – venait de lui rappeler ce qu'elle avait enfoui au plus profond d'elle-même, les traits de l'homme qui s'en était pris à elle au cours de cette maudite nuit du bal des Ifs.

Être enfin allée au terme de ce songe la contentait, d'une certaine manière. La malheureuse y voyait la preuve qu'au fond d'elle-même elle avait toujours voulu retrouver une vérité, la vérité qui lui avait un temps échappé. Ce qui prouvait qu'elle était une femme forte, si tant est qu'elle en eût jamais douté. Ce moment qu'elle avait jadis vécu, puis effacé de sa mémoire, refoulé jusqu'à ce que son esprit trouve la force de le faire sortir de l'oubli, cet épisode affreux éclairait ces dernières années, et jusqu'à ce jour d'une manière particulièrement vive. Tout s'expliquait, même. La femme n'était pas fautive. Elle était une victime. Elle devait interpeller Louis XV, le prendre à témoin, lui confier ce qu'elle savait désormais. Et sans tarder. Car elle craignait de ne plus avoir, dans un moment, la force et la détermination qui étaient les siennes à présent.

Ce souvenir recouvré, le premier mouvement de la pauvre victime fut de se rendre chez le roi. Elle allait prendre le petit escalier semi-circulaire qui, aménagé sur le côté de la cour des Cerfs, tout contre le mur de la Grande Galerie, offrait un accès discret à l'appartement privé de Louis XV. Pompadour, car c'était elle, savait où trouver le souverain à cette heure…

Dans le faubourg de la Nouvelle-France

Ici, c'était une étendue incertaine qui s'étalait entre la campagne et la ville, son agitation, son animation, ses encombrements, ses pestilences. C'étaient des terrains le plus souvent cultivés, parfois laissés en friche, avec, de loin en loin, quelques masures et, plus rares, de belles demeures édifiées par une congrégation ou par un homme fortuné qui recherchait le calme. Là-bas, commençait le quartier de la Nouvelle-France.

Comme il l'avait imaginé, Florimond avait aisément retrouvé la piste de Charolais : les autres laquais de courtisans, de princes, de prélats, de financiers, de Versailles ou de Paris, ne refusaient rien au valet de Pompadour, si proche du roi, quoi qu'il ne fût que serviteur. Celui-ci craignait une fois de plus de se perdre : il choisit, au risque de décrire un détour, de partir du cimetière des Innocents qui, avec les Halles, formait le cœur battant et le ventre de Paris. De là s'élançait vers le nord la longue rue Montmartre. Florimond franchit quelques carrefours, arriva jusqu'au boulevard, près du bel hôtel d'Uzès. Or, quelques pas plus loin, il se trouva devant un embranchement. Quelle voie choisir ? Le nez au vent, il lui était d'autant plus difficile de se décider que l'une et l'autre des deux routes lui semblaient mener toutes deux chez le cousin du roi.

Une charrette arrivait, un maraîcher, sans doute, que Florimond interrogea aussitôt. Mâchoire puissante, chemise pas trop sale, le paysan était jeune, et de toute évidence aimait rendre service. Il ne fut pas nécessaire de l'interroger davantage :

— Le chemin pour aller chez Charolais ? Les deux routes y mènent, une par la gauche, l'autre par la droite. À toi de voir… Choisis, c'est tout pareil.

Florimond remercia l'homme. Celui-ci était sur le point de repartir avec son chargement de légumes, mais il se ravisa, tirant d'un coup sur la longe de son baudet. Il considéra le valet de Pompadour, hésita encore un instant, ajouta :

— Mais je serais toi, j'irais pas trop par là-bas, il s'y passe des choses…, enfin c'est ce qu'on dit, des choses pas chrétiennes.

Puis, d'un claquement de la langue, le maraîcher encouragea sa mule à repartir. Florimond le retint d'un geste :

— Je dois vraiment savoir comment y aller, le plus vite possible.

L'homme tira sur les rênes, considéra le valet de Pompadour, plissa le front :

— T'en es pas loin. Les routes, elles bifurquent ici pour contourner l'enclos de la chapelle de Notre-Dame-de-Lorette. Après, elles donnent toutes deux dans le chemin de Bellefond, tu peux pas t'égarer. C'est sur cette route-là que tu trouveras l'entrée de la propriété que tu cherches. La maison de Charolais, elle est au bout d'une allée, qui part vers le nord. Mais je te préviens, sauf si une voiture sort ou entre à ce moment-là, tu la verras pas bien de la route, la grille est le plus souvent fermée.

Florimond remercia d'un signe de tête. Il allait se mettre en route lorsque le cultivateur reprit son propos :

— Si tu veux, je t'y emmène, je rentre chez moi, la charrette à vide, la mule peut bien nous tirer tous les deux jusque là-bas. Monte derrière, il y a des paniers vides, tu peux t'asseoir dessus, ça cassera pas.

Florimond avait déjà beaucoup marché, il ne se le fit pas répéter. L'instant suivant, il s'installait sur des couffins terreux. Le valet ne vit pas, derrière le bout de toile qui le séparait du charretier, que, de sa main calleuse, celui-ci saisissait le solide nerf de bœuf caché sous la planche qui lui servait de siège.

À Versailles

Par goût de paraître et par calcul politique – il voulait que tout fût ramené à lui et tournât autour de lui –, Louis XIV avait toujours vécu en public, dans de vastes pièces, souvent ventées et mal chauffées, où il pouvait se donner en représentation et où, partout, le décor proclamait sa gloire en d'innombrables soleils et dorures. Louis XV, au contraire, recherchait l'intimité et le confort. Il avait empilé, autour de la cour des Cerfs, un grand nombre de pièces fort petites, y avait casé bibliothèques, cabinets de curiosités, établis, cuisines où se préparaient les mets fins servis lors de soupers réservés à quelques amis privilégiés. C'est dans un de ces réduits que Jeanne Antoinette trouva le roi. Ici, Louis XV possédait un tour, avec lequel il façonnait dans l'ivoire cure-dents, coupe-papier et autres babioles qu'il distribuait à ses proches.

—Vous ici, Madame ?

La surprise du monarque n'était pas feinte : la marquise montait rarement jusqu'au cabinet du Tour, niché avec d'autres au-dessus de l'appartement du roi[1]. D'ordinaire, Pompadour ne laissait rien au hasard. Quand elle se rendait auprès du souverain, même pour n'y passer qu'un moment, elle prenait

1. On trouvait, sur quatre étages, les cabinets de Géographie, du Billard, de Physique, ainsi que des laboratoires, des terrasses, des cuisines, des suppléments de bibliothèque, etc.

toujours le soin de se changer, d'ajouter quelques bijoux aux deux bracelets de perles qu'elle portait toujours, de vérifier sa coiffure et de se parfumer. Elle voulait être parfaite, en toutes circonstances. Demeurer la favorite de Louis XV était à ce prix. Cette fois, cependant, la favorite avait dérogé à cette règle, aussi prudente que nécessaire, et était montée chez le roi sans avoir changé de tenue, ni même en avoir vérifié le bon ordre dans un miroir. Son impatience était trop grande.

— Louis, il faut que je vous parle…

— Madame, je suis là sur une opération délicate. Voyez ce guillochis…

— C'est urgent.

Le roi rangea la gouge qu'il tenait à la main. La survenue de la favorite l'ennuyait certes un peu, mais il résolut de faire cependant bonne figure. Parce qu'il était poli et mesurait tout ce qu'il devait à Pompadour. Sur qui pouvait-il compter, à la cour, pour l'aimer comme le faisait cette femme, sincèrement, pour le conseiller avec sagesse tant en ce qui concernait l'attitude à adopter à l'égard des philosophes, des jésuites, de Rome, de Berlin, de Vienne et de Londres ? Surtout, qui savait, mieux que Jeanne Antoinette, le distraire, donner une pièce de théâtre dans les Petits Appartements, improviser une fête, décider d'une promenade en carrosse, en calèche, en traîneau, selon la saison, bref l'empêcher de sombrer dans la mélancolie qui, depuis son plus jeune âge, depuis que l'essentiel de sa famille avait péri, lui gâtait la vie ?

— Je vous écoute.

— Louis, c'est au sujet de…

Tout à l'heure, Pompadour était sûre d'elle. Maintenant, elle hésitait ou, plutôt, ne savait comment s'y prendre, du moins comment entrer en matière. Vivre au côté du roi et dans son intimité durant quinze années, loin de lui faciliter la tâche, la compliquait. Comment dire à un homme qui avait été son amant, à un homme avec lequel la marquise avait échangé d'innombrables confidences, à un homme qui s'était si souvent confié à elle, qui avait pleuré dans ses bras les soirs de désarroi, comment lui apprendre ce qu'elle devait pourtant lui révéler, et avec quels mots, quelles prudences ? Rassemblant son courage, elle reprit :

— Vous souvenez-vous de la fête donnée à l'occasion du mariage de votre fils le Dauphin ?

Poser cette question était absurde, indigne de l'intelligence, de l'à-propos jamais pris en défaut de la spirituelle favorite qui, en l'espèce, ne put cependant trouver une entrée en matière plus subtile. Le roi en fut surpris. Le bal de 1745 et la nuit qui avait suivi étaient, seraient à jamais gravés dans la mémoire du monarque. Tant il se souvenait du trouble qui s'était alors emparé de lui lorsqu'il avait aperçu Jeanne Antoinette, au milieu de la foule. Tant il l'avait alors désirée, sans savoir s'il allait pouvoir s'éclipser et étreindre la jeune femme. Tant avait été grand le plaisir qui, finalement, avait été le sien, après qu'il eut osé convier Pompadour à le suivre dans ses Petits Appartements. Au vu et au su de toute la cour qui, toute la soirée, avait guetté le moindre des gestes du roi, la moindre mimique de Jeanne Antoinette. Depuis, le souverain et Pompadour étaient demeurés unis l'un à l'autre, liés par un sentiment qui, au-delà d'une passion qui s'était éteinte ou avait du moins mué en une amitié sincère, était fondé sur une profonde union.

Louis XV allait certes écouter sa favorite, puisque celle-ci le lui demandait. Mais il devait cacher, soustraire aux yeux de la marquise l'objet qu'il était occupé à façonner sur son tour. Et, tablier plaqué sur la poitrine, les mains un peu noircies, le roi de France pivota légèrement, puis recula afin de mieux dissimuler son établi. Pompadour ne s'en aperçut pas ; elle reprit :

— Louis, vous vous souvenez, au début de la réception, nous étions l'un et l'autre masqués. Puis nous nous sommes découverts, nous avons parlé et nous avons ri.

Le roi regarda la marquise, robe verte à bouquets détachés et jupon de soie cannelée, toujours si élégante, si bien coiffée et maquillée, quelles que fussent l'heure et les circonstances. Se remémorer le bal des Ifs lui était tout à la fois agréable et douloureux. Agréable, car Louis XV savait que, ce jour-là, avait commencé une longue histoire qui n'était pas achevée. Douloureux, du moins désagréable, car voici déjà dix ans que le Dauphin s'était marié, et ces dix années avaient passé vite, trop vite, et avaient à grandes enjambées rapproché le Bourbon de la tombe, de cette fin tant redoutée et pourtant inéluctable. Louis XV s'en assombrit, en oublia toute prudence, fit un pas sur le côté. Et, maladroit, il dévoila à Pompadour ce qu'il désirait ne lui offrir qu'à l'occasion des prochaines étrennes[1] : une pendule d'ivoire. Elle était déjà à demi assemblée, et le monarque en avait façonné le cadran et divers ornements.

Le roi savait la marquise intelligente. Il lui fallait prendre les devants. Pour avoir l'air galant et vif, puisqu'il ne s'était pas montré assez prudent :

— Moi qui voulais vous en faire la surprise, j'en suis quitte pour vous offrir un autre présent à la nouvelle année. Mais je

1. C'est au Nouvel An, et non à Noël, que l'on offrait et recevait des étrennes à la cour.

ne vous promets pas que ce sera un ouvrage de cette sorte, la fabrication en est longue, voici plusieurs mois que je me suis attelé à ce travail, après en avoir dessiné moi-même le plan…

Pompadour savait que le roi disait vrai. Et que Louis XV travaillât ainsi, sans doute chaque jour ou presque, à la fabrication de cet objet précieux lui allait droit au cœur. Plus qu'un château, plus qu'une parure de diamants, plus que le titre de duchesse, ce cadeau, fruit de longues heures de labeur, de patience et d'attention, de soins répétés, de tendres pensées aussi, l'émouvait. La favorite était sensible, ses yeux s'embuèrent. Il ne lui en fut que plus ardu de révéler au roi le secret qu'elle avait longtemps porté en elle sans le savoir, le lourd mystère qui avait tant hanté ses nuits avant de se révéler à elle, enfin. Elle s'approcha de Louis XV :

— Louis, je dois vous dire…

Pompadour était si émue que le roi se méprit :

— Que vous vous plaisez en ma compagnie ? Voyez-vous, je pourrais dire la même chose.

Il s'avança, saisit les mains de la marquise. Bien que ceux qui avaient jadis été amants ne fussent plus que de grands amis, la féminité qui habitait la favorite éveilla chez le roi ce qui n'était jamais très endormi. Le roi s'approcha encore. Pompadour recula. À cet instant, elle avait moins que jamais l'envie de s'abandonner à des caresses qu'elle n'aurait fait que subir sans plaisir. Mais pour ne pas décevoir le roi, surtout afin de ne pas lui laisser espérer qu'il allait pouvoir être satisfait, la favorite devait sans tarder reprendre son discours. Et c'est ce qu'elle fit car elle était courageuse :

— Louis. C'est un de vos sujets. Il m'a manqué de respect.

D'un coup, le Bourbon se rembrunit. Il recula. Ce n'était

plus le même homme. En un instant, il n'était plus un ami prêt à redevenir un amant, mais un monarque stupéfait, prêt à tonner et à punir :

— Que dites-vous, Madame ? De qui, de quoi parlez-vous ? Si quelqu'un vous a insultée, offensée, outragée, il en répondra devant moi. Et un séjour à la Bastille sera pour lui une peine trop douce.

Pompadour réprima une moue. Son début de confession avait surpris le roi ? Eh bien, il allait être bouleversé. Aussitôt, la favorite reprit :

— Outragée, oui, Louis, c'est le mot. Mais c'était il y a longtemps.

La surprise du roi allait croissant :

— Pourquoi ne vous êtes-vous pas confiée avant ?

— Je viens de me le rappeler. La honte, sans doute, avait relégué ce souvenir je ne sais où, ce qui m'a empêchée de vous en parler auparavant. C'était lors de cette fameuse nuit du bal des Ifs, après que nous nous fûmes aimés et que j'allais retourner chez moi, à Paris, au petit matin, alors que les derniers invités n'avaient pas encore quitté la Grande Galerie et les salons.

Par-delà une colère qui ne demandait qu'à éclater, l'impatience, le désir d'entendre la suite au plus vite et de punir aussitôt emballaient l'imagination du roi. Celui-ci crut deviner ce qui s'était passé cette nuit de 1745. Ce soir-là, au détour d'un couloir ou d'une antichambre, l'esprit troublé par le vin qui avait coulé en abondance, grisée par la musique et la fête, une femme de la cour, imbue de son rang, rageuse, jalouse, dépitée de ne pas avoir été choisie, ni même remarquée par le Bourbon, avait insulté Jeanne Antoinette, la renvoyant sans doute d'un mot orgueilleux et méprisant à sa condition de bourgeoise...

Le roi faisait fausse route, comme il l'apprit dès que Pompadour reprit :

— Il s'agit, Louis, d'un homme. Un homme qui m'a bafouée, qui a insulté ma pudeur.

Elle se sentait épuisée, en ayant déjà beaucoup dit. Son propos avait été clair. Il lui fallait cependant préciser. Héroïque, elle conclut :

— Cet homme m'a tuée, ou presque. Et vous ne le connaissez que trop bien.

Près de Paris

Lorsqu'il revint à lui, Florimond ne comprit pas d'emblée qu'il gisait sur un sol de terre battue et qu'il était attaché. Et solidement. Sa tête lui faisait mal. Ce qui lui causa, entre deux battements dans les tempes, des pensées confuses et désordonnées. Puis il apprivoisa la douleur. Et lui revinrent pêle-mêle d'incertains souvenirs, des images où se mélangeaient sa conversation avec le maraîcher rencontré sur la route, la charrette qui se mettait en branle, roulait un peu, s'arrêtait au bout de quelques toises, et l'homme qui sautait de son siège, s'approchait de lui, la trique à la main, et qui commençait à frapper.

Le valet de Pompadour était maintenant tout à fait éveillé. Il mesurait enfin qu'il était retenu dans une pièce sombre, aux murs écaillés, pieds et poings liés, et avait de surcroît le derrière à l'air, du reste comme le devant de son corps.

S'apercevoir qu'il avait été attaqué et battu sans qu'il pût ni savoir ni deviner pourquoi, et qu'il était maintenant ligoté et dénudé, le plongea dans une frayeur mêlée d'incrédulité. Ses yeux s'étaient habitués à la demi-pénombre qui régnait ici, dans ce réduit – une resserre ? – où dominait une odeur aigre et qu'éclairaient les seuls minces rais qui filtraient sous la porte.

Le temps passa. Florimond avait froid. La situation était si affreuse, si impossible à comprendre que le valet accueillit avec une sorte de soulagement les bruits qui lui signalèrent, toute proche, une présence humaine. Lui portait-on secours ou, au contraire, le charretier revenait-il auprès de lui ? Une fulgurance lui vint à l'esprit : ni l'une ni l'autre de ces deux hypothèses ne devait être la bonne. Le garçon avait voulu approcher Charolais. Or, d'une manière ou d'une autre, le comte l'avait appris et, avec l'aide d'un comparse, il s'était emparé de lui et le retenait prisonnier… Florimond était perdu.

Il y eut un bruit de pas. On engagea une clef dans la serrure, on poussa le battant. Florimond s'était tellement habitué à l'obscurité que la mince flamme d'une bougie lui sembla un flamboiement puissant. Empêtré et gêné, malhabile et gigotant comme un ver coupé en deux, le valet se tassa contre la muraille, les fesses raclées par le sol rugueux. Il ne voyait qu'une silhouette, ne pouvait rien en apprendre. Un homme, peut-être… Le nouveau venu s'approcha. Là, Florimond reconnut le maraîcher, qui l'avait renseigné et fait monter dans sa carriole avant de s'en prendre à lui. Celui-ci éructa :

—Tu as cru que j'allais te laisser faire ? Tu as pensé que t'allais t'en tirer comme ça ? Tu t'es trompé.

Certes, Florimond était de naissance obscure. Et, comme tous les petits pauvres, il avait été privé d'enfance, confronté dès son plus jeune âge à la faim, aux injustices et à des dangers de toutes sortes. Mais il était habitué depuis des années à vivre dans le plus grand des luxes – Pompadour donnait le bon ton à toute l'Europe. Le garçon était devenu un autre. Être, bien plus que le valet, l'homme à tout faire voire le confident de la favorite l'avait conduit à vivre dans la dorure depuis de longues années. Avoir été assommé et enlevé, se trouver ligoté, le fondement et le reste à l'air, dans une sorte de cave, lui était incompréhensible. Or, le malheureux ne resta pas plus longtemps dans l'ignorance de ce qui lui était réservé :

— Tu vas crever, c'est certain. Tu le mérites. Mais avant, je vais te couper ce qui dépasse. Comme ça, même en enfer, tu pourras pas t'en servir, de ta pistouflette et de tes bobineaux.

La menace était terrifiante. Florimond demeurait muet, tant il était abasourdi, contraint depuis son réveil de regarder, impuissant, vaguement incrédule, son destin lui échapper absolument des mains. Le valet de Pompadour avait été chargé de poursuivre le crime, et voilà qu'il était soudain mis en accusation et promis au supplice. Il songea que tout cela n'avait aucun sens. Il espérait que tout ceci allait s'arrêter. Mais le valet aperçut alors, dans la main de l'homme qui le menaçait, un fin éclair de lumière. Une lame, comprit Florimond, celle dont son geôlier allait se servir pour mettre sa menace à exécution. Cette fois, le garçon se vit perdu. Ligoté, la tête dans un étau, il ne pouvait se débattre, encore moins se défendre. Il allait mourir, et de façon tout à la fois affreuse, douloureuse et humiliante. Alors, à quelques instants de son martyre, il recouvra d'un coup ses esprits, sa voix, le désir de vivre, de survivre à l'absurdité dans laquelle il était plongé :

—Laisse-moi, tu te trompes, je suis innocent.

La réplique fusa, immédiate :

—C'est ce que disent tous les scélérats, ton maître Charolais et les autres.

—Mais je n'obéis pas au comte, je ne l'ai jamais vu !

L'autre s'avança dans le sombre :

—Et pourquoi donc voulais-tu te rendre chez lui ? Pour t'occuper de son jardin ? Figure-toi qu'il a tous les jardiniers nécessaires, cet homme-là. Tu étais pressé, tu me l'as dit toi-même, tu as insisté, ne cherche pas à nier, c'était il y a un instant, tu t'es précipité dans ma charrette dès que je te l'ai proposé. Figure-toi que c'était un piège. Tu vas payer.

—Tout au contraire, je le traque. Nous sommes amis et alliés, toi et moi, je t'assure.

—Tais-toi. C'est parce que je suis un paysan que tu me prends pour un benêt. Tu crois que, à voir tes manières et ta façon de me toiser, j'ai pas compris que tu étais au service de quelqu'un d'important ? Et tu veux que je te dise pourquoi tu étais si impatient ? Pour faire des saletés avec Charolais… Tu dois l'y aider d'une manière ou d'une autre. Tu crois que moi qui vis par ici, je ne sais pas ce qui se passe chez le comte ? Décidément, tu me prends pour un idiot.

L'autre s'emporta, il faisait les questions et les réponses, rien ni personne ne pouvait le raisonner, comprit Florimond. Le valet vit le cultivateur et, surtout, son arme, luisante, si proche.

—C'est mon couteau qui t'intéresse ? Pour sûr, c'est pas des pieds de salade qu'il va trancher, cette fois.

À Versailles

La favorite poursuivit :

— Hormis le nom du criminel, que je vais vous révéler, je vous ai tout dit, Louis. Et c'est l'exacte vérité que j'ai énoncée, sans rien y ajouter ni en retrancher, du moins si ma pauvre mémoire ne me joue désormais plus aucun tour.

Louis XV avait écouté sans broncher les propos de Pompadour et en demeurait coi. Pour la connaître depuis longtemps, il savait que la marquise n'était ni menteuse ni folle, et qu'il devait prendre pour argent comptant tout ce qu'elle venait de lui apprendre.

— Je vous crois, Madame.

Le roi et sa favorite se tenaient toujours dans le modeste cabinet du Tour, certes décoré avec soin, mais qui n'était après tout qu'un atelier. Sitôt après l'exposé de la marquise, inattendu et si stupéfiant, le roi avait songé à gagner avec Pompadour une autre pièce de ses appartements : continuer à s'entretenir d'un sujet aussi grave devant un tour et au milieu d'outils de toutes sortes, certes de bois précieux et au manche serti d'argent, était quelque peu étrange et déplacé. Pourtant, le souverain finit par comprendre qu'ici nul ne risquait de les espionner, cette partie du palais était toujours à peu près désertée.

— Le misérable…

Le souverain ne put finir, tant ce qu'il venait d'apprendre le laissait ébahi. La femme à laquelle il était si attaché et dont il avait tant besoin avait été malmenée. Et de surcroît dans sa propre demeure, et la nuit où ils avaient tous deux partagé la même chambre pour la première fois. C'était, jetée sur le souvenir d'un moment si déterminant dans sa vie d'homme, de roi et d'amant, une triple tache, une souillure insupportable. Pourtant, Louis XV se sentait pris au piège. Comme le Bourbon l'expliqua à Pompadour, passé un instant d'accablement et de stupéfaction, et après avoir vite réfléchi à la situation née des révélations qu'il venait d'entendre :

— Hélas ! Madame, je ne peux rien faire.

La favorite n'était pas plus naïve que le roi. Elle était venue le trouver parce qu'elle ne pouvait songer ne pas partager avec lui ce dont elle s'était souvenue. Mais elle était assez au fait de la politique pour savoir ce que pensait Louis XV et pourquoi celui-ci venait de lui adresser cette remarque abrupte. Du reste, le Bourbon reprit :

— Concevez-vous le scandale qui éclaterait si ce que vous venez de me confier était connu ? Je n'ose l'imaginer.

Le roi disait vrai, la marquise le savait. Quoi qu'elle eût été en l'espèce une victime de l'aventure, Pompadour serait éclaboussée. Hormis sa famille et quelques rares amis plus ou moins intéressés, la cour, qui la considérait déjà comme une moins que rien puisqu'elle n'était qu'une bourgeoise, une née Poisson, une fille dont le père n'était peut-être pas le père, la jetterait dans la boue. Avec, au premier rang des aboyeurs, le fils du roi, le Dauphin, son pire ennemi, un bigot obtus, et aussi ses sœurs, confites en dévotion, qui vieillissaient vierges, ne lisaient que la Bible ou presque, et haïssaient pêle-mêle la beauté de Pompadour, l'obscurité de son ascendance et sa liberté d'esprit.

Sans cynisme mais lucide, la favorite compléta la pensée du roi ; elle proféra les mots crus que le monarque ne se résolvait pas à prononcer :

— On proclamerait haut et fort que, décidément, cette femme était bien vile et bien sotte, bien bécasse et bien mal élevée pour s'être ainsi laissé avilir sans toutefois hésiter ensuite à devenir, quoique flétrie, la maîtresse en titre du roi.

Sans parler de Louis XV, songeait la marquise, qui serait sali par contrecoup, critiqué, alors qu'il était devenu si impopulaire. Du reste, le souverain compléta ce propos amer, désabusé mais sagace.

— Ce serait un tapage immense, à la cour, dans tout le royaume. En quelques jours, toute l'Europe serait instruite de cette ignominie. La monarchie serait éclaboussée, elle vacillerait, tituberait, nos ennemis en profiteraient. Chacun jouerait sa partition pour m'affaiblir : l'Angleterre, les parlements, l'Église, et tant d'autres. L'affaire fournirait à chacun l'occasion de critiquer la monarchie, mon pouvoir. Ma chère, en dépit de votre malheur et du mien, je crains que je ne puisse rien entreprendre pour que passe ma colère et que justice soit faite.

Louis XV, à cet instant, se tut. Il avait jusque-là parlé d'une voix posée. Celle-ci se fit plus faible, ce fut presque celle d'un enfant, d'un garçonnet privé d'un jouet ou d'un animal de compagnie parce qu'il a commis une sottise :

— Et si tout cela se savait, vous seriez contrainte de quitter la cour. C'est impossible. Car cela, je ne le supporterais pas.

Nouvelle proclamation, tout à fait dépourvue de fard, de l'attachement que le roi éprouvait pour elle, le propos toucha la marquise. D'autant plus que celle-ci, loin de s'indigner de la douloureuse tirade que Louis XV venait de lui faire, aurait pu en dire à peu près chaque mot, tant elle élaborait la même analyse. Tout au plus, songea-t-elle, le monarque aurait pu convoquer en secret l'assaillant de son amante et lui dire son fait. Mais, pensa-t-elle aussitôt, cela aurait mené le roi à affronter le regard de l'homme qui avait déshonoré celle qui était depuis devenue la véritable reine de France. De cette confrontation, Louis XV serait sorti rabaissé, mortifié. De cette humiliation, Pompadour ne voulait pas être la responsable, quels que fussent les sentiments que, instruite par ses souvenirs revenus, elle portait désormais à celui qui l'avait malmenée.

Sensible, le roi retenait ses larmes, mais à grand-peine :

— Je mesure combien il vous a été difficile de vous confesser. Je vous plains. Or maintenant, il vous faut conclure. Madame, qui est donc cet homme si haïssable ?

La réponse vint aussitôt. Car Pompadour voulait en finir.

— Votre cousin, le comte de Charolais.

Il y eut un silence, lourd, mais qui cependant ne dura pas. Car, à cette révélation saisissante, Louis XV avait l'obligation de réagir sur-le-champ. Sa voix devint blanche :

— Depuis le tout début de mon règne, cet homme a laissé libre cours à ses instincts. Ni moi ni personne n'avons jamais pu le soumettre. Or, je ne peux l'envoyer à la Bastille, ni même simplement le contraindre à se retirer sur une de ses terres éloignées de Paris. On s'interrogerait, on commenterait ma décision, la vérité finirait par être connue. Et nous revenons à ce que nous disions tout à l'heure. Si la chose s'ébruitait, ce serait le scandale, plus grand encore que je l'ai envisagé, puisque mon cousin y serait mêlé, en serait la cause. Tout roi que je suis, je ne puis vraiment, en l'espèce, rien faire. Je ne peux que convoquer le coupable de cette ignominie dans mon bureau et le morigéner. Ainsi voit-on comment le roi de France est condamné à l'impuissance, ou presque.

Louis XV était clairvoyant, il prenait la mesure de la faiblesse à laquelle il était réduit, une impotence subie qui le touchait au plus profond de son être. Pompadour le savait, chercha à le réconforter, avec tact :

— Croyez que je suis sincèrement persuadée que votre décision est en effet la plus sage, la seule que vous puissiez prendre. Sachez que je ne suis pas venue ici pour réclamer vengeance. Je vous ai parlé parce que nous tenons l'un à l'autre et que nous nous estimons, je le crois. Je devais me livrer à vous.

— Si j'avais besoin de m'en souvenir, ces mots sont une nouvelle manifestation de la délicatesse qui est votre marque.

— Louis, j'ai une requête à formuler maintenant, et qui regarde ce que je viens de vous révéler.

Le roi soupira :

— Votre sollicitation est bien entendu accordée, avant même d'avoir été dite.

— Pour ce qui est du comte de Charolais, puisque vous ne pouvez sévir contre lui de manière frontale, j'aimerais pouvoir réfléchir sur ce point, affiner mon attitude.

— Je ferai là, comme bien d'autres, comme vous voudrez.

Le roi s'avança vers Pompadour, lui prit la main. Alors qu'ils s'étaient jadis étreints, à maintes reprises, les anciens amants restèrent ainsi, sans pouvoir ni vouloir faire davantage.

À Paris

Voici un moment que La Ferrière demeurait sans rien faire, dans son vaste bureau du Grand Châtelet. Sans rien faire, du moins sans rien lire ni écrire. Car il raisonnait. L'autre jour, songeait-il, à Versailles, peu avant d'être conduit devant le roi, le lieutenant général de police avait retiré un certain rapport des comptes rendus destinés au Bourbon. Cela avait été pour lui un geste inédit. Jusqu'à ce jour, le policier avait eu des remords. Du moins par intermittence. Puis s'était réconcilié avec lui-même. Puis avait de nouveau été la proie de scrupules. À présent, il voulait sonder sa conscience, sans rien se cacher, en allant au bout de chaque idée, de chaque argument qu'il entendait bien s'adresser à lui-même, examiner et décortiquer.

La Ferrière était silencieux, immobile. Le commissaire qui serait entré dans le bureau sans se faire annoncer ni crier gare l'aurait pris pour un mort. Mais au moins, le lieutenant général de police pouvait enfin penser, analyser, avec toute la lucidité requise. Il se souvint des promesses qu'il s'était jadis adressées, des serments qu'il avait prononcés, des lettres que le roi lui avait écrites lors de sa nomination au Grand Châtelet, se perdit dans un monde auquel lui seul avait accès.

Soudain ce fut comme une lumière, plutôt une certitude. La Ferrière en était certain : compte tenu de ce qu'il connaissait, de ce qu'il aurait dû faire, et de plusieurs autres paramètres, en ne révélant rien de ce qu'il savait d'une certaine affaire, ni au roi ni à Pompadour, le policier avait agi pour le mieux. Du moins au mieux de ce que lui disaient son orgueil et la haute opinion qu'il avait de lui-même. Il serait toujours temps, plus tard, au gré des événements, de révéler ce qu'il taisait jusqu'à maintenant.

Près de Paris

Dénudé, serré contre le mur, Florimond était bien décidé, si son fulgurant mal de tête lui en laissait la force, à donner des coups de pied à celui qui lui voulait tant de mal, le martyriser avant de le tuer. Perdu pour perdu, autant se défendre, du moins essayer. De ses mains attachées, il ne pourrait se servir. Mais le valet pensa qu'il pourrait toujours mordre, car il avait encore toutes ses dents, bien plantées et saines. L'autre avança la main, chercha à attraper ce qu'il convoitait. Autant qu'il le put, Florimond se replia sur lui-même. Le paysan se baissa, serra davantage le serviteur contre la muraille et, agile, réussit à contrer les pauvres ruades du désespéré. Il y eut un sourd tumulte, des ahanements rapides et nerveux, quelques injures. Mais, entravé, écorché de partout, ne nourrissant aucun véritable espoir d'échapper à son sort, le garçon ne pouvait plus guère bouger. Il était perdu, mais ne s'apitoya pas sur son sort. Il songea à sa jeune sœur Marguerite, dont il ne connaîtrait jamais le destin ; il en souffrit amèrement. Ce serait sans doute le principal regret qui l'habiterait durant les derniers instants qu'il avait à vivre.

Une douleur. Le maraîcher s'était emparé de ce qu'il voulait attraper. Moins pour la gloire que par instinct, Florimond se débattit encore un peu, tel un animal pris au piège. Il faiblissait, ses dents ne mordaient rien, ses pieds ne cognaient rien, il s'épuisait. C'en était fini, songea-t-il. Il ferma les yeux. Souffrirait-il longtemps avant d'expirer ?

Soudain il y eut du bruit, des pas, une voix, qui n'était pas celle du cultivateur mais celle d'une femme, de la lumière aussi. Le salut ? espéra le garçon.

— Pierre, que fais-tu ?

Le valet connaissait cette manière de parler, ce timbre de voix. Il ouvrit les yeux. Ce qu'il voyait était plus qu'inattendu, extraordinaire ! C'était l'inconnue rencontrée devant l'hôtel parisien de Charolais, la femme qui s'était entretenue avec lui à l'abri de Saint-Josse. D'emblée, celle-ci prit la mesure de la situation, en saisit l'extrême gravité. De nouveau, elle interrogea le maraîcher :

— Que veux-tu à ce garçon ?

— Le mettre hors d'état de nuire, pardi ! Il allait seconder Charolais dans ses crimes !

— Es-tu un imbécile ? Il est innocent de ce dont tu l'accuses !

Il y eut un instant de silence. Dolent, Jean Florimond ne le mit pas même à profit pour se demander comment sa sauveuse connaissait son identité puisqu'il ne l'avait jamais révélée à cette femme décidément étonnante. L'assaillant lâcha prise. Par pudeur, Florimond se recroquevilla. Par décence, la nouvelle venue détourna le regard. Le maraîcher commençait à comprendre qu'il avait fait fausse route. Il voulut se justifier, avec des arguments solides mais peu ordonnés :

— Il m'a demandé son chemin tout à l'heure. J'ai pensé qu'il était un laquais de Charolais, plutôt un de ses pourvoyeurs. Tu sais de quoi je parle… Tout ce qu'on comprend, ce qu'on voit, ce qu'on entend et ce qu'on devine, ces cris, ces appels, ces supplications qui passent par-dessus les murs… Et les arrivées ou les départs précipités du comte, en pleine nuit.

— Tu es vraiment trop bête. Ce garçon est innocent, et s'il est venu jusqu'ici, c'est parce que…

La femme se tut. Elle hésitait à poursuivre mais en avait trop dit pour ne pas achever sa phrase, son raisonnement. Elle allait reprendre son discours d'une manière ou d'une autre, sans toutefois rien révéler de ce que, manifestement, elle souhaitait tenir secret. Mais le maraîcher peinait à reconnaître qu'il s'était trompé, avait failli commettre une horreur injustifiée ; il voulut insister, quoique ce combat fût perdu d'avance :

— Pourtant, je t'assure, on aurait bien dit que…

Cette fois, la femme s'emporta :

— Tu n'es qu'un âne, et tu as même failli être un assassin, tu me compliques la vie et le travail. Redonne sa culotte à ce garçon et relâche-le.

Visiblement excédée par les agissements de l'homme qu'elle semblait bien connaître, la femme sortit de la resserre. Jean Florimond se redressa un peu. Son regard croisa celui du paysan. Il y lut un mélange de profonde honte et de colère retenue. Le maraîcher, cependant, l'aida à se relever sans le brusquer. Son ton, même, se voulut presque amical. Il était sot, mais pas bien méchant :

— Attends, bouge pas trop, tu pourrais tomber, avec la ficelle. Je vais te détacher. Là-bas, il y a ton vêtement. Tu es écorché. Je vais aller remplir un seau, tu pourras te laver dans un baquet.

Il s'éloigna. Florimond prit le temps de se rhabiller, sortit à son tour. Encore dolent, il s'assit sur un banc, leva le nez, reprit son souffle. Il voulait satisfaire Pompadour car il était dévoué et tenace, mais il avait été retardé ; le garçon s'en voulait de ne pas s'être montré assez prudent. Surtout, il s'interrogeait sur la conduite de la femme qui venait de le sauver, après l'avoir pourtant égaré. Celle-ci, du reste, revint vers lui :

— Je vous dois, je pense, quelques explications. Vous avez été soumis à une rude épreuve. De plus, vous me voyez arriver soudain, sans crier gare. J'ai menti, l'autre fois, je vous ai trompé, je le reconnais d'ores et déjà. Mais lorsque vous m'aurez entendue, vous comprendrez pourquoi j'ai dû agir ainsi, et vous me pardonnerez, du moins je l'espère.

La femme se retourna, le temps de vérifier que le paysan était toujours occupé de son côté, avant de reprendre le fil de ses révélations.

À Versailles

Pompadour était revenue dans son appartement. Elle était satisfaite que son valet ne s'y trouvât pas. La solitude lui était ici nécessaire. Au demeurant, s'il avait été là, la marquise n'aurait bien entendu rien révélé à Florimond du dialogue qu'elle venait d'avoir avec le roi : cet entretien si privé, si intime et si sincère ne serait jamais connu de personne. Tant son face-à-face avec Louis XV avait ému Jeanne Antoinette, l'avait épuisée. Tant, surtout, celle-ci éprouvait le besoin de ne plus penser qu'à Charolais. Elle n'avait pas menti lorsqu'elle avait dit au roi qu'elle approuvait sa décision, sa volonté de ne pas s'en prendre à son cousin. En renonçant à sévir au grand jour, le souverain avait agi avec sagesse, quoi qu'il en coûtât à son honneur et à son orgueil, savait Pompadour. Laissant de côté l'humiliation subie en tant qu'amant, il s'était comporté en garant de l'ordre public, en vrai souverain. Pour cela, la marquise l'admirait.

Cette attitude, si elle était peu glorieuse, était sage. Mais cette décision ne liait pas Pompadour, du moins pas tout à fait, si elle savait demeurer dans certaines limites. Jeanne Antoinette avait été l'amante du roi et elle ne l'était plus. Elle était certes devenue au fil des ans l'amie de Louis XV, sa confidente et sa conseillère, une sorte de principal ministre de l'ombre. C'était indéniable. Mais, la favorite en était certaine, quoiqu'elle désirât être obéissante et loyale, elle n'était pas complètement tenue par la décision du souverain. Pour ce qui regardait le sort du coupable, le roi avait les mains liées. Pas Pompadour. Le roi ne pouvait ordonner que l'odieux fût mis à mort ? La marquise le comprenait et, même, l'admettait. Mais cela ne l'empêchait en rien de chercher, dès cet instant, la meilleure manière de retrouver son honneur, du moins sa sérénité, avec ses propres moyens, ses propres armes.

Faire entendre sa voix, être justicière, d'une façon ou d'une autre, la marquise le désirait plus que tout. En premier lieu par altruisme, amour et amitié. Si elle avait bien entendu été la première victime de l'homme qui l'avait flétrie, le roi, par voie de conséquence, avait lui aussi pâti de cet assaut puisqu'il ne pouvait que souffrir, et pendant longtemps, de savoir que la femme qu'il avait aimée, qu'il aimait toujours, avait été malmenée. En second lieu parce que Pompadour avait – enfin – pu se souvenir, comprendre qui était la cause de l'infirmité qui la tourmentait tant depuis le bal des Ifs, savoir d'où venait cette froideur qui la saisissait lorsqu'elle était dans l'intimité du roi. Ce peu d'appétit pour la « chose » l'avait d'autant plus surprise qu'elle ne se souvenait pas avoir éprouvé ce désintérêt dans sa jeunesse et même du temps où elle avait vécu avec son époux, Le Normant d'Étiolles. Elle en avait à présent l'explication.

Cette insensibilité, Pompadour en avait bien entendu d'abord été surprise, puis contrariée, puis fâchée, sans en comprendre pendant longtemps l'origine. Ainsi qu'elle l'avait confié peu de temps auparavant à Florimond, elle avait tenté de combattre cette langueur avec force chocolat. D'autant que cette infirmité avait bien failli conduire le roi à se détourner d'elle. Certes, à force d'intelligence et de patience, de ruse aussi, la marquise avait su finalement retenir Louis XV, accepter qu'il trouve ailleurs ce qu'elle ne pouvait plus lui donner, grâce au Parc-aux-Cerfs et à la chambre secrète. Mais la favorite était passée bien près de la chute. Et cela, elle ne pouvait le tolérer. C'était bien un homme barbare qui était responsable du fait que toute une partie du corps de la favorite, profané, s'était comme éteinte. Pompadour devait prendre sa revanche. Et de manière éclatante.

Cette résolution prise, la marquise regarda autour d'elle. Puisque les plaisirs de la chair lui étaient désormais refusés – reviendraient-ils jamais ? rien n'était moins certain –, c'était bien la possession de ses collections de tableaux, de meubles, de curiosités de toutes sortes qui la contentait, la contemplation de ses porcelaines dont Jeanne Antoinette avait surchargé un savant désordre de commodes et de tables, et des vases, des pots couleur bleu roi, vert pomme ou vert prairie, couleur de rose… Et blancs, plus blancs que la neige, les biscuits réalisés d'après des modèles façonnés par Pajou, Boizot ou Pigalle. Dans ce cabinet de bois précieux, là-bas, en face de la fenêtre, la marquise savait que se trouvaient des pierres fines intaillées, des cornalines, des camées, des agates, des spinelles, des sardoines, sur lesquelles des graveurs à l'habileté extrême avaient inscrit le profil du roi, le visage de parents et d'amis, des scènes de genre évoquant les grands événements du règne : la bataille de Fontenoy, la naissance du duc de Bourgogne[1], le premier

1. Le duc de Bourgogne mourut à l'âge de neuf ans ; son frère, le duc de Berry, devint plus tard roi à sa place, sous le nom de Louis XVI.

des petits-fils du roi, la fin de la guerre de Succession d'Autriche, et tant d'autres.

Ces chefs-d'œuvre d'adresse et de méticulosité étaient peut-être, de tous les beaux objets qu'elle possédait, ceux qu'elle préférait. Et si, la jugeant décidément trop peu enthousiaste dans l'alcôve, le roi s'était détourné de la marquise et l'avait exilée, celle-ci aurait dû renoncer à ces trésors. Comme à ses robes, statues, chevaux, carrosses, à son linge fin, à son argenterie, à son château de Bellevue[1], aux hôtels particuliers qui étaient sa propriété, à Versailles et à Paris. Savoir qu'elle détenait ces trésors comblait Pompadour, d'autant plus que savourer d'autres plaisirs lui était refusé, à cause d'un homme abominable. Les perdre était impensable.

Il lui fallait, songeait-elle, triompher, d'une manière ou d'une autre, de celui qui l'avait avilie. Pompadour n'était pas méchante et ne l'avait jamais été. Elle avait simplement toujours mené sa barque au mieux de ses intérêts et de ses désirs. Cela, nul ne pouvait le lui reprocher. Un scélérat avait non seulement abusé d'elle, mais il avait de surcroît tué en partie son corps et son âme, l'avait menée au bord du précipice. La marquise interrogea sa conscience aussi sincèrement qu'elle le put, s'adressa des critiques, longuement. Pour finir, elle en arrivait toujours à la même conclusion : en s'en prenant, selon des modalités qui restaient à définir, à l'homme qui lui avait fait tant de mal, elle n'exercerait pas, en fait, une vengeance, mais elle ferait triompher, à sa manière, la justice.

---

1. De ce château situé à Meudon, détruit durant la Révolution, il reste très peu de vestiges.

S'étant mise à son clavecin, où elle brillait d'ordinaire, elle n'en obtint que des mélodies heurtées. La marquise se leva, s'éloigna de l'instrument. Elle se savait bonne musicienne, et ne s'étonna ni ne s'inquiéta d'avoir, cette fois, paru être novice. Pompadour songea qu'elle se fatiguait, qu'elle était fatiguée. Elle ne pouvait faire front sur tous les plans. Distraire le roi et faire que celui-ci ne s'éloignât pas d'elle sans pour autant cesser de l'aider à gouverner au mieux et à tenir ses ennemis à distance. De surcroît sans pouvoir instruire seule tous ces dossiers, puisque, sur le chapitre des assassinées découvertes à Paris, c'est à Florimond que Pompadour avait dû faire appel.

La marquise s'assit de nouveau. Elle se sentait si isolée, quoiqu'elle vécût au centre d'un palais surpeuplé, entourée d'une domesticité innombrable. S'appuyer sur le roi lui était impossible puisque, précisément, c'est sur elle que Louis XV se reposait. Pour triompher de Charolais, elle ne pouvait compter que sur ses propres ressources.

Dans le faubourg de la Nouvelle-France

Dans le jardin du paysan, la femme reprit :

— Ce maraîcher, je le connais à peine. Il m'est dévoué mais trop prompt à s'emporter, comme vous avez pu le mesurer. Pour une raison que je vais vous exposer, je lui ai demandé de me donner l'hospitalité quelque temps. Il fallait absolument que je réside dans les alentours. Nous vivons donc lui et moi ces jours-ci si près l'un de l'autre que… qu'il est arrivé ce que vous pouvez deviner. Car je suis encore jeune et lui est à peine moins âgé que moi. Bref, ce garçon m'est devenu très attaché. En vous attaquant, il a pensé s'en prendre à Charolais et aussi à quelqu'un qui était de mes ennemis, il a cru bien faire…

De toute évidence, la femme était embarrassée et ne savait comment poursuivre son récit. Elle reprit cependant :

— Je vous ai mystifié, je l'ai déjà reconnu. Mais c'était pour une bonne cause, du moins pour la mienne. Je ne suis pas née à Paris et je n'y vis pas d'ordinaire. Voici encore quelque temps, je demeurais avec mon époux dans un bourg bien tranquille, niché dans un bois touffu, près de Montmorency. Là-bas, Charolais tire volontiers la bécasse car sa famille possède les droits de chasse sur la basse forêt de cette localité, une terre qui dépend d'Écouen, fief de la famille des Condés[1]. Un soir, mon mari se trouvait devant notre maison, en chemise et bonnet de nuit, il prenait le frais, allait se mettre au lit. De son côté, le cousin du roi revenait de la chasse…

Lors de leur première rencontre, la femme avait fait preuve d'assurance. Et de tout autant de détermination quand, un instant auparavant, elle avait empêché le maraîcher d'amputer puis d'assassiner Florimond. À cet instant, cependant, toute superbe l'abandonna. Et, la carapace soudain fendue, ce fut comme une femme brisée et vulnérable qui apparut. Le visage, l'expression et jusqu'à la voix changés, elle reprit :

— L'après-midi, le cousin du roi avait manqué un cerf, avait laissé filer quelques sangliers et n'avait abattu que plusieurs bécasses. Il était fou de rage, cherchait à donner libre cours à sa hargne. Il a aperçu mon mari. Il l'a mis en joue. Il a ri en appuyant sur la gâchette. Mon époux est mort sur le

1. Les Condés habitaient cependant le plus souvent à Chantilly.

coup. Cela a été rapporté par plusieurs témoins dignes de foi, dont un homme d'Église qui se trouvait là par hasard. Savez-vous ce que le prince a alors dit ? « Du moins, je ne manquerai pas ce coup-ci. »

Maintenant livide, la femme se tut. Et, au terme d'un moment pénible, qui parut à l'un et à l'autre une éternité, ce fut un véritable renversement de la situation. Jean Florimond, encore tout pantelant, comprit qu'il devait témoigner de la compassion à celle qui, par des mensonges encore inexpliqués, avait failli causer sa perte. La femme poursuivit :

— Depuis ce jour – c'était il y a environ un an –, je n'ai qu'une seule raison de vivre. Trouver, d'une manière ou d'une autre, la façon de tuer Charolais, et le tuer moi-même. Ce qui n'est pas une chose facile. Il est prince, cousin du roi, et moi, je ne suis que l'épouse d'un malheureux et obscur bourgeois assassiné. Le comte va et vient d'une maison à une autre, il est rarement seul, roule carrosse, est entouré de gentilshommes et de pages. Moi je suis seule ou à peu près et n'ai guère de ressources, car j'ai dû vendre le peu que mon mari a laissé. Je me suis pourtant fait un devoir d'occire l'homme qui a tué mon époux. Je ne laisserai à nul autre le soin de débarrasser le monde de ce monstre. Aussi, l'autre jour, quand le hasard nous a réunis, rue des Francs-Bourgeois, que je vous ai vu rechercher le comte, j'ai pensé, à tort ou à raison, que vous étiez sur ses traces, vous aussi, pour lui nuire, et j'ai voulu vous écarter, afin de pouvoir seule m'en prendre à Charolais, le moment venu. Me trompais-je ?

Encore perclus, Florimond avait toutefois recouvré sa pleine conscience. Il n'y avait guère de raison de douter cette fois des propos de l'inconnue. Tout concordait, tout s'emboîtait. Sa propre quête et celle de cette femme émouvante se répondaient, tout cela était cohérent. Mais très vite, le valet analysa la situation et s'interrogea. La femme lui avait certes sauvé la vie, mais prudent, dévoué à Pompadour, Florimond souhaitait cependant ne pas lui en dire trop, ne rien révéler de décisif au sujet de la mission que la marquise lui avait confiée. Il répondit avec sobriété :

— En effet.

— Mais que voulez-vous au prince ?

— On m'a chargé d'une affaire concernant des filles assassinées à Paris. J'ai de bonnes raisons de penser que le cousin du roi est le responsable de ces meurtres.

— J'ai entendu parler de ces mortes, comme beaucoup de monde. Charolais est un scélérat, vous ne vous trompez sans doute pas. Je suis certaine que le comte est capable de perpétrer ces horreurs. Du reste, tout le monde pense ainsi : le garçon qui a manqué vous tuer tout à l'heure, tout le voisinage, les habitants des paroisses où le comte possède un château, une demeure, un pavillon de chasse. Partout où il réside et passe, le prince sème la mort, par jeu, par méchanceté. C'est, chez lui, une nature. En interrogeant dans les tavernes, dans les rues, dans les lavoirs, les échoppes et même sur les routes, près de la demeure de la rue des Francs-Bourgeois ou de celle de la Nouvelle-France, j'ai beaucoup appris.

La femme était intelligente. Elle savait devoir ménager la susceptibilité de Florimond. Car, bien qu'il fût le valet de Pompadour, le garçon n'en ignorait pas moins, quelques jours auparavant, l'existence de la maison du Parc-aux-Cerfs. Elle se montra habile :

— Donc, je veux me venger. C'est sans doute pour cela que j'ai tant appris, en si peu de temps. Bien entendu, j'ai dû aller à Versailles deux ou trois fois, pour y suivre Charolais et l'y espionner. J'ai ainsi appris l'existence de la demeure de la rue Saint-Médéric, su qui celle-ci abrite et pourquoi, vu où vont et ce que font les pensionnaires qui en sortent chaque jour ou presque pour se rendre au château. C'est pour cela que je vous ai envoyé là-bas, pour vous retarder, vous égarer.

— Avant de trouver, entre-temps, la manière d'approcher Charolais et de le tuer ?

— Oui.

— Est-ce aussi à Versailles que vous avez appris qui j'étais ?

La femme choisit de flatter le valet :

— Bien entendu. Pompadour est la femme la plus en vue de France, il en va de même, ou presque, de ceux qui travaillent pour elle. La marquise est fameuse et, par la force des choses, vous l'êtes aussi.

— Je comprends.

L'inconnue sourit :

— Mais enfin, tout cela s'est bien terminé. Du moins pour le moment. Vous êtes retourné à Versailles. Pour une raison ou une autre, vous ne m'avez pas crue, du moins je le devine. Vous êtes revenu à Paris, avez été en danger mais je vous ai secouru.

Florimond prit le parti de croire que l'inconnue avait maintenant dit la vérité, sans trop rien cacher. Du reste, celle-ci paraissait décidée à révéler sans plus attendre le peu qu'elle gardait encore secret :

— Je me nomme Victoire Escuiller.

Florimond ne dit rien, il trouvait le prénom joli. Séduisant et riche d'une promesse. Victoire reprit aussitôt :

— Retournez à Versailles. Le temps que vous vous remettiez des sévices qui vous ont été infligés ; quelques jours suffiront, trois ou quatre, pas davantage, j'en suis certaine, et nous passerons à l'attaque.

L'annonce étonna Florimond, qui le fit savoir sans attendre :

— Nous sommes alliés, désormais ?

— Assurément. Le destin nous a unis. C'est un signe : demeurons ensemble.

— Je croyais que vous vouliez tuer Charolais de vos propres mains…

— Je le veux toujours. Au moment fatal, c'est moi qui agirai. Mais voyez, battons le fer. Avec un peu de chance, Charolais se trouve encore dans sa maison de la Nouvelle-France. Trouvons le moyen d'entrer chez lui.

— Et quand nous serons dans la place ?

— Nous chercherons, nous fouillerons et nous examinerons. D'une manière ou d'une autre, nous nous efforcerons de savoir si c'est bien le comte qui a massacré les filles retrouvées mortes, puisque c'est la tâche que vous devez accomplir. Ensuite, je tuerai le prince, d'une façon ou d'une autre. Cela vous convient-il ?

Le discours était à tout le moins martial. Florimond était un valet, pas un homme de guerre. Il avait besoin d'un instant pour mesurer l'ampleur, l'importance de ce qu'il venait d'entendre. Or, Victoire ne lui laissa pas le temps de réfléchir davantage. Elle reprenait déjà :

— Mais avant de tuer Charolais, je veux l'entendre avouer son crime, avec tous les détails dont il se souvient, et l'écouter me supplier, longtemps, la voix étranglée, me prier encore, gémir et geindre, m'implorer, se traîner à mes pieds. Je sais déjà que je ne faiblirai pas. Quelque abondants que soient ses pleurs, bruyantes ses supplications, émouvantes ses demandes de pardon, même s'il rampe, même s'il pisse de terreur et bouse devant moi, je jure de le tuer, de le tuer en riant d'aise et de contentement. Je sais déjà comment je m'y prendrai. Le moment venu, je me procurerai une lame effilée que je polirai. J'en ferai une aiguille. Elle sera fine mais mortelle car elle saura s'enfoncer au plus profond.

La mission donnée par Pompadour, la première rencontre avec Victoire, les soupçons qu'il avait nourris à l'endroit de la favorite du roi, son retour à Paris, l'horreur assenée par le maraîcher et endurée près de la maison de Charolais, le récit de Victoire et son projet… Florimond avait besoin de reprendre son souffle. Tout cela était allé très vite, le garçon devait tout à la fois réfléchir, mais aussi rendre compte à Pompadour.

Or, Victoire n'avait pas achevé son propos. Elle regarda autour d'elle :

— J'ai cru que ce garçon maraîcher pouvait m'être utile, il l'a d'ailleurs été, un peu, car d'ici, j'ai pu espionner le comte, aller et venir sans trop me faire remarquer. Maintenant que nous nous sommes rencontrés et que nous avons pactisé, plus rien ne me retient ici. Je vais prendre mes affaires et m'installer au *Chat pêcheur*, rue de la Grange-Batelière. Ce n'est loin ni de la folie de Charolais ni du centre de Paris. C'est là-bas que vous pourrez me trouver ou me faire porter un message.

À l'hôtel d'Évreux

D'un geste gracieux, comme à l'accoutumée, Pompadour désigna le large renfoncement aménagé au fond de la pièce :

— Du temps d'Évreux, qui a fait bâtir cette demeure, comme vous le savez, cette pièce était déjà une chambre, ainsi que l'indique cette alcôve. Mais je pense donner à celle-ci un nouveau dessin, demander à mon architecte d'en arrondir les angles, pour qu'elle offre un aspect plus gracieux. Qu'en pensez-vous ?

Ce n'était pas la première fois que la marquise essayait d'intéresser aux beaux-arts son ami le lieutenant général de police. Mais, en cette occasion comme lors de sa précédente visite, quand il avait été question de la couleur des sièges du salon de musique, La Ferrière ne manifesta pas le moindre intérêt. Ce qui contraria la favorite, au nom des beaux-arts, d'abord, et puis parce qu'elle voulait à tout prix meubler la conversation, pour éviter de penser davantage à Charolais. D'une part pour ne pas laisser tout ce qui concernait le prince et sa noirceur envahir son esprit et s'y installer : elle avait besoin de sa gaieté pour distraire le roi quand elle reviendrait à Versailles. D'autre part pour avoir le temps d'affiner le plan projeté pour châtier Charolais. De plus, et c'était là une tout autre préoccupation, Pompadour ne voulait, ne pouvait aborder l'affaire des filles assassinées, tant elle redoutait que le lieutenant général de police fût blessé de ne pas avoir été saisi de ce dossier par le roi. Or, la favorite n'eut pas à s'interroger plus longtemps, car, après avoir évoqué les derniers potins dont bruissaient la ville et la cour, ce fut La Ferrière qui relança cette causerie amicale, sur un sujet que Jeanne Antoinette n'avait pas vu venir :

— Savez-vous à quelle affaire le Grand Châtelet se consacre, ces jours-ci ?

La curiosité de Pompadour fut soudain piquée. La Ferrière allait-il lui annoncer qu'il enquêtait en personne sur les filles trucidées à Paris, ce que le roi redoutait tant ? Elle n'eut pas le temps de réfléchir davantage. Le lieutenant général reprenait :

— C'est une espèce de fou, qui sévit depuis quelques semaines dans les tavernes de la capitale. Il surgit quand tout est calme. Il entre soudain, se jette sur les clients attablés, les menace et renverse, casse et brise. Ce forcené crie, hurle, vocifère. Une fois qu'il a tout réduit en morceaux et distribué force coups de poing, il s'en va comme il était venu, disparaît dans une ruelle. Il bouscule les hommes, petits et grands, même les plus jeunes, mais jamais les femmes. Nul ne sait qui il est. On le cherche.

La marquise ne comprenait pas pourquoi le lieutenant général de police lui exposait cette affaire, certes piquante mais somme toute assez banale : Paris était une ville turbulente, où le crime et le désordre prenaient toute leur part, en dépit des efforts et des prouesses du Grand Châtelet. Pompadour eut un éclat de rire, à peine forcé :

— L'histoire est étrange !

La Ferrière sourit, il voulait se montrer futé et y réussissait.

— J'ai regardé le calendrier et réfléchi un peu. La dernière en date de ces scènes intrigantes s'est produite le jour même où, vous vous en souvenez, vous êtes venue ici depuis Versailles, afin de vous occuper de l'aménagement de votre salon de musique. Il serait intéressant de voir si, de façon systématique, ces tapages correspondent étroitement ou non à vos venues à Paris…

Pompadour était soulagée que le lieutenant ne lui parlât pas des meurtres commis à Paris. Mais agacée cependant : pourquoi son ami trouvait-il nécessaire de l'entretenir de l'affaire d'un mauvais sujet, un ivrogne, sans doute, comme il y en avait tant ? Avait-il une autre idée en tête ? Évoquer cette affaire de tavernes ravagées était-il un moyen, pour La Ferrière, d'arriver d'une manière ou d'une autre à celle des jeunes femmes tuées ? La marquise voulut clore ce chapitre :

—Alors, disons que ma venue ici indispose un insensé. Pour une raison que j'ignore et ne veux jamais connaître, quand il sait que je passe quelque temps dans cette maison, celui-ci s'agace, brise et injurie, voilà tout. Cela cessera un jour.

La favorite se leva. Elle chassa d'un coup sec le pli que faisait sa robe :

—Venez, sortons un peu. Le parc n'est pas aussi grand que je l'aimerais, surtout quand je le compare avec celui de Bellevue. Mais Sa Majesté m'a promis de m'aider à acheter d'autres parcelles afin de l'agrandir. Tout au bout, je ferai établir un potager en prenant sur la perspective tracée depuis les Tuileries[1]. Regardez : ces allées et ces parterres que vous voyez sont aussi passés de mode, et depuis longtemps. Je sais ce qui se fait aujourd'hui en Angleterre et je compte m'en inspirer ; je vais demander qu'on place çà et là des cascades, des portiques et de nouvelles statues, et aussi une grotte et un labyrinthe, ce sera amusant.

Pompadour se tut, mesura la mince satisfaction qui était la sienne : l'espace d'un instant, elle avait réussi à oublier Charolais.

---

1. Avenue plus tard nommée les Champs-Élysées.

À Paris

Au *Grand Godet*, c'était un jour comme les autres. On jouait aux cartes et aux dés. On buvait, on mangeait un peu, un ragoût servi à pleine louche, que le cuisinier avait trop salé, alors on rebuvait, et beaucoup, beaucoup trop. Aussi, quand surgit, de nouveau, d'un coup, le furieux décrit par La Ferrière à Pompadour, nul ne broncha. Nul ne donna l'alerte. D'ailleurs, l'homme se jetait déjà sur une première table, la saisissait et la projetait contre le mur. Déjà vermoulu et branlant, le meuble se fendit et ses débris se mêlèrent, sur le sol de carreaux rouges, aux éclats de verre, aux légumes et à la sauce répandus. Il y eut les premiers cris. Incapables de maîtriser le briseur ou même de se défendre, les soûlards avaient roulé à terre. Mais d'autres clients, qui avaient les idées plus claires, surgirent de l'arrière-salle. L'un d'entre eux, ouvrier tapissier du quartier de la Bastille, était le plus alerte, le plus solide, un des plus jeunes aussi. En quelques bonds, il fut sur le destructeur. Celui-ci s'employait à déchirer les cartes à jouer qu'il ramassait à pleines mains, piétinait les dés sans pouvoir les détruire. Le tapissier saisit l'homme à bras-le-corps. L'autre poussa un cri, moins de douleur que de surprise. Ensemble ils roulèrent à même le sol, au milieu des débris. De toute évidence, l'artisan allait avoir le dessus. Le fauteur de trouble n'était que l'ombre de lui-même, tant il était peu robuste, aussi faible qu'il avait été fort l'autre jour au *Mouton noir*. Il mesura qu'il devait concéder la défaite, ne se débattit plus. Bien plus petit que son adversaire, il se tortilla, se défit de l'étreinte, gigota encore, avec adresse, se retrouva libre et, avant que le tapissier eût compris ce qui se passait, s'échappa. L'instant d'après, il était déjà loin.

Ailleurs à Paris

Deux ou trois voitures arrêtées, quelques charrettes aussi. Une petite foule massée. Bref, la rue était encombrée. On ne pouvait plus passer. D'emblée, les policiers du Grand Châtelet reconnurent la marquise. Déférent ou, plutôt, craignant que la survenue de la favorite du roi ne lui causât du tort, le commissaire enquêteur alla à la portière du carrosse. Obséquieux, l'homme tenta de conjurer l'apparition de complications qu'il redoutait tant, il voulut dissuader sans rien expliquer :

— Madame, il y a là un certain spectacle que vous ne sauriez contempler. Ce n'est rien de grave, mais c'est incommodant. Je vais faire dégager le chemin, sur le côté, et votre cocher pourra continuer sans encombre. C'est l'affaire d'un instant.

Pressée de revenir à Versailles, Pompadour fut d'abord tentée de s'en tenir à ce discours lénifiant.

— Vous êtes bien aimable, Monsieur. Le roi le saura.

Le policier salua de nouveau, se retourna, écarta les badauds. Pompadour songea prendre un temps son mal en patience, comme il venait de lui être demandé. Elle s'approcha de la vitre. Regarda les gens attroupés, sans trop rien penser, puis s'avisa que les mines étaient sombres, pour certaines atterrées. La marquise s'étonna. Elle toqua à la glace. Le commissaire revint vers elle, à contrecœur, impuissant à freiner la marche du train d'ennuis qu'il voyait arriver droit sur lui :

— Qu'est-ce donc ? demanda la favorite.

— Un embarras, un rien qui va cesser.

Le propos était mensonger. Cette fois, la marquise le comprit. D'un geste, elle ordonna au policier de l'aider à descendre de sa voiture. L'autre ne put que s'exécuter. Pompadour posa sur le sol fangeux son pied délicat. Les badauds se retournèrent. On s'écarta devant la déesse si habillée, si parfumée. Celle-ci sourit. Sa curiosité piquée, elle s'approcha du groupe qui, là-bas, empêchait le passage. Silencieux pour la plupart, les uns franchement peinés, d'autres seulement curieux, ces gens, de toute évidence, ne s'étaient pas attroupés par hasard. Pompadour s'avançait encore, mue par un désir, un besoin irrépressible de s'approcher davantage. Il y avait là, derrière ces passants attroupés, une situation qui l'attendait, qui s'adressait à elle, la favorite en était certaine. On s'écarta, on la laissa passer. Et là, la marquise distingua la morte. Mais elle ne vit pas que ça… Elle s'approcha encore. Catastrophé de n'avoir pas pu empêcher ce qui se déroulait devant lui, le policier, en désespoir de cause, voulut s'interposer :

— Madame, vraiment, ce spectacle n'est pas pour…

D'un geste à peine esquissé, la favorite écarta l'importun. À la fois horrifiée, révulsée et fascinée par ce visage blanc, pâle, si pâle qu'il lui sembla – et Pompadour s'en voulut de cette pensée, incongrue – être fait de la porcelaine préparée et cuite à Vincennes, comme les bibelots qui ornaient ses salons. La marquise contemplait, elle le savait, une nouvelle fille assassinée. Elle s'approcha, se pencha, s'agenouilla sur le pavé, s'adressa, le visage fermé, au commissaire enquêteur qui se trouvait là :

— Monsieur, au nom de la bienséance, couvrez-là, au moins. Voyez, elle n'est guère vêtue.

L'homme regarda la marquise, d'autant plus surpris de l'injonction qu'il ne voyait pas pourquoi la trépassée, une fille de mauvaise vie, sans doute, méritait d'être ainsi respectée. Il se retourna, donna à son tour un ordre. Qu'on lui apporte, au plus vite, un drap, une bâche.

Émue, Pompadour demeurait près du corps, toujours agenouillée, déplia son manteau, en écarta les pans afin de protéger, de cacher la malheureuse. Avec tant de douceur qu'on aurait dit qu'elle veillait non une trépassée mais une malade, une moribonde qu'il s'agissait de réconforter au moment fatal. La favorite, même, saisit de sa main gantée celle de la morte, la garda un moment, parut caresser les doigts pâles, longtemps. On la regardait faire. Enfin, des voisins apportaient une toile blanche. Pompadour se releva. La petite foule s'écarta et la marquise regagna son carrosse. Celui-ci repartit au pas des chevaux que le cocher retenait par décence, afin de ne pas partir en cavalcade. Sur ses genoux, Pompadour tenait ce qu'elle venait de soustraire à la défunte sous le nez de tous, qui, eux, n'avaient ni vu l'objet ni aperçu la favorite s'en emparer à l'abri de son habit déployé.

Pompadour était plus que jamais songeuse. Avec le roi puis avec Florimond, elle avait parlé des mortes retrouvées à Paris, avait plaint ces malheureuses et maudit leur bourreau. Elle avait ensuite constaté la disparition de sa broche, et avait alors conclu à une friponnerie, du reste sans chercher à en savoir beaucoup plus, tant elle avait à penser par ailleurs. Et voici que, soudain, à la suite d'une coïncidence – sa voiture aurait fort bien pu prendre un autre chemin, ne pas se trouver là à cette heure –, elle tombait nez à nez, ou à peu près, avec une nouvelle assassinée. Une pauvre trucidée qui, de plus, tenait dans ses mains pâles et crispées sa broche d'émeraudes, soudain mystérieusement réapparue.

La marquise aurait pu être satisfaite, du moins soulagée, de se trouver de nouveau en possession du bijou volé. Contente, elle l'était sans doute un peu, mais elle était surtout effrayée des circonstances dans lesquelles elle l'avait retrouvé. Elle regarda de nouveau le joyau. C'était bien le sien. Interdite, Pompadour fit disparaître le bijou dans les tièdes profondeurs de son manchon. Une question vertigineuse occupait ses pensées. Cette morte à peine aperçue, la connaissait-elle ? En d'autres termes, l'assassinée n'était-elle pas l'une des filles recrutées pour le Parc-aux-Cerfs ? La favorite n'en était pas certaine, tant le visage de la malheureuse, privée de sang et de vie, n'était plus qu'un masque pâle, sans plus guère d'expression. Mais le doute était dans son esprit. Plus qu'un doute, une béance.

Au faubourg de la Nouvelle-France

Cette fois-là, Charolais se réveilla, se demanda si c'était le jour ou si c'était la nuit, ne put le deviner, ne put dire non plus si les corps serrés contre le sien étaient endormis ou somnolents, s'ils étaient ou non sur le point de s'éveiller. Quelques bribes de rêves achevèrent de se dissiper et, peu à peu, le cousin du roi recouvra assez de lucidité pour comprendre, compte tenu de son état, qu'il valait mieux ne rien faire, ne pas bouger, ne rien dire. Et attendre. Soit qu'il se sentît mieux pour se lever dans le noir et tâcher de trouver à tâtons de quoi s'habiller avant de quitter la pièce. Soit que Turpin vînt à son secours, comme souvent. En fait, comme toujours.

Dans ce monde incertain où il demeurait parfois de longues heures, les lendemains d'orgie, Charolais fut la proie d'un questionnement intérieur. C'était un déchirement, comme à l'accoutumée. Il savait que, au cours des heures écoulées, son corps avait été comblé. Et une part de son esprit aussi. Une part seulement, la plus goulue, la plus exigeante, la plus sombre. Gestes, caresses, baisers, étreintes étaient encore là, disparus mais pourtant si présents. Le comte s'en souvenait et s'en repaissait encore, quand bien même la fièvre et le désir maintes fois assouvi étaient retombés. Or, un autre versant de son âme, qui n'avait sans doute pas la meilleure part, se révoltait contre ce qui s'était passé, s'en indignait, formulait les plus vifs reproches. Des blâmes qu'il était impossible de balayer ou de contenir, tant ils étaient fondés. Comme à chaque fois, lors de ces interminables réveils où Charolais ne savait s'il dormait et rêvait encore, il eut de vagues nausées. Rien d'étonnant à cela tant il avait bu et mangé, les mets les plus fins et les plus délicats, mais avalés sans plaisir, sans prendre le temps de les apprécier, pour seulement se remplir la panse, faute de pouvoir combler les béances de son âme, de réduire ces failles qui le hantaient et le déstabilisaient tant. Il avait pris du plaisir, cette nuit. Mais avait aussi frappé, cogné, il le savait. Nauséeux, Charolais avait soif bien qu'il eût bu plus que de raison. Il avait faim bien qu'il eût mangé comme un porc, et bâfré, et dégluti encore. Il lui fallait trouver quelque chose à dévorer, mais il n'avait pas la force de se lever.

Que faisait donc l'attentif, l'indispensable Turpin, l'irremplaçable, le fidèle entre les fidèles ? Lui qui était en principe toujours là quand il le fallait, surgissait soudain lorsque sa présence était requise, comme averti par un mystérieux signal, qui embrassait la situation d'un coup d'œil, comprenait d'emblée ce qu'il y avait à faire, prenait les premières mesures, les mettait parfois en œuvre lui-même, donnait les ordres nécessaires aux domestiques, ne rechignait pas à aider, à donner de sa personne lorsqu'il y avait trop à redresser, ranger, laver, essuyer, réparer… ou faire disparaître ?

Et ces corps, ces filles qui étaient serrées contre lui, ne pouvaient-elles s'écarter un peu, le laisser respirer, le laisser se réveiller tranquille ? Charolais voulut repousser une cuisse, n'y réussit pas, rejeta un coude qui, il ne s'en rendait compte que maintenant, lui rentrait dans les côtes. Un peu plus libre de ses mouvements, le cousin du roi soupira, geignit. Il faisait sombre mais ce n'était pas la nuit, les volets étaient mis et les rideaux étaient tirés, voilà tout, comprit-il. Un peu de temps passa encore, cette fois assez vite, Charolais sortit tout à fait des brumes. Il repoussa un dernier corps et, enfin, s'aperçut que celui-ci ainsi que les trois ou quatre autres qui gisaient çà et là épars, emmêlés, entassés étaient inertes… parce qu'ils étaient morts.

Le prince s'en effraya. Guère longtemps. Car il songea que, comme d'habitude, Turpin, une fois de plus, arrangerait l'affaire. Meurtrier mais tout ému en songeant que son intendant lui était entièrement dévoué, le prince s'en fit la promesse : il allait, dès que possible, donner mille autres livres à Turpin. Et, même, demander à son notaire de transmettre à ce dernier la pleine propriété d'une des nombreuses seigneuries que possédait le cousin du roi. Il devait donner à son homme de confiance, donner encore et beaucoup, pensait Charolais, si désireux de se montrer généreux qu'il ne se souvenait plus qu'il réfléchissait au milieu de cadavres. Il fallait combler Turpin, le gaver de dons et de gratifications, certes pour le récompenser, mais aussi pour acheter à jamais son silence.

5

À Versailles

— Allons, dis-moi maintenant, Florimond, qu'as-tu donc fait pendant tout ce temps? J'entends par là l'enquête que Sa Majesté a demandé de mener à bien…

Réception, bals, promenades, le temps s'écoulait vite à Versailles. La veille, la marquise n'avait pu s'entretenir avec son valet, du moins excepté l'ordinaire des ordres à transmettre aux domestiques: Pompadour avait à son service quelque soixante personnes, sans compter ceux qui restaient à demeure dans ses maisons de campagne et châteaux de province.

La chambre de la favorite était tendue de satin brodé de couleur jaune paille. Hormis le lit, la pièce, vaste, était encombrée de tables à ouvrage car la favorite aimait coudre et broder, de vases du Japon et de Chine. Vêtue d'une robe de drap vert brodée d'or, Jeanne Antoinette avait fière allure. Rien n'indiquait qu'un carrosse venait de la ballotter sur une route pavée ni qu'elle venait de contempler le cadavre d'une malheureuse trucidée.

Pour tenir son rang, Pompadour consacrait chaque année près de dix-huit mille louis à sa toilette, cinquante fois plus que la femme d'un simple courtisan. Habitué à ne voir sa maîtresse qu'élégante et parée, même dans son intérieur, Florimond ne releva pourtant pas cette élégance, il avait au demeurant bien d'autres sujets de préoccupation : que s'achève au plus vite, songeait-il, cette affaire de filles assassinées ! Que la page se tourne ! Et que la vie du garçon reprenne son cours d'avant. Il n'était pas fait pour s'éloigner de Versailles. Encore moins pour être capturé, attaché et dénudé, menacé d'être raccourci dans ce qu'il avait de plus cher, et par un rustaud !

Les contours de la manière dont elle vaincrait *in fine* Charolais se dessinaient dans l'esprit de Pompadour, affûté par le désir de sortir victorieuse – et sans appel – de cette confrontation. Elle hésitait encore sur plusieurs points, ne savait en particulier pas où ce face-à-face crucial se tiendrait. Pour autant, elle ne pouvait se désintéresser de l'affaire qu'elle avait confiée à Florimond. Elle reprit :

— En un mot, Florimond, as-tu découvert qui a tué ces filles ? J'ai vu le roi tout à l'heure, et nous n'avons pas parlé de cela. Mais je sais que Sa Majesté tient à connaître la vérité.

Le valet attendait et redoutait à la fois ce questionnement. En revenant à Versailles, il avait longuement réfléchi, croyait avoir déterminé le propos exact qu'il allait tenir à Pompadour. Et voici que, d'un coup, il vacillait, tant ce qu'il avait à raconter était compliqué, délicat à exposer. Sans compter que – et c'était là un point crucial – il ne savait trop s'il devait révéler à la marquise qu'il avait promis à Victoire de l'assister quand celle-ci déciderait de tuer le cousin du roi. Il se lança cependant bravement dans la mêlée :

— En effet, Madame, comme vous m'en avez donné la mission, j'ai tâché de savoir qui avait tué ces filles. Pour cela, j'ai interrogé, regardé, questionné.

Florimond reprit son souffle, puis se décida. Il devait être loyal, il allait dire tout ce qu'il savait à la marquise, et aussi ce dont il avait convenu avec Victoire.

— Le coupable, en effet, je pense l'avoir découvert. Et aussi la manière de le mettre hors d'état de nuire.

Là, Pompadour s'étonna :

— Que dis-tu ? Je t'ai fait enquêteur, je ne t'ai pas demandé de devenir argousin ou bourreau…

D'un coup, Florimond perdit ses moyens, prit la mesure de son erreur. Sans doute, sans s'en rendre compte, était-il, d'une manière ou d'une autre, tombé sous le charme de Victoire. Car en promettant à la jeune veuve de la seconder quand elle déciderait de venger la mort de son époux, le valet mesurait maintenant, trop tard sans doute, qu'il était allé bien au-delà du mandat qui lui avait été confié.

Les choses en étaient là lorsqu'un domestique survint. Le roi l'envoyait. Louis XV désirait que la marquise le rejoignît sur-le-champ. À cet ordre, Jeanne Antoinette ne pouvait qu'obéir. D'autant que – un bref regard jeté sur une pendule précieuse acheva de le lui faire comprendre –, à cette heure, le souverain en avait fini depuis un moment avec la jeune fille du Parc-aux-Cerfs qu'il avait dû faire venir une fois de plus au château. Et l'éphémère euphorie née de l'étreinte s'était évanouie. Le monarque était, le plaisir passé, la proie d'abattements dont seule la marquise savait l'arracher. Et donc, avant même que cette conversation pourtant cruciale eût pu s'achever, Jeanne Antoinette se leva, déjà soucieuse, espérant, cette fois encore, mais sans en être certaine, pouvoir lutter contre la mélancolie du Bourbon. À peine prit-elle le temps de se retourner vers Florimond :

— Je ne sais combien de temps je vais devoir demeurer auprès de Sa Majesté. Sans compter les visiteurs qu'il me faudra recevoir ensuite. Je te fais confiance. Poursuis tes investigations, retourne à Paris s'il le faut. Tu me raconteras tout cela plus tard.

Le serviteur était sur le point de se retirer lorsque la favorite le retint :

— Les cyprins de la Compagnie des Indes... Tu as oublié de les emporter dans ton logement...

Florimond s'excusa, promit de déplacer le vase sur-le-champ. Sans pouvoir s'empêcher de songer qu'en ce moment grave, peut-être déterminant, alors qu'on parlait de meurtres et de morts, il n'était pas banal que la favorite du roi de France songeât au bien-être de quelques modestes poissons rouges.

À peine son valet fut-il parti que Pompadour voulut, avant d'aller chez Louis XV, accomplir le geste qu'elle avait dû différer sitôt revenue au château. Elle prit la broche retrouvée à Paris, qu'elle avait seulement posée, certes en évidence pour ne jamais la perdre des yeux, sur une cheminée, gagna le salon où se trouvait son serre-bijoux, l'ouvrit. L'instant suivant, elle remit les émeraudes à leur place. En éprouva un contentement qui lui redonna force et entrain avant de se rendre chez le roi. Un nouvel accès d'accablement, sans doute, assaillait le Bourbon. Il allait falloir organiser une fête d'un genre nouveau, peut-être donner une comédie dans un théâtre aménagé pour l'occasion dans un recoin du palais, puisque celui-ci ne possédait toujours pas de véritable scène[1]. Cette journée n'en finirait donc jamais, songea Pompadour, épuisée.

Au faubourg de la Nouvelle-France

Levé tôt le matin tout autant par habitude que par nécessité, tant il avait à faire, Guillaume de Turpin n'avait pas eu trop de temps pour tout remettre en ordre. Le travail lui avait été facilité par la soudaine envie de Charolais de retourner dès que possible dans sa maison de la rue des Francs-Bourgeois. L'intendant avait obtenu de pouvoir demeurer dans la folie établie aux portes de la capitale. Il y avait des ordres à donner, des dégâts à réparer. Et, dans le parc, une nouvelle fosse à creuser, de la chaux à déverser et le trou à reboucher. Et tant pis si, à Paris, le cousin du roi faisait encore des siennes et, par exemple, affolait de nouveau les sœurs hospitalières de Saint-Anastase : Turpin ne pouvait se trouver partout à la fois, il lui fallait parer au plus pressé.

Là-bas, derrière la treille, les jardiniers achevaient de combler la fosse. De ce côté-là, on ne verrait bientôt plus rien, juste un peu de terre retournée. On pourrait croire à une jachère ou à une plantation nouvelle où les graines tar-

1. La salle prévue sous Louis XIV ne fut inaugurée qu'en 1770, pour le mariage du futur Louis XVI.

daient à germer. Et les manœuvres improvisés ne parleraient sans doute pas davantage que les autres fois. Après tout, ils avaient eux aussi profité de la curée qui s'était déroulée chez le prince : trahir, dénoncer ce dernier, serait revenu à se trahir, à se dénoncer eux-mêmes.

Le maigre et laid Turpin tira de sa poche les gratifications qu'attendaient, suants, les fossoyeurs improvisés. Dans le secret de son bureau, établi dans l'une des deux courtes ailes qui encadraient la demeure de Charolais, l'intendant avait arrondi la somme initialement prévue, l'avait presque doublée. Pour que les trous soient vite creusés, vite remplis, vite rebouchés. Au demeurant, les sommes ainsi distribuées n'étaient rien, ne représentaient qu'une goutte d'eau, qu'un grain de sable comparées à la richesse de Charolais, une fortune qui, si elle était venue par extraordinaire à s'écorner, aurait été rétablie par la famille proche du comte, les Condés, voire par le roi en dernier recours : un prince du sang ne pouvait faire banqueroute. Turpin le savait bien, qui en avait maintes fois profité.

Quand il aurait achevé de réparer les dommages causés durant les dernières heures, l'intendant retournerait à son travail quotidien. Entre autres tâches sinon urgentes, du moins importantes, il lui fallait vérifier que, dans les caves, il y avait encore assez de bouteilles de vin de Champagne. Car cette boisson, pour toutes sortes de raisons, ne pouvait venir à manquer.

À l'hôtel d'Évreux

Veuf assez tôt et dépourvu d'enfants, soucieux de conserver ce qui restait de sa fortune après en avoir englouti une large part dans la construction de l'hôtel particulier qu'avait ensuite acheté Louis XV afin de l'offrir à Pompadour, le comte d'Évreux n'avait autrefois aménagé que le seul rez-de-chaussée de sa maison, certes avec faste et sans lésiner sur la dorure. Le premier étage, pourtant souvent l'étage noble dans les autres demeures françaises, était resté sans décoration, sans meuble. Garder ce lieu dans un état nu, laid et triste était pour la marquise une perspective impossible, tant elle était née pour s'intéresser aux beaux-arts, embellir les lieux où elle vivait.

Consoler le roi, la veille, n'avait pas été compliqué. Cependant, soucieuse de se changer les idées, d'un saut la marquise était revenue à Paris. Afin de revoir une nouvelle fois, de perfectionner le plan déjà mis au point pour doter cet étage de son nouveau palais des lambris, des peintures, des moulures et des meubles dont elle ne pouvait plus retarder l'acquisition. Avant de recevoir l'architecte et d'examiner avec lui ses plans, Jeanne Antoinette avait tenu à faire seule la dernière visite de la pièce, située au centre du palais. Ouverte par trois belles fenêtres donnant sur les jardins, à l'ouest, la salle serait la plus belle de l'hôtel particulier. Ce serait le Salon doré. Ici, les meilleurs ébénistes et les plâtriers les plus adroits façonneraient le chêne et le stuc. Et partout la feuille d'or serait appliquée, sur les bois, les crépis et les bronzes. Chaque soir, au soleil couchant, la pièce flamboierait, et ce serait merveilleux d'y recevoir des amis chers, d'avoir avec eux des conversations à la fois amicales, profondes et brillantes.

Ce faisant, Pompadour réfléchissait. Depuis que le souvenir de l'attentat jadis subi lui était revenu, l'autre jour, elle avait eu tant à faire et à penser. La marquise ne savait pas encore de quelle manière elle allait s'y prendre avec Charolais.

Pourtant, le temps pressait. Par ailleurs, devait-elle continuer à s'occuper du Parc-aux-Cerfs, à en surveiller le bon fonctionnement ? Au risque que l'une des filles présentées au roi joue d'abord à l'ingénue puis réussisse, avec sa fraîcheur et son savoir-faire, à séduire le monarque jusqu'à devenir sa nouvelle favorite, et chasse ainsi l'ancienne ? La tête tournée par cette question, par le souvenir de la nuit du bal des Ifs, par l'haleine de Charolais qu'elle sentait désormais sur elle, et aussi par l'affaire des émeraudes volées qui, si elle était sans doute secondaire, n'en demandait pas moins à être résolue, Pompadour hésitait.

La marquise se connaissait assez pour savoir que, de toute sa vie, qui avait certes jusqu'à présent connu des succès prodigieux mais avait aussi subi des échecs, elle n'avait jamais été confrontée à une telle situation. En attendant de savoir quel parti suivre, elle avait donc décidé de venir passer la journée ici, à l'hôtel d'Évreux. Elle avait jugé qu'à laisser seul Louis XV ce jour-là, elle ne courait pas de grand risque. La journée de Sa Majesté était déjà organisée et, entre le travail avec les ministres, la messe et la chasse, sans compter le Parc-aux-Cerfs et ses ressources sans cesse renouvelées, tout saturnien qu'il était, le souverain ne risquait pas de s'ennuyer.

La favorite leva les yeux. Elle avait un goût sûr, c'était même un don de naissance qu'elle avait su affiner depuis qu'elle pouvait puiser à loisir dans les caisses de l'État, connaissait la manière de s'y prendre pour aménager une demeure. Laisser libre cours à son imagination créatrice l'amusait, la distrayait, elle en avait tant besoin, ces jours-ci ! Elle fut presque ennuyée lorsqu'un domestique vint la prévenir qu'un visiteur venait d'arriver. L'architecte chargé de transformer les lieux, sans doute, crut la marquise. Or l'instant suivant, Pompadour apprit qu'il s'agissait de quelqu'un d'autre. Et le nom qui lui fut alors donné ne manqua pas de la surprendre.

Dans le faubourg de la Nouvelle-France

Ce n'était ni la ville ni la campagne : un paysage de parcelles cultivées avec soin et de vergers avec, de loin en loin, de rares maisons serrées les unes contre les autres. Parfois le haut mur d'une propriété, des bois et des bosquets qui avaient échappé au défrichage, une nouvelle maison, un hameau.

— Charolais est reparti chez lui, dans sa maison du Marais, reprit Victoire. Je le sais de source sûre. S'il s'en tient à ses habitudes, il restera rue des Francs-Bourgeois un jour ou deux, trois au grand maximum, et reviendra ensuite ici ou ira ailleurs, peu importe. Cela nous laisse le temps de procéder à une reconnaissance des lieux, et plus tranquillement qu'en une autre circonstance, puisque, le prince absent, les abords de sa maison sont moins surveillés et moins habités qu'à l'ordinaire. Regardons donc autour de nous, tâchons de surveiller les portes et les accès, les allées et venues et les habitudes des domestiques restés là, cela pourra nous être utile lorsque nous reviendrons pour… pour ce que nous devons accomplir et qu'il ne nous faudra pas manquer.

Vêtus de manière commune, Victoire et Jean Florimond passaient aisément pour des faubouriens qui vaquaient à leurs occupations, allant à pied sur les chemins, comme tant d'autres. Ils se trouvaient maintenant non loin du principal portail de la propriété du prince, une grille en fer forgé établie entre deux piliers de pierre, au bord du chemin de Bellefond.

—Je ne sais ce que nous apercevrons au travers des barreaux. Parfois, des jardiniers au travail gênent la vue. Mais souvenez-vous, au bout de l'allée, il y a la maison du comte avec, de chaque côté, deux courtes ailes, pour les communs, dont l'une est en équerre. Autant que vous tâchiez de voir, même de loin, à quoi tout cela ressemble. Le jour où nous passerons à l'attaque, vous vous y retrouverez mieux.

Florimond acquiesça. Au côté de la jeune femme, ses doutes s'étaient évanouis : il serait le complice, plutôt le bras droit de la jeune veuve. Quoi qu'il risque d'arriver ensuite. De toute façon, Pompadour le protégerait, il en était certain. Les deux jeunes gens croisèrent une charrette. Celle-ci venait sans doute de chez Charolais mais n'offrait qu'un aspect banal : n'ayant servi qu'à apporter du bois et des provisions, elle repartait à vide.

—Tout au moins, souffla Victoire sans regarder Florimond, il ne nous faut pas croiser l'intendant de Son Altesse. Les gardes, les servantes que nous risquons de rencontrer sur le chemin ne feront pas attention à nous. Il peut en aller tout autrement avec Guillaume de Turpin. Bien que j'aie déjà rôdé par ici à plusieurs reprises, je ne l'ai jamais vu, même de loin. Selon ce que j'ai appris, il est en quelque sorte le véritable maître des lieux, il a l'œil à tout, veille sur tout. Je ne serais pas étonnée d'apprendre que Turpin empêche le prince de commettre trop de crimes, tempère autant qu'il le peut la folie de son maître. De toute façon, sans lui, Charolais serait perdu. C'est Turpin qui, en distribuant des dédommagements et des gratifications, tire d'affaire le cousin du roi lorsque celui-ci va trop loin, ce qui arrive bien souvent, comme vous le savez. Bref, l'intendant est un malin et un soupçonneux. Il ne manquerait pas de s'intéresser à nous s'il nous apercevait, même si, j'en suis certaine, ainsi vêtus, nous n'offrons pas un spectacle bien extraordinaire.

Un vacarme s'éleva soudain, là-bas, du côté de la grille. Des valets apparurent. Le concierge et ses aides poussèrent les lourds battants. Une voiture, menée de main de maître par un cocher habile, franchissait le portail. Les deux jeunes gens se rangèrent donc, et Victoire Escuiller se retourna. D'emblée, elle pâlit :

— Regardez, vite ! Le blason peint sur la portière. C'est le comte ! Il ne part que maintenant. J'ai été mal renseignée...

D'instinct, Florimond baissa la tête. Le garçon n'avait jamais vu Charolais. Celui-ci allait peu à la cour, il préférait la solitude trouvée dans ses nombreuses maisons, ne venait à Versailles que lorsqu'il était question d'une cérémonie à laquelle, en qualité de prince du sang, il ne pouvait se soustraire. Mais le besoin de voir au plus près possible à quoi ressemblait la voiture de l'ogre, le vacarme que faisait ce carrosse, comme tout droit sorti de l'enfer, et ses roues sur le chemin pierreux, et les sabots des chevaux, et les cris du cocher, tout cela échauffa en un instant le valet. Oubliant toute prudence, Florimond se redressa. L'attelage était là, devant lui, qui allait le dépasser. Visage plein, œil rond, bouche épaisse, un homme était à la portière. La durée d'un éclair, vif et scrutateur, il fixa Florimond. Celui-ci se figea. La voiture n'en finissait pas de passer devant lui. Et son passager dévisageait toujours le valet. Voilà, c'était fini maintenant, la voiture s'éloignait. Bientôt elle disparaîtrait au bout du chemin.

— C'était lui ? demanda simplement le valet.

— Je crois bien. En fait, j'en suis certaine.

Florimond était stupéfait, plus que dérouté :

— Il m'a regardé comme s'il me reconnaissait.

— Est-ce possible ?

— Pas le moins du monde. Je n'ai jamais vu le comte auparavant. Croyez-moi.

Le valet de Pompadour était pâle. Il lui semblait avoir croisé le diable. Quant à Victoire, elle n'était guère plus vaillante. Preste, Florimond prit le bras de la veuve :

— Ne restons pas ici. Je ne sais ce qui peut se passer dans la tête d'un homme tel que lui. Mais si, finalement, Charolais croit me connaître, veut me parler et demande à son cocher de faire demi-tour, je préfère qu'il ne nous trouve pas ici. Regardez, cette maison paraît délaissée et la porte en est ouverte. Entrons, nous y resterons un moment, le temps de reprendre nos esprits, le temps que tout danger soit écarté.

Un instant plus tard, les deux jeunes gens firent ce que Florimond avait proposé. Le valet de Pompadour referma la porte de la maison abandonnée. C'était une bien mince protection tant ce battant était vermoulu. Mais, au moins, les deux enquêteurs étaient soustraits à la vue de tout voyageur, du paysan, du villageois qui passerait par le chemin de Bellefond. L'un et l'autre avaient besoin d'un réconfort. Celui-ci prit la forme d'un biscuit que le garçon retrouva au fond de sa poche et qu'il brisa en deux parts égales.

À l'hôtel d'Évreux

Pompadour recevait La Ferrière dans son cabinet particulier, où deux garnitures de bronze doré à l'or moulu renfermaient des pots-pourris aux arômes subtils. Aimable quoique son ami le lieutenant général de police la dérangeât, la marquise s'étonna :

— Vous ici ? Mais comment avez-vous su que je me trouvais dans cette maison ? Je me reposais dans mon appartement, à Versailles, il y a encore deux heures. Et c'est seulement à la dernière minute que je me suis décidée à venir à Paris.

La Ferrière sourit à son tour :

— Vous oubliez que, en ma qualité de lieutenant général de police, rien ne m'échappe de ce qui se passe à Paris et parfois même à Versailles.

Là, Pompadour se fit gentiment railleuse :

— Il est dommage que vous ne disposiez pas des mêmes informations quand il s'agit des chansons et des pamphlets qui me roulent dans l'ordure, et depuis tant d'années. On continue à me salir à peu près toutes les semaines.

La remarque était justifiée, elle porta, et La Ferrière s'assombrit. Il prit d'autorité le bras de la marquise :

— Venez, l'heure n'est pas à s'envoyer des piques. Je dois m'entretenir avec vous d'un sujet qui m'étonne et me chagrine et qui vous concerne peut-être aussi. D'ailleurs, il ne vous est pas inconnu, nous en avons déjà parlé.

— Je vous écoute…

— Mes agents du Grand Châtelet sont des hommes de valeur, consciencieux.

— Le roi le sait, et moi aussi.

—Ils ont dressé des listes, ils ont confronté les dates, ils ont procédé à des recoupements. Leurs conclusions sont étranges, dérangeantes, mais ne souffrent guère la contradiction. J'ai vérifié en personne les raisonnements et les déductions qui ont permis de les étayer.

À mesure que La Ferrière parlait, ses traits se tendaient. Pompadour le remarqua, lui proposa un rafraîchissement. Mais le policier déclina l'offre. La marquise sonna cependant car elle devinait que l'exposé à peine entamé par son ami ne faisait que commencer et risquait aussi de la troubler. Au valet qui se présenta, elle demanda un verre d'eau. La Ferrière reprit :

—En préalable, je dois reconnaître que, pour certains d'entre eux, qui ne sont certes qu'une poignée, les faits recensés ne concordent pas, ne correspondent pas les uns avec les autres. Mais quant au reste, c'est aveuglant, et très préoccupant.

—Vous m'alarmez...

—C'est aussi très étonnant. Je ne sais par où commencer. Voyons, partons de cette affaire, plutôt de l'affaire des filles retrouvées assassinées à Paris...

Là, Pompadour se méprit et soupira :

— Ne pas avoir été chargé de ce dossier vous chagrine durablement, et vous pensez toujours que je suis responsable du fait que le roi ne vous a pas demandé en personne d'arrêter ces horreurs. Pourtant, croyez que...

— Il n'est pas question de cela, je vous assure. Nous en parlerons une autre fois, cela m'importe peu. Je vais maintenant entrer dans le vif de mon propos.

À cet instant, La Ferrière se tut. Il regarda autour de lui. La pièce était petite, encombrée des objets que Pompadour aimait amonceler partout en grand nombre. Par prudence, le lieutenant général de police n'en convia pas moins la marquise à prendre place dans un autre fauteuil, le plus loin possible de la porte.

— Je vous l'avais déjà dit. C'est indéniable : chaque fois que vous êtes venue à Paris, le fou dont je vous ai parlé a fait irruption dans telle ou telle taverne, soudain, y a tout détruit, s'en est pris aux clients, surtout à ceux qui s'adonnaient à des jeux de hasard, aux cartes, au jacquet ou aux dés.

La marquise était intriguée, pas encore alarmée.

— Oui, cela, vous me l'avez déjà confié. Qu'y a-t-il de nouveau ?

— Le Grand Châtelet s'est aperçu qu'il existe une autre coïncidence qui, à la vérité, ne peut en être une. Une troisième série d'événements correspond, à peu près tout le temps, à la survenue concomitante de vos déplacements et des irruptions du dément…

— Vous m'effrayez…

— Ces journées particulières, qui vous voient venir de Versailles jusqu'ici et où l'enragé saccage des cabarets et insulte leurs clients, sont aussi celles où les filles sont retrouvées assassinées.

L'exposé, une révélation inattendue, était stupéfiant. Pompadour en resta d'abord sans voix, ne put ensuite que prononcer quelques paroles banales :

— Mais comment cela est-il possible ?

La Ferrière mesurait l'abîme qui s'était soudain dessiné devant la favorite. Parce qu'il lui était sincèrement attaché, à présent que le plus incroyable, le plus dérangeant avait été dit, il vola à son secours, du moins voulut-il la rassurer. Après avoir semé l'effroi, le maître du Grand Châtelet tempéra :

— Certes, nous pouvons considérer que ce ne sont là que de simples hasards. Mais enfin cette simultanéité à peu près parfaite est plus que troublante.

La Ferrière avait voulu faire un pas en arrière, mais sans y croire.

— Troublée, je le suis, dit la marquise. Mais je peine à imaginer comment, pourquoi et de quelle manière le fait que je viens ici, à l'hôtel d'Évreux, incite un criminel à tuer et à tout détruire dans les tavernes...

Pompadour avait l'esprit rapide. Le propos de son ami La Ferrière était inattendu. Avant de réfléchir plus avant sur la base de ce qu'elle venait d'entendre, la marquise balaya d'un regard la pièce où ils se tenaient. La perfection du décor, la contemplation des meubles, des étoffes, des figurines et des vases que son goût sûr lui avait fait choisir et marier la réconfortèrent un peu.

— Tout cela n'a pas de sens, reprit La Ferrière, j'en conviens. À cet instant, la seule hypothèse que je suis en mesure de formuler, mais qui, certes, ne repose sur rien de très assuré, est celle d'un homme rendu fou, d'une manière ou d'une autre, par votre venue ici. La dernière fois que nous nous sommes vus, vous-même avez déjà évoqué cette possibilité.

— C'était, vous le savez, sur le ton de la plaisanterie. Et, surtout, il ne s'agissait alors que de cabarets saccagés, non de l'affaire de ces filles tuées et retrouvées vidées de leur sang...

— Je sais tout cela. Mais, voyez-vous, j'ai réfléchi de mon côté. Je me demande s'il ne pourrait s'agir d'un ancien domestique d'Évreux...

— Que voulez-vous dire ?

— C'est bien après le trépas de ce dernier que le roi a acheté cette demeure afin que vous disposiez d'un séjour lorsque vous venez à Paris ?

— En effet. L'épouse d'Évreux était morte bien avant lui, sans avoir eu d'enfants.

— Avez-vous congédié les valets qui avaient servi ici avant vous ? Se pourrait-il que l'un d'entre eux, qui se soit estimé rejeté, ait alors perdu l'esprit au point de commettre des actes tantôt peu graves mais déroutants – je parle ici des saccages de tavernes –, et d'autres beaucoup plus affreux, atroces – ici, entendez les meurtres que nous déplorons ?

Pompadour eut un geste vague :

— Sans épouse, sans même une maîtresse, sans descendance, Évreux vivait seul et recevait peu. Par mesure d'économie, il n'avait fait aménager que le rez-de-chaussée du bâtiment et se contentait de peu de monde autour de lui : un cocher, un cuisinier, une poignée de valets. Je ne sais, je le reconnais volontiers, si j'ai repris à mon service l'ensemble des domestiques qui vivaient ici. Le concierge, je crois, et aussi les jardiniers, un palefrenier.

— Pardonnez-moi, je sais que mon propos n'est guère étayé, tant nous sommes dans le flou et l'étrange, mais j'insiste : il est possible que l'un des anciens laquais d'Évreux vous considère comme une usurpatrice, une étrangère en ce lieu, et qu'il entende vous le faire payer.

La marquise haussa les sourcils :

— Depuis que je suis venue au monde, j'ai fait assez de chemin pour savoir que la nature humaine est parfois imprévisible, sotte, voire folle. Mais quand bien même un valet d'Évreux m'en voudrait, pourquoi donc tuerait-il de pauvres filles et pourquoi donc s'en prendrait-il à des tavernes ? Je ne vois là rien de compréhensible, rien qui puisse m'atteindre…

Comme pour mieux réfléchir, La Ferrière fit quelques pas.

— Je le sais fort bien. C'est pour cela que je suis venu vous trouver, afin de vous exposer la chose et de recueillir votre avis. Vous avez toujours été de bon conseil, et si vous avez oublié les recommandations que vous m'avez faites et qui m'ont permis de m'élever jusqu'au Grand Châtelet, depuis le temps lointain où je n'étais qu'un modeste avocat général des brevets, moi, je m'en souviens, soyez-en assurée. Je vous en serai éternellement reconnaissant.

La Ferrière avait déjà dit l'essentiel de ce qu'il comptait révéler à Pompadour. De plus, il avait à faire au Grand Châtelet ; le lieutenant général de police décida de conclure :

— Si je résume, ce que je vous ai exposé est fort obscur, même si, comme je vous l'ai dit, nous tenons déjà – enfin, peut-être – le bout du fil qui semble coudre ensemble les pièces de ce mystère. Si une lumière vous apparaît, vous voudrez bien m'en faire part. Je vous laisse un mémoire récapitulatif. À présent, je dois me retirer.

À peine le chef de la police du Grand Châtelet reparti, la favorite du roi demeura seule, déconcertée par ce qu'elle venait d'entendre. Car elle se demandait ce que La Ferrière savait et s'il lui avait révélé tout ce que, justement, il connaissait. Mais se poser cette question déplaisait à la favorite. Le lieutenant était son ami, il lui devait sa carrière. Qu'il cherchât à tromper Pompadour ne pouvait se concevoir. Tout entière préoccupée par cette affaire, elle décida de retourner sur-le-champ à Versailles. Où qu'il soit et quoi qu'il fasse en ce moment, songea-t-elle, le déluré Florimond saurait bien l'y retrouver, il devinerait, où qu'il fût, qu'elle avait besoin de lui.

Dans le faubourg de la Nouvelle-France

Que le crime incarné fût passé tout près d'eux était proprement effrayant, songea Florimond. Sans parler des terreurs à venir, qu'ils devinaient l'un et l'autre. La peur et la fatigue avaient malmené les deux jeunes gens. Et le biscuit partagé ne les avait réconfortés qu'à demi. Le besoin de se rassurer, la pénombre qui régnait ici, leur jeunesse enfin, qui les incitait à s'accorder tous les réconforts possibles… Voici des lustres que la pauvre maison n'avait pas connu un tel moment. Soupirs, empressement, battements de cœur, gestes lents ou vifs, cela avait varié selon les phases de l'agitation à peu près silencieuse qui venait tout juste de cesser. Et, après avoir vu et su de l'autre tout ce qu'il était possible de savoir et de voir, Florimond et Victoire remettaient de l'ordre dans leurs tenues, largement malmenées.

Le valet de Pompadour était maintenant à peu près rhabillé. Mais, par décence, il ne se retourna pas avant d'avoir compris que Victoire, de son côté, avait elle aussi fini de rajuster sa mise. Ensuite, tout alla très vite, et Florimond se surprit lui-même, tant ce qui venait de se passer dans la maison abandonnée avait, après son corps, enflammé son esprit, et de manière importante :

— Charolais doit périr, assurément. Ce que tu m'as dit, tout ce qui s'est passé depuis, ce que, avec ou sans toi, j'ai appris et observé m'a convaincu. Nul doute que le cousin du roi est coupable de tout ce dont on l'accuse. Il doit mourir. Je t'aiderai à le tuer. Si, au moment ultime, ta main flanchait…

La remarque ébauchée, la promesse esquissée mais qu'elle devinait sans mal, indisposa Victoire, celle-ci se fit brutale :

—Je ne tremblerai pas, tu n'auras pas à te substituer à moi.

Florimond comprit qu'il avait été maladroit. Mais il ne voulut pas perdre la face et insista, en modifiant légèrement son propos :

—Quoi qu'il en soit, je serai à tes côtés, et je ferai ce qu'il faut pour qu'advienne ce que nous désirons tous les deux avec tant d'ardeur.

Le garçon disait vrai. Avoir tenu Victoire dans ses bras l'avait persuadé que la quête de la veuve était bien la sienne, si jamais il en avait douté. Quoi que Victoire en dît, elle pouvait faiblir au moment fatal. Ou bien, de manière plus prosaïque, se montrer maladroite. Le valet serait alors à ses côtés. Et, s'il le fallait, il tuerait Charolais. Il s'en expliquerait ensuite à Pompadour. Celle-ci comprendrait son geste et le féliciterait, même. Sans compter le roi, qui ne pourrait que complimenter lui aussi le domestique de la favorite, voire le récompenser.

—Et maintenant ? demanda Victoire. Que faisons-nous ?

Florimond ne répondit rien, considéra un instant la jeune femme et la trouva encore plus belle que tout à l'heure, puis s'approcha de la porte de la masure, l'écarta un peu, assez pour regarder le ciel, déduire de la lumière le temps qui avait pu s'écouler, car le temps, l'un et l'autre l'avaient tout à fait oublié.

—Je ne suis pas tranquille, et je me sens démunie.

—Que veux-tu dire ?

—Il me manque un certain objet que j'aimerais posséder. Avant de nous quitter, j'aurai donc cette course à faire. Accepterais-tu de m'accompagner ? Une fois effectué l'achat que j'ai en tête, je me sentirai mieux et tu pourras me laisser sans crainte.

Trop heureux de demeurer encore un peu en compagnie de Victoire, le garçon acquiesça.

À Versailles

Collier en argent massif autour du cou, allongé sur un coussin de soie, l'épagneul était encore mieux traité que les chiens de compagnie qui, dans l'appartement de leur maître le roi, arboraient un bijou d'or piqueté de diamants. Du bout de ses doigts fuselés, Pompadour câlinait Mimi. La chaleur, l'affection qui émanaient du petit épagneul, la docilité et le plaisir avec lesquels l'animal accueillait cette caresse, en agitait les oreilles, comblaient la marquise… La comblaient et l'aidaient à réfléchir.

Sitôt arrivée à la place qui était désormais la sienne auprès du roi, par-delà les vicissitudes qu'avait connues leur liaison, la favorite s'était intéressée aux affaire publiques, en s'efforçant de songer au bien de la France. Elle savait du reste que le roi lui en était redevable. S'il en était allé autrement, il l'aurait tenue à l'écart de la politique, comme il l'avait toujours fait avec la reine et, *a fortiori*, n'aurait pas sollicité les conseils de sa favorite sur à peu près tout ce qui concernait la diplomatie, la censure, le rôle des parlements, l'administration de la justice, l'Église et l'impôt. Or, tout ce qui lui avait révélé, suggéré et appris La Ferrière préoccupait la favorite. Parce que tout ceci était affreux. Elle ne réussissait cependant pas, dans ce qui lui avait été dit de ces saccages tout à la fois absurdes et dérisoires, de ces meurtres barbares, à deviner ce qui lui semblait la concerner, se rapporter à elle. Et, de nouveau, Pompadour gratouilla Mimi.

Elle se leva, s'approcha du gracieux secrétaire plaqué de bois de rose où elle avait serré le papier que le comte de La Ferrière lui avait remis. De nouveau, elle parcourut ce court document. La plupart des faits qui y étaient recensés, ainsi que le lui avait expliqué le lieutenant général de police, étaient récents. Pompadour avait une bonne mémoire. Elle ne pouvait cependant pas s'assurer qu'aucune erreur ne s'était glissée dans le recensement des meurtres et des saccages. En revanche, pour ce qui regardait ses venues à Paris, ses séjours à l'hôtel d'Évreux, la marquise ne décelait aucune erreur. Ses journées étaient d'ordinaire fort bien remplies puisque s'enchaînaient d'heure en heure, entre son lever et son coucher, les visites de parents, de quémandeurs ou de ministres venus lui demander une faveur ou son appui, de ses modistes et de son coiffeur, de son secrétaire particulier, de son architecte et des artisans qu'elle faisait travailler, d'amis aussi. Pour ce qui était des derniers jours, des dernières semaines, la favorite reconstituait sans mal son emploi du temps : tout ce qui était consigné dans le rapport de La Ferrière lui semblait exact et bien daté. Entre autres exemples, c'était bien ce jour-là, un mardi, qu'elle s'était rendue de Versailles à Paris et en était revenue dans la même journée, elle s'en souvenait car, le matin, elle avait acheté plusieurs manchons d'hermine, des mantelets et des pelisses, puis s'était rendue à l'hôtel d'Évreux pour y superviser l'accrochage d'un tableau de Coypel avant de revenir à Versailles. Ce même jour, où une fille avait été retrouvée morte et où la taverne du *Maure couronné* avait été attaquée par le forcené… Tout à la fois perplexe et sûre d'elle, une fois de plus, Pompadour rangea le papier, revint s'asseoir près de Mimi, reprit ses caresses.

La favorite s'apprêtait à passer seule ce moment, car elle pensait le roi à la chasse. Lorsque soudain elle entendit de légers bruits dans la pièce voisine. La marquise s'en étonna et s'en agaça, car elle avait demandé qu'on la laissât seule. On gratta à la porte. Elle resta assise, prête à morigéner sans trop de douceur le domestique qui avait désobéi. La porte s'ouvrit, à double battant. C'était Louis XV. Il était en habit de chasse mais ce vêtement n'était ni dérangé ni froissé. De toute évidence, le roi s'était préparé à courre le cerf à Fausses-Reposes ou ailleurs, et au dernier moment avait changé avis.

D'un bond, Pompadour se leva. L'épagneul nain comprit que sa maîtresse n'allait plus s'occuper de lui avant un bon moment ; il regagna son panier douillet.

— Sire… Vous ne chassez donc pas ? Pourtant, je croyais…

Louis XV s'avança à grands pas, saisit les mains de sa favorite :

— Je vous prie de m'excuser.

Le roi avait les larmes aux yeux. La marquise s'en alarma :

— Louis, qu'avez-vous ?

— Je n'aurais pas dû, je vous demande pardon. Celui qui…

— Mais de quoi, de qui parlez-vous ?

— De ce que vous avez subi, de l'homme qui s'en est pris à vous. De mon cousin, le comte de Charolais.

À Paris

— Tiens, reste un peu à l'écart, je peux y aller toute seule, assura Victoire Escuiller.

Florimond regarda la ruelle que la jeune femme venait de lui désigner. Il n'y avait là rien, ou si peu, de l'ordinaire et pas grand-chose d'autre, quelques échoppes, bien petites et bien modestes. Victoire mesura cette perplexité, presque de l'embarras. Elle précisa :

— Vois, là, cet instrument, chez ce cordonnier. Acheter celui-là plutôt qu'un autre me fera gagner du temps, me libérera d'un souci à peu de frais.

Le valet de Pompadour ne voyait pas bien ce que lui montrait la jolie veuve. Mais celle-ci, vive et décidée, s'était déjà écartée de lui, avait pénétré dans la boutique. L'endroit était sombre, aussi l'artisan, un homme entre deux âges, était-il installé au plus près possible de la rue. Ce qui laissait de la place, au fond, pour les sabots, galoches, bottes et souliers entassés.

— Combien, pour ton alène, là, sur le banc ?

— Je suis cordonnier, je ne vends pas ces outils, j'en ai besoin, ce sont les miens.

L'homme était buté, de toute évidence. Tel un chaland s'attardant là sans trop savoir pourquoi, Florimond s'amusait presque de la scène : avoir caressé la jeune femme tout à l'heure l'avait détendu, l'avait éloigné de la pensée des filles mortes et de Charolais. Il attendait de voir comment Victoire se sortirait d'une conversation qui s'annonçait mal. Celle-ci, de son côté, comprit qu'elle avait affaire à un imbécile. Or, songea Florimond, la jeune femme n'était sans doute pas prête à céder, même face à un sot. Celle-ci haussa en effet le ton :

— Je le sais bien. Il n'empêche, c'est cet instrument-là que je veux acheter. Dis-moi ton prix.

Mais le cordonnier ne voulait rien lâcher :

— Si tu as des chaussures à faire ressemeler ou à recoudre, donne-les-moi. Sinon, laisse-moi tranquille, j'ai du travail moi, même si toi tu as envie de bavarder et de t'amuser.

Cette fois, Victoire vit rouge. Une fois de plus, le valet comprit ce que pensait celle qui voulait absolument devenir une criminelle… L'époux de Victoire avait été tué par le cousin du roi qui, de surcroît, s'en était amusé. La jeune femme avait depuis passé son temps à espionner le meurtrier. Et, enfin, elle avait décidé de passer à l'action. Ce ne pouvait être un cordonnier qui, soudain, par sottise et pur entêtement, ferait tout échouer…

Du reste, à cet instant précis, Victoire Escuiller regarda autour d'elle vite, pour s'assurer que nul ne gênerait son mouvement, plongea la main dans son corsage, en tira une poignée de pièces, les jeta à même le sol, s'empara de l'alène, la mit sous le nez du cordonnier :

— Vois, je ne suis pas une voleuse, prends cet argent. Ton outil, je le prends. Et tais-toi, maintenant, sinon, je le jure devant tous les saints du paradis, je t'étripe !

Le cordonnier prit peur, à juste titre, car il comprit que Victoire était prête à mettre sa menace à exécution. Il recula, soudain terrifié. La femme tourna aussitôt les talons. L'autre se crut enfin sauvé. Mais Victoire fit demi-tour. L'artisan s'affola, son esprit ne s'était jamais fait si leste. Que voulait-elle, cette folle qui dérangeait tant sa vie, jusqu'à ce jour si tranquille calme et bien ordonnée ? N'avait-elle pas eu ce qu'elle désirait ? Il fit un pas en arrière. Pourtant, Victoire ne le menaçait pas :

— Et garde la monnaie, l'ami. C'est mon mari qui avait gagné cet argent. Il t'en fait cadeau, du fond du cœur. Et du fond de la tombe où il se trouve et pourrit.

Cette fois, la jeune femme s'en alla pour de bon. L'artisan demeura seul et tremblant dans le fond de son échoppe, certain qu'une folle avait croisé son chemin, une démente qui venait de lui payer dix fois, vingt fois son prix, bien plus, une pauvre alène au manche usagé et poli par l'effort.

À Versailles

— Depuis de longues années, reprit Louis XV, vous m'avez prodigué vos conseils et je m'en réjouis car vous vous êtes rarement trompée et lorsque cela a été, vous l'avez fait avec intelligence. Je sais aussi, car je me connais, que je suis sans doute, parmi les hommes, un de ceux qui sont les plus difficiles à contenter, en particulier lorsque la tristesse s'empare de moi. D'un mot, d'un geste, vous savez me rassurer.

— Louis, nous avons besoin l'un de l'autre, voilà tout. Nous nous sommes trouvés. N'est-ce pas beaucoup ?

Le roi s'assit dans un fauteuil recouvert d'un tissu bleu et or. Il convia d'un geste la marquise à faire de même, le plus près possible de lui. Il reprit :

— C'est surtout moi qui ai besoin de vous… Et, bien que vous soyez irremplaçable, je n'ai pas su m'en souvenir l'autre jour, quand vous m'avez appris votre infortune…

— Que voulez-vous dire ?

— Je me suis conduit en roi, en roi lointain, alors que j'aurais dû agir en ami attentif.

— Je ne comprends pas.

Le roi se leva, son visage se fit à la fois plus sombre et plus tourmenté :

— Voici dix ans, vous avez été avilie ici, à Versailles, à quelques pas de moi et alors que cette nuit-là aurait dû être pour moi, et surtout pour vous, une nuit de rêve et de joie. Et lorsque vous m'avez révélé votre malheur, de quoi vous ai-je parlé ? De raison d'État ! C'est inouï, c'est indigne. Vous vous faites violence, vous acceptez de mettre de côté votre pudeur, vous vous livrez à moi et me dites tout sans détour, et moi, tout ce que je trouve à répondre, c'est de vous jeter au visage mes seuls devoirs de souverain, ma seule crainte de voir la monarchie amoindrie, abaissée par la révélation du scandale ? Comme à l'accoutumée, vous avez été fine et franche, et moi je me suis comporté en homme insensible et, oserai-je le dire, en être borné. En agissant de la sorte, je me suis montré ingrat, j'ai mal agi. Je viens ici, maintenant, pour vous en demander pardon.

Les yeux du roi s'embuaient de plus en plus. Mais, pour toutes sortes de raisons, Pompadour ne voulait pas voir Louis XV pleurer. Elle se leva, vive, sourit, mais pas trop :

— Louis. Si vous êtes mon ami, vous êtes avant tout le roi. Quand la mémoire m'est revenue, j'ai mesuré que vous deviez apprendre la vérité. Mais une fois celle-ci connue de vous, vous deviez agir et décider en roi. Et c'est ce que vous avez fait.

— Non, ma chère. Cela, je l'ai peut-être pensé un instant. Mais en tout cas, ce n'est plus ainsi que je conçois l'affaire aujourd'hui. Je veux et je vais sévir. Mon cousin va connaître ma fureur. Voici des années, des décennies même, que Charolais sème le crime partout où il passe. J'aurais dû le châtier depuis longtemps, trop de gens ont péri par sa faute. Voici des lustres que mon cousin désole le royaume. Vous connaissez le mot de mon oncle, le Régent[1]...

Pompadour avait reçu une excellente éducation. D'abord chez les ursulines de Poissy, puis auprès de professeurs particuliers qui lui avaient enseigné plusieurs langues, la musique et la littérature, la botanique. Sa culture était solide, ce qui lui avait du reste permis de parvenir au rang éminent qui était le sien. Il lui manquait cependant parfois la connaissance de tout ce dont bruissait la cour, où elle n'était pas née et n'avait pas grandi, de tout ce qui s'était passé à Versailles. Louis XV, qui le savait, le mesura de nouveau et ne voulut pas, surtout pas, que, en cet instant, la marquise souffrît de cette inculture. Il expliqua :

— C'était au printemps 1722. À l'époque, j'étais très jeune – je n'avais pas même encore été sacré à Reims, je le fus au mois d'octobre suivant – et je n'ai alors rien su de toute cette affaire. C'est bien plus tard qu'on me l'a racontée. Charolais se trouvait à Anet. Un soir qu'il revenait d'une partie de chasse, il aperçut un bourgeois innocent, qui se tenait sur le pas de sa porte et y prenait le frais, prêt à se mettre au lit. Savez-vous ce que dit alors mon cousin ? « Voyons si je tirerai bien ce coup-là », ou quelque chose dans ce genre, d'après ce qui m'a été rapporté. Il mit le malheureux en joue, visa, tira et le tua. Passé ce moment de folie, le comte recouvra assez de raison pour aller à Versailles dès le lendemain, afin

1. Le duc d'Orléans, qui gouverna le royaume lors de la minorité de Louis XV.

de plaider sa cause et demander sa grâce à mon oncle. Or, ce dernier avait déjà été instruit de cette affaire. Et savez-vous ce qu'il répondit en mon nom à Charolais ? « Monsieur, la grâce que vous demandez est due à votre rang et à votre qualité de prince du sang. Le roi vous l'accorde, mais il l'accordera encore plus volontiers à celui qui vous en fera autant[1]. »

Pompadour ne broncha pas, quoi qu'il lui fût plus que désagréable d'entendre le roi parler de Charolais. Du reste, Louis XV poursuivait :

— Depuis l'abomination jadis perpétrée à Anet, mon cousin a commis bien d'autres crimes, vous êtes hélas bien placée pour le savoir. Je ne suis pas loin de penser que c'est le comte qui a tué les malheureuses retrouvées à Paris. Du reste, c'est sans doute parce que, au fond de moi, je connaissais le coupable de cette succession de forfaits affreux que je n'ai pas souhaité confier l'enquête au comte de La Ferrière. J'avais peur de la vérité, d'être une fois de plus mis face à un dilemme : punir mais en subir les conséquences ou ne rien faire et laisser un barbare en liberté. Pour conclure, dans tous les cas, j'ai cru agir en roi. Or j'ai été lâche et faible. Du moins ai-je choisi le plus facile : ne rien faire, ou si peu, et ne rien dire, à personne, en particulier à mon cousin Charolais. Or, si j'avais été moins en retrait, les malheureuses qui ont été tuées à Paris, qu'elles aient été ou non des filles de peu, ne l'auraient peut-être pas été. Qui sait ? Ce questionnement me hante.

La favorite savait que le roi disait vrai. Le Bourbon était d'un tempérament si mélancolique. Mais elle estimait aussi, dans son for intérieur, que Louis XV n'avait pas failli. Simple

1. L'anecdote et ce mot semblent bien être l'une et l'autre historiques…

bourgeoise devenue toute-puissante, elle avait pu mesurer, parvenue au terme de son ascension, l'ampleur des difficultés que posait l'exercice du pouvoir. Elle répéta :

— Louis, vous avez toujours fait pour le mieux, en toutes circonstances.

Le roi eut un faible sourire :

— Je n'en crois rien, hélas.

Il y eut un silence, que Pompadour, pour une fois prise au dépourvu, ne sut comment rompre. Elle continua cependant à fixer Louis XV, guettant le moindre indice, l'expression la plus fugace, le geste ou le mot qui lui permettrait de savoir, cette fois encore, que dire pour le réconforter. Quant au roi, désireux de cacher ses sentiments, en particulier sa détresse, il se détourna, laissa son regard courir sur les bibelots[1] qui emplissaient la chambre, trouva un mince réconfort dans la contemplation du chien Mimi, demeuré sage sur son coussin précieux. Regarder l'animal au doux regard lui fit du bien. Quelque peu rasséréné, Louis XV regarda la marquise :

— De toute façon, je ne puis revenir sur le passé. Mais pour ce qui regarde le présent, je suis bien décidé à agir. Et vous serez vengée. Je vais ordonner que mon cousin soit conduit sur-le-champ jusque dans mon appartement. Je lui dirai son fait. Dès que Charolais aura entendu le discours que j'ai eu la faiblesse de différer depuis des années voire des décennies, il sera conduit en prison. Entre-temps, je me serai entretenu avec le ministre de la Justice. Une procédure sera aussitôt lancée. Mon cousin sera jugé, il aura à répondre, enfin, de ses crimes. Et je ne doute pas qu'il sera condamné.

1. À sa mort, la marquise laissa des milliers d'objets d'art.

Le roi avait prononcé ces dernières paroles d'une voix redevenue ferme. Comme réconcilié avec lui-même, il se tut. Sans doute attendait-il que la marquise approuvât son propos et s'en réjouît. Or, il n'en fut rien. Tout au contraire, Pompadour considéra un court instant le roi, sans doute pour mesurer une dernière fois le poids des paroles qu'elle allait prononcer, des mots qui, elle le savait, allaient surprendre mais que la marquise devait, voulait dire :

— Louis, je ne veux pas qu'il soit fait le moindre mal au comte de Charolais. Du moins pas tout de suite.

À Paris

À peine Victoire eut-elle quittée la boutique du cordonnier qu'elle rejoignit Florimond. Ensemble, ils allèrent jusqu'au *Chat pêcheur*, à quelques rues de là, car la jeune femme voulait se changer. Sitôt le valet entré dans la chambre, elle ferma la porte et, en l'absence de clef, bloqua le battant à l'aide d'une chaise. Puis brandit l'alène.

— Regarde comme c'est beau !

Victoire considéra la pointe, en apprécia le piquant, fut satisfaite de cet examen. Et reprit la parole.

— Je suis maintenant en possession du matériel nécessaire. C'est bien à moi de jouer. Et le plus vite possible. Car, vois-tu, je suis pressée d'occire Charolais. Je ne suis pourtant pas sûre que tuer le cousin du roi m'apportera un grand soulagement, tout bien réfléchi. Je t'aime bien, Florimond, mais, franchement, je ne veux pas que tu songes à m'aider dans cette tâche. Je te dis le fond de ma pensée. Je te sais dévoué, mais ne sois pas là au moment fatal. Reste en arrière, ne fais rien, quoi qu'il arrive. Pour rien au monde je ne veux partager avec quelqu'un, même avec toi, le plaisir de trucider le cousin du roi. L'instant précédant cette exécution tant attendue, je veux pleinement jouir de la satisfaction, inégalable, que me procurera, je le sais déjà, la froide contemplation d'un homme suppliant, puis je veux goûter à satiété le plaisir que j'éprouverai quand j'enfoncerai cette aiguille mortelle, le bonheur de voir le criminel se tordre de surprise, puis de douleur, puis de terreur, au moment où il mourra. Tu trouves que ce bonheur, que je désire tant, est malsain ? Je veux cependant le savourer. Je me sens, je me sais invincible. Charolais périra de ma main. C'est écrit.

Florimond ne dit rien. Victoire s'aperçut qu'elle effrayait le garçon. Son visage s'adoucit :

—Je te fais peur, n'est-ce pas ? J'en suis désolée. Je sais que tu essaies de me comprendre. Mais, vois-tu, la blessure qui m'a été infligée ne s'est jamais refermée. Charolais mort, j'espère recouvrer la paix et que m'abandonnent ces pensées qui sont aujourd'hui les miennes et dont je ne suis pas fière, même si, en toute conscience, je ne peux les renier.

Victoire continua à parler, à s'expliquer. Mais le valet ne l'entendait plus. Il songeait à la mort de l'époux de Victoire, à la vengeance que voulait perpétrer la jeune femme, ne pouvait s'empêcher d'y associer la disparition de Marguerite et le désir, si intense, qu'il avait de connaître le sort de sa jeune sœur. Le trouble qui fut le sien mit soudain un terme à cette douloureuse rêverie. Après un silence, il répondit à Victoire :

—Tu ne m'alarmes pas, je te comprends, je t'assure.

—Tu es gentil. Écoute, Jean, je t'en fais la promesse, sur

ce que j'ai de plus sacré, tout à la fois le souvenir que j'ai de mon malheureux époux, et aussi sur mon désir de tuer Charolais. Le jour, je l'espère prochain, où je m'introduirai chez le comte, tu seras à mes côtés. Non pas, tu l'as compris depuis longtemps et tu t'en doutes, parce que j'ai peur de pénétrer seule dans l'antre de la bête, mais parce que je veux que tu sois près de moi à ce moment si attendu, pour le partager avec toi. Mais je te le répète, même si je rate le premier coup, ne m'aide pas. Je serai assez forte pour recommencer et réussir, quoi que dise, fasse et tente le cousin du roi. Retourne à Versailles. Quand j'aurai besoin de toi, je saurai te retrouver.

À Versailles

Pompadour savait que ce qu'elle venait d'annoncer stupéfiait le roi. Un instant, elle fut tentée d'attendre que le souverain lui demandât d'en dire davantage, mais elle décida de n'en rien faire, tant la marquise savait qu'elle devait, voulait vite s'expliquer. Et même tempérer quelque peu son propos :

— Louis, quels que soient les crimes de Charolais, je vous en prie, ne lui dites rien, ne le faites pas arrêter, ne le déférez pas à votre justice.

Le roi savait que Pompadour n'était pas une exaltée. Et il ne l'avait jamais entendue proférer des propos insensés. Il n'empêche, pensait Louis XV, ce qu'il venait d'entendre était confondant. D'autant plus qu'il avait la désagréable impression que sa volonté de sévir, à son goût trop tardive, était contrée, de surcroît, par une des rares personnes auxquelles il accordait sa pleine confiance. D'un coup, le monarque se retrouva dans la situation qu'il avait connue dans son enfance lorsque, privé de père et de mère, de frère et de grands-parents, il avait cependant dû vivre et apprendre à peu près seul à devenir roi, sans véritable appui. Sa voix se fit froide :

— Expliquez-vous, je vous prie, Madame.

La marquise comprit qu'elle avait été maladroite. Sans renier la pensée qu'elle venait de concevoir et d'exposer au roi, elle se reprocha de ne pas s'être montrée d'emblée plus habile. Vite, elle tenta de rectifier :

— Sire, vous ferez bien entendu de Charolais ce que votre conscience, votre appréciation vous dicteront. Si, tout bien balancé, vous estimez que votre cousin doit rendre des comptes, vous comprendrez aisément que je ne m'y opposerai pas. Cependant, avant que vous ne laissiez votre juste courroux tomber sur le prince, je souhaiterais – et c'est là une demande, une requête pressante – que je puisse rester en la compagnie de votre cousin. Je veux me retrouver seule avec lui.

La demande était inattendue, ahurissante. Le monarque ne cacha pas sa stupéfaction :

— Mais pourquoi donc ?

Pompadour hésita un instant. Tout à l'heure, en s'opposant de front à Louis XV, du moins en paraissant plaider la cause de Charolais, elle avait plus que surpris le roi. Il lui fallait maintenant s'expliquer, et vite. Ce qui n'allait guère être aisé, car Pompadour ne pouvait, ne voulait pas tout dire. Après s'être confiée l'autre jour sur son infortune, elle était à présent bien décidée à ne plus révéler aucun des sentiments que continuait à susciter en elle ce qui était survenu la nuit du bal des Ifs, même au roi, qui avait été son amant. S'en tenir à ce parti était chose ardue, la favorite le mesurait pleinement. Pourtant, celle-ci savait trop ce qu'elle désirait pour reculer maintenant :

— J'aurai à rester seule, comme je viens de vous le dire, avec tout le respect que je vous dois, avec M. le comte de Charolais. Ce que j'aurai à faire alors est du ressort du privé. Veuillez ne pas m'en tenir rigueur. Mais il me semble, Louis, que, compte tenu de ce que j'ai vécu, à la fois lors du bal donné en l'honneur du mariage de votre fils le Dauphin et depuis, me donne en quelque sorte le droit de formuler cette requête, laquelle m'apparaît du reste être comme un droit naturel qui m'est dû. Et croyez que si je souhaite, sur ce point, ne pas vous en dire davantage, c'est aussi pour vous préserver, vous tenir à l'écart d'une scène qui, si vous y assistiez, vous embarrasserait, j'en suis certaine.

Ce discours était à la fois clair et obscur. Mais le roi le reçut pleinement. Il était généreux et ne mit du reste pas longtemps à répondre :

— Vous m'avez étonné, Madame. Or je vous connais trop, et depuis trop longtemps, pour ne pas vous faire pleinement confiance. Votre demande m'a surpris, me surprend, je ne veux ni ne peux vous le cacher. Mais je sais que, avant de concevoir et d'exprimer cette demande, vous l'avez longuement mûrie et y avez beaucoup réfléchi. Donc, votre vœu sera exaucé. Dès que possible, vous pourrez rencontrer en tête à tête mon cousin Charolais. À l'issue de cet entretien, nous nous parlerons et nous aviserons. Cela vous convient-il ?

À l'évidence, Pompadour était émue. Tout à l'heure, elle s'était assise lorsque Louis XV s'était assis. À cet instant, elle se leva, s'avança vers le roi, le salua d'une révérence gracieuse. Puis sourit :

— Sire, l'étiquette, les convenances voudraient que je reste ici en votre compagnie jusqu'à ce que vous décidiez de partir. Mais la permission que vous venez de me donner, cette promesse, me transporte, m'émeut. Je souhaiterais maintenant pouvoir me retirer, seule, dans la chambre voisine. Me le permettez-vous ?

Aussi souple et fringant que du temps de ses vingt ans, le beau Louis XV se leva à son tour, d'un bond léger.

— Soit. Mais parce que nous sommes en France, ne méprisons rien de ce qui fait notre singularité et notre charme, et respectons les usages que vous venez à juste titre d'évoquer. Voyez : je sors le premier. Dès que la porte se refermera derrière moi, vous pourrez vous retirer à votre tour, l'instant d'après, sans piétiner les bonnes manières. Si un valet trop curieux nous espionne et nous écoute derrière ce battant, il ne pourra pas dire que vous vous êtes conduite comme une friponne !

Louis XV se força à rire. La marquise fit de même. Et cela leur fit du bien à tous les deux. Puis, joignant le geste à la parole, le monarque s'en alla. À peine eut-il disparu que Pompadour se retira à son tour, si bouleversée par ce face-à-face qu'elle en oublia l'affectueux Mimi dans son panier tendu de satin. Elle demeura interdite lorsque, sur le seuil, elle aperçut un personnage qui, silencieux et devenu soudain écarlate, n'aurait pas dû se trouver dans la pièce voisine.

À Paris

Charolais, cette fois-là l'âme en peine, ne craignit pas d'ouvrir son cœur sous les portraits de plusieurs de ses aïeux qui ornaient cette pièce, une des plus vastes et des plus austères de son hôtel de la rue des Francs-Bourgeois.

—Je me rends bien compte, Turpin, que je te maltraite plus souvent que je ne le voudrais. Mais je reconnais, et tu le sais aussi, que sans toi je suis perdu.

Charolais était dégrisé, pensait l'intendant. Donc parfaitement lucide. Turpin se fit servile :

—Je m'efforce de servir Votre Altesse aussi bien que je le peux.

—Non, tu te conduis beaucoup mieux que cela. Ne travestissons rien : si tu ne colmatais pas, si tu ne réparais pas, si tu ne rétablissais pas, si tu ne ravaudais pas, si tu n'effaçais pas, si tu n'indemnisais pas, si tu ne mentais pas aussi, tout prince du sang, tout Bourbon, tout cousin du roi que je suis, c'en serait vite fini de moi.

Charolais se leva, alla lui-même verser du vin de Champagne dans un verre qu'il vida d'un trait. Turpin le regarda faire, les lèvres serrées. Puis le comte revint s'asseoir et reprit :

—Les mille louis que je t'ai dit de prendre, l'autre jour, sont-ils déjà en ta possession ?

—Oui.

—C'est bien. Mais ce n'est pas assez. Dès que tu auras le temps, regarde du côté des terres que je possède en Bourgogne. Prends celle qui rapporte le plus de bénéfices et fais établir un transfert de propriété en ton nom, je le signerai moi-même dès que possible.

—Votre Altesse sait que je lui suis d'ordinaire dévoué. Cependant, je crains cette fois de lui désobéir. Du reste…

L'intendant n'eut pas le temps d'achever. Le comte s'empourpra, jeta son verre à terre. Le cristal se brisa, projetant des éclats dans toute la pièce :

— Agis comme je te le dis. Ce don, que j'entends te faire le plus tôt possible et que je ne veux pas que tu remettes en cause, n'est rien comparé à ce que tu fais pour moi.

Le visage de Charolais se fit plus sombre, sa voix plus grave, et son regard devint plus perçant. Le comte releva la tête, considéra longuement Turpin :

— Crois-tu, mon cher, que, lorsque je reviens dans le monde des autres hommes, je ne me souviens pas de ce que j'ai commis, je ne sais pas ce qui se passe dans les communs de ma maison du faubourg de la Nouvelle-France, ceux qui sont situés derrière l'allée de chênes ? Penses-tu que j'ignore ce qui se trouve dans les fosses qui parsèment les jardins ? Crois-tu que je ne me souviens pas de ce qu'il m'est arrivé de faire, un jour, plusieurs fois, même, à un retour de chasse, lorsque tuer cerfs ou perdrix m'avait enivré ou ne m'avait pas suffi et que je traversais certain village ? Penses-tu, en quelques mots, que je ne me connais pas moi-même ?

Turpin ne disait rien. Il était pâle.

Charolais reprit :

— Ma plus belle propriété de Bourgogne, te dis-je. Et occupe-toi de cette affaire sans attendre. Si le notaire fait sa sieste, réveille-le. Dis-lui que c'est sur mon ordre qu'il doit rédiger l'acte qu'il te remettra séance tenante. À présent, apporte-moi une autre bouteille. Et, pendant que je la vide, donne l'ordre qu'on attelle mon carrosse. Je me rends sur-le-champ à Versailles, puisque le roi m'y demande. Tu m'y rejoindras, bien entendu, fidèle serviteur.

À Versailles

Pompadour ne se rappelait pas avoir déjà lu dans le regard d'un homme tant d'effroi et de haine. Tant de désarroi également. Et Bontemps restait là, aussi désemparé qu'un enfant pris en faute. Pompadour, elle aussi, était ébahie d'avoir ainsi surpris le premier valet de chambre du roi chez elle, devant son serre-bijoux, tenant la broche aux émeraudes soustraite puis retrouvée. La marquise, au prix d'un grand effort, ne montra cependant rien de son trouble. Elle ne pouvait paraître faible et hésitante, ne devait pas se départir de l'attitude ferme qu'elle observait depuis son arrivée à la cour. Au demeurant, son intérieur profané, elle était en position de force.

—Expliquez-vous, Monsieur. Car enfin, je viens ici et je vous vois, au moment où, de toute évidence, vous venez de vous emparer d'un bijou qui est à moi, qui me plaît et auquel je suis attachée, alors même que ce joyau m'a déjà été dérobé une première fois avant que je le retrouve et que je le remette à sa place.

Le premier valet de chambre du roi restait muet. Pompadour s'en irrita, qui voulait, déjà, en finir au plus vite avec ce nouveau dossier, qu'elle devinait sordide. Car, selon elle, l'affaire était entendue. Bontemps avait une première fois volé les émeraudes pour les offrir à une fille de peu. Celle-ci avait été tuée, la marquise avait retrouvé la broche par miracle. Bontemps l'avait appris –une femme de chambre trop bavarde?– et avait voulu reprendre le joyau. La marquise haussa le ton :

—Parlez, avouez. Vous m'avez volé une première fois, je ne sais quand avec précision, puis une seconde fois, à l'instant. Nierez-vous, ce bijou à la main ?

L'accusation était franche. Mais Bontemps, enfin, sortit de son mutisme :

— Madame, ce n'est pas ce que vous croyez… Les apparences sont trompeuses.

L'homme de confiance du roi allait mentir ? Le parti était osé tant tout l'accusait. Et la favorite, sans plus tarder, décida d'exposer toute la déception que lui causait l'attitude de son interlocuteur :

— Nous vivions depuis des années en bonne intelligence, du moins je le croyais. Car je pensais que nous étions l'un et l'autre occupés à faire le bonheur du roi et celui du royaume. Ensemble, nous avons mis sur pied l'affaire de la maison du Parc-aux-Cerfs et le système ne fonctionne pas trop mal, ma foi. Je vous pensais loyal, honnête. Et vous vous introduisez chez moi et me dépouillez, comme un vulgaire détrousseur de grand chemin ?

Le jeune Bontemps hocha la tête. D'un coup sa mine s'était faite moins sombre. À croire que, passé la surprise, le désagrément d'être découvert en mauvaise posture, après l'attaque et le reproche, le valet de chambre reprenait pied. Du reste, il montra le serre-bijoux :

— Il y a un malentendu, je le répète. Mais je peine à le dissiper car je ne peux saisir l'ensemble de votre discours. Vous venez de parler d'un premier vol – celui-ci, je le reconnais, même si je peux m'en expliquer, du moins à peu près –, puis d'un second. Or, je n'admets qu'un seul escamotage, que j'ai commis du reste voici déjà quelque temps, pas aujourd'hui.

— Vous ne venez donc pas de reprendre, dans ce meuble, la broche que vous tenez à la main ?

— Non, Madame, je m'apprêtais tout au contraire à remettre ce bijou à sa place.

Ce fut au tour de Pompadour de se trouver dans le flou. À son tour, elle s'approcha du serre-bijoux.

— Ouvrez-le, je vous prie, proposa Bontemps.

La marquise s'exécuta, tira le battant, fit coulisser le tiroir, souleva l'étoffe qui protégeait les joyaux. La broche aux émeraudes était bien là. Pompadour s'écarta, considéra le premier valet de chambre, lui désigna les pierres précieuses contenues dans le meuble :

— Ce bijou est le mien. Il m'a été volé, par vous donc, puisque vous venez de l'avouer. J'ai constaté et déploré sa perte, mais je l'ai ensuite retrouvé dans des circonstances particulières et je l'ai remis à sa place. La broche que vous possédez, d'où vient-elle donc ?

L'expression du premier valet de chambre avait changé du tout au tout. Le jeune homme était de toute évidence soulagé ; il prit un ton conciliant :

— Pour ce qu'il sait, Madame, le roi vous expliquera. Veuillez croire qu'en tous points je n'ai fait qu'obéir à Sa Majesté.

Que Louis XV soit mêlé à cette étrangeté surprit Pompadour, qui ne s'y attendait pas. Or, elle réfléchit vite et songea que, après tout, Bontemps disait peut-être la vérité.

— Dois-je saisir que je vous ai accusé à tort ? Si tel est le cas, je vous en demande pardon.

Bontemps eu le triomphe modeste :

— Tout me désignait, je le reconnais. Mais je n'ai été qu'un bras armé. Sachez que, dans ce cas comme dans celui de la maison de la rue Saint-Médéric, c'est le service du roi qui m'a guidé. Vous pensez sans doute que je trahis mon maître en le mettant en cause, et que, déloyal, je suis de surcroît inélégant. Mais veuillez envisager ceci : si je me taisais, tôt ou tard, vous connaîtriez la vérité puisque, si je ne m'abritais pas derrière le roi, vous me penseriez coupable et vous le lui diriez. Sa Majesté serait alors contrainte de vous instruire. Là aussi, mon innocence éclaterait. En m'abritant derrière le roi, je permets à la vérité de se faire jour plus vite, voilà tout.

La marquise avait écouté ce propos avec une grande attention. En effet, Bontemps ne pouvait mentir puisque, de toute façon, elle irait trouver le Bourbon et, avec lui, s'entretiendrait de l'affaire de la broche.

—Alors je vous crois, Monsieur.

À défaut d'être éclaircie, l'affaire se révélait donc bien moins grave que la marquise avait pu le supposer, en tout cas d'une nature différente. Comme Bontemps l'avait dit, le roi lèverait ce mystère. Le premier valet de chambre se contenta de sourire et de saluer avec élégance la favorite, puis s'en alla.

En route pour Versailles

Sitôt monté sur le cheval qu'il venait de louer, Florimond craignit que la conduite de sa monture, sur une route encombrée, parfois mauvaise, l'empêchât de réfléchir comme il le souhaitait. Or, le valet s'aperçut presque aussitôt que, fort heureusement, il n'en était rien. Au contraire. Mener au mieux son cheval en évitant les charrettes arrêtées ou renversées, dépasser les lourds carrosses qui se déportaient sans crier gare, éviter les piétons qui ne se rangeaient pas assez promptement, tout cela ne lui demandait que de faire preuve de rapidité et d'agilité physique, ce qui n'empêchait pas la réflexion.

Certes, songeait le garçon, il n'avait guère avancé sur l'affaire que lui avait confiée Pompadour, celle des pauvres filles assassinées dans la capitale. Il n'avait même guère découvert et guère appris, du moins si le valet mettait de côté le témoignage – celui de Victoire, décisif mais insuffisant car unique à ce jour – qui l'avait mis sur la piste de Charolais. Pour autant, plus il raisonnait, et même sans raisonner tant l'évidence s'imposait, plus Florimond était convaincu que le cousin du roi était le coupable de ces meurtres. Et plus grandissait en lui le désir de tuer le prince, quoi qu'il en eût dit à Victoire, quoi qu'il lui eût promis.

Dans la maison abandonnée, il avait proposé à la jeune veuve de la seconder lorsqu'elle déciderait d'occire Charolais. Car, de Victoire, le garçon était désormais amoureux, il le savait. Or, songeait celui-ci, si son amie exécutait le comte d'une manière ou d'une autre, elle devrait en rendre compte devant la justice du roi. Que la jeune femme soit traînée devant un juge, voire exécutée, il ne pouvait le concevoir. Le valet en serait désespéré. Ce serait donc lui, et nul autre, qui tuerait Charolais. Ensuite, Pompadour lui sauverait la mise. Elle lui ferait obtenir un sauf-conduit qui lui permettrait de gagner l'Angleterre ou les Provinces-Unies, d'y demeurer en sécurité. À Londres ou à Amsterdam, Florimond ferait venir Victoire Escuiller. Ensemble ils vivraient heureux, secourus sans faille par la marquise qui leur ferait régulièrement parvenir argent et conseils. Et même, peut-être, un jour, quand l'affaire serait oubliée, ils pourraient revenir en France.

Mais le garçon ne prendrait pas Pompadour par surprise. Il voulait d'autant moins mettre la favorite du roi devant le fait accompli qu'il se reprochait encore de l'avoir à tort maudite l'autre jour, devant la maison de la rue Saint-Médéric. Sitôt arrivé à Versailles, le valet irait la trouver et lui annoncerait que Charolais était le probable coupable que le roi cherchait à identifier et que lui, Florimond, allait le tuer. Il exposerait ses raisons à Pompadour et celle-ci ne le dissuaderait pas d'agir ainsi. Si elle n'approuvait pas le projet de son valet, la marquise n'en dirait rien et le laisserait faire, le serviteur le savait. Et arriverait ensuite ce qui devait arriver…

Le garçon n'avait autrefois pas su protéger sa jeune sœur. Il ne se montrerait pas une seconde fois incapable. L'aventure l'avait instruit, il serait moins empoté et moins hésitant. Cela ne ferait pas revenir la pauvre Marguerite, mais du moins, cette fois, il sauverait Victoire.

Chez le roi, à Versailles

La marquise connaissait assez son ancien amant pour deviner, à voir sa mine, que Louis XV avait honte de ce qu'il allait lui dire. Sans doute était-ce pour cette raison que le roi la recevait dans cette salle à manger qui, coincée entre la pièce des buffets et la cour intérieure, n'était que peu utilisée : Sa Majesté n'y referait pas apparition de sitôt, n'y rencontrerait donc pas avant longtemps le souvenir de ses paroles. Le monarque regardait la broche ornée d'émeraudes autant que faire se pouvait, afin d'éviter de trop croiser le regard de Pompadour. Il se lança :

— Ce n'était pas une fille de la rue Saint-Médéric. Elle m'avait été présentée par un garde. Je la faisais venir au château de Choisy, lorsque vous n'y étiez pas. Elle vous avait vue avec les émeraudes et me les a demandées. Je n'ai osé ni les lui refuser ni vous en parler. C'est Bontemps qui, en effet, est allé, sur mon ordre exprès, et parce que je l'en ai pressé, les dérober dans votre serre-bijoux.

Le souverain était honteux, peinait à poursuivre. Mais il devait cependant à la marquise de finir et de conclure.

— La fille était une mal élevée, elle a pris la broche sans guère remercier puis a disparu un jour. Je sais qu'elle a été retrouvée morte. Je suppose qu'elle aura poursuivi sa carrière de galante et sera tombée dans les griffes de celui que nous cherchons ou d'un autre…

Ce n'était pas, loin s'en faut, la première fois que la marquise avait à connaître les frasques de Louis XV : du moment qu'il recherchait son plaisir, le roi franchissait toute les barrières, piétinait toutes les convenances. Mais là, comprenait Pompadour, il lui semblait que le souverain vieillissant avait, dans cette affaire, atteint un nouveau palier en matière de déchéance. Elle ne voulait cependant adresser aucun reproche au monarque, d'une part parce qu'il était vulnérable, d'autre part parce qu'elle craignait, si elle se montrait maladroite, que le roi, en un mouvement désespéré et en désespoir de cause, trop honteux de sa propre conduite, ne se sépare de sa seule amie et ne la congédie. Aussi se contenta-t-elle de poser une question, devinant la réponse qu'elle allait entendre, ou à peu près, et qui était du reste dépourvue d'un véritable enjeu :

— Et la broche que Bontemps a voulu placer dans le serre-bijoux, en lieu et place de l'ornement volé ?

Louis XV soupira :

— J'avais espéré que vous ne remarqueriez rien avant que j'aie le temps d'en faire sertir une nouvelle, avec de nouvelles pierres : le bijou que le fidèle Bontemps a voulu ranger lorsque vous l'avez surpris. De tout cela je vous demande pardon.

Le roi était abattu, il se détestait, il se méprisait, il haïssait ses désirs, jamais assouvis, qui lui faisaient trahir l'amitié. Pompadour comprit que, cette fois, elle ne pourrait le réconforter. Pour ce qui était de consoler le Bourbon, même la marquise capitulait parfois. Celle-ci choisit donc de se retirer sans attendre.

À Paris

Demeurée seule dans sa chambre du *Chat pêcheur*, Victoire réfléchit. Charolais venait de repartir en petit équipage de sa maison de la rue des Francs-Bourgeois. Si elle avait été bien renseignée, c'est ainsi que cela se passait quand il se rendait auprès du roi. Or, à Versailles, le prince n'avait pas de résidence propre, comme d'autres qui possédaient leur hôtel, leurs écuries. Il habitait dans son appartement du château, somme toute exigu. Aussi ne pouvait-il emmener avec lui beaucoup de domestiques. Au château, rien ne retarderait donc le comte, qui se changerait rapidement, n'aurait pas d'ordres à donner. Charolais irait trouver Louis XV sans tarder. Victoire raisonnait aussi vite qu'elle le pouvait. Les événements s'emballaient et menaçaient de lui échapper. Depuis qu'elle avait commencé à mettre en œuvre un plan longuement mûri, c'était la première fois que la jeune femme était confrontée à un tel imprévu. Hormis, peut-être, la capture de Florimond par cet imbécile de maraîcher, qui avait manqué tout faire rater. Mais cette affaire avait pu être aisément réglée. À présent, Victoire ne voulait plus attendre. Elle n'était pas sotte. Elle avait deviné que, peu ou prou, Florimond était tombé amoureux d'elle et chercherait à la protéger en assassinant avant elle le prince meurtrier. Or il ne fallait pas que les choses se passent ainsi. Victoire devait, vite, très vite, partir, se rendre sur-le-champ à Versailles afin d'empêcher le valet de la précéder et d'attenter là-bas à la vie de Charolais. Et, dans le même temps, de parler à une certaine personne…

Mais pour entrer et circuler dans le palais, il lui fallait se changer, quitter les habits de femme du peuple qu'elle avait revêtus pour rôder sans attirer l'attention aux alentours de la folie de la Nouvelle-France et dans les rues du nord de la capitale. Sur ce point comme sur d'autres, Victoire n'était pas prise au dépourvu. Sortis de sa malle, une robe blanc et jaune, un manteau gris souris et quelques colifichets lui donnèrent l'apparence d'une honnête bourgeoise. À Versailles, elle passerait inaperçue.

À Versailles

Pompadour alla se changer dans un cabinet intérieur. Elle revêtit une robe en taffetas des Indes broché, jaune et vert. Puis tenta de réfléchir à ce qui avait été dit lors de son échange avec Louis XV, si émouvant, si désespérant aussi. Mais elle était sensible, davantage, même, qu'elle ne l'aurait cru jusqu'à ce jour. Et elle ne put songer avec toute la sérénité qu'elle aurait alors voulu éprouver au sujet qui lui paraissait le plus brûlant, maintenant que l'affaire des émeraudes était éclaircie : le tête-à-tête qui allait bientôt la mettre en présence de Charolais. Alors comment passer le temps ? Rester dans son appartement et tâcher de s'y occuper en considérant les beaux objets d'art qui s'y trouvaient en si grand nombre? La marquise ne s'y résolut pas: elle ne voulait pas que, à l'avenir, ces tableaux, ces flacons en cristal de roche fussent souillés par le souvenir du comte qui risquait d'y demeurer comme attaché si elle songeait trop à lui en ce lieu. Irait-elle se promener dans le parc? Pompadour jugea à juste titre qu'elle n'y serait pas tranquille, qu'elle y serait dérangée par des solliciteurs qui, après l'avoir aperçue et reconnue de loin, viendraient la trouver, feraient semblant de la croiser par hasard et en profiteraient pour lui demander un avantage, une grâce, pour eux-mêmes, un ami ou un parent. Gagner son séjour de Bellevue, établi sur le coteau de Meudon? La favorite ne retint pas davantage ce projet. Acheté cinq ans auparavant, le château de Bellevue était sa demeure préférée, avec la superbe vue que ce séjour offrait sur Paris, en contrebas, sa galerie de peintures, ses bosquets, les fleurs, les unes naturelles, les autres en porcelaine, qui ornaient ses terrasses étagées. Là aussi, la marquise craignait que ses sombres pensées y demeurassent à jamais et rendissent la demeure inhabitable. Se rendre à Paris, jusqu'à l'hôtel d'Évreux, lui parut compliqué et long.

Aussi Pompadour se fit-elle une raison. Et la marquise décida de rester dans son appartement. Elle attendait du reste des nouvelles de Florimond et supposa que le garçon la trouverait plus aisément si elle restait là. Et peut-être, songea-t-elle, parviendrait-elle à ne penser à rien. Mais bien vite, elle comprit – si elle l'avait jamais cru… – que c'était là une chose impossible, tant son esprit était sans cesse en éveil, tant elle avait envie et besoin de penser à son tête-à-tête avec Charolais, aux mots qu'elle adresserait à son bourreau. Mais elle n'y parvint pas.

6

Ailleurs, au château de Versailles

À Versailles, l'appartement de Charolais était petit mais fastueux, puisque le comte était prince du sang. Il en émanait cependant une certaine tristesse. Les lieux, en effet, n'étaient guère habités, le comte ne venant faire sa cour que le moins possible puisqu'il préférait, et de loin, demeurer chez lui, à la recherche de plaisirs bien particuliers.

—Tu ne te souviens pas, Turpin ? C'était il y a une quinzaine d'années, peut-être un peu moins. Mon neveu et filleul, le jeune Condé, était trop petit pour exercer ses devoirs de grand maître de France[1]. En exerçant cette charge en son nom, en mettant mon nez dans les comptes, je m'étais rendu

1. Grand officier de la Couronne, il était le responsable de la Maison du roi.

compte que des abus étaient commis à la Bouche du roi[1]. À l'époque, les ministres n'avaient pas donné suite à mes remarques. Sa Majesté a dû décider de prendre les choses en main. Que mon cousin m'appelle aujourd'hui auprès de lui, vois-tu, est un bon signe, j'en suis certain. Le roi s'est souvenu de mon efficacité, il veut davantage me faire participer au gouvernement du royaume.

L'intendant achevait d'aider son maître à revêtir un nouvel habit, veste prune et culotte verte. Il n'en pensait pas moins mais choisit de garder le silence. Quant à Charolais, passé le contentement éprouvé à l'idée que Louis XV faisait appel à lui, il se demandait si cette faveur était de nature à changer sa vie. Le comte se connaissait, mesurait la gravité de ses crimes. Mais ne pouvait ni savoir ni deviner si le goût du sang qui souvent était le sien, le désir qui le prenait de faire mal, de torturer et de tuer disparaîtraient pour autant dès qu'il serait nommé ministre. Charolais avait longtemps pensé que le désœuvrement, lot commun de bien des princes riches et dépourvus d'une vraie tâche à accomplir, était la source de ses égarements. En laissant Turpin nouer sa belle cravate de soie immaculée, il n'en était plus si sûr.

1. Ce service de la Maison du roi regroupait ce qui concernait l'approvisionnement, la préparation des mets, le service à table, etc.

Chez Pompadour, à Versailles

Reçu par la marquise dans sa méridienne[1], Jean Florimond lui raconta tout, ou presque. D'abord sa rencontre avec Victoire, la fausse piste sur laquelle celle-ci l'avait lancé, ce dont le garçon avait honte maintenant puisqu'il avait contraint Pompadour à lui exposer ce qu'il n'aurait jamais dû savoir. Puis il détailla l'explication qu'il avait eue avec la veuve, révéla l'affaire de l'assassinat du mari de Victoire, dans les bois de Montmorency. Et, pour compléter ce point, il rapporta même à la favorite du roi les mots, sidérants, qui lui avaient été rapportés : « Du moins, je ne manquerai pas ce coup-ci. »

Si Florimond, par discrétion et par pudeur, ne donna ensuite guère de détails sur les conditions de sa brève détention chez le maraîcher et ne dit rien sur l'étreinte partagée dans la maison en ruine, il apprit en revanche à Pompadour que Victoire désirait se venger. À présent, le valet était sur le point d'achever son propos :

— Certes, Madame, au sujet de l'enquête que vous m'avez demandé de mener à la demande du roi, je n'ai pu recueillir aucune preuve formelle. Mais je suis certain que le comte de Charolais est le coupable que nous cherchons. Je le devine, j'en ai la conviction, je le sais. De plus, je vous ai dit que la jeune personne que j'ai rencontrée voulait s'en prendre à lui. Il n'en sera rien. Car, Madame, j'ai l'honneur de vous le dire, et vous êtes la première à entendre ces confidences, c'est moi qui tuerai le cousin du roi.

1. Pièce où l'on se repose en milieu de journée.

Il y eut un silence. Le garçon était certain que Pompadour allait le féliciter. À la fois pour son savoir-faire d'enquêteur amateur et pour son courage. Et surtout parce qu'il allait, d'un coup, venger les filles assassinées à Paris et tous ceux qui avaient eu le malheur de croiser un jour la route de Charolais et qui en étaient morts. Sans compter les vies qui, le cousin du roi occis, seraient épargnées, les souffrances évitées.

Pompadour avait encore à l'esprit l'affaire des émeraudes volées, en était troublée. Mais elle était assez intelligente et vive pour mesurer ce qu'elle venait d'entendre, devinait peu ou prou les sentiments de son valet. De plus, c'était elle qui avait conduit Florimond à s'intéresser à Charolais, elle le savait bien. Ce que la marquise avait à répondre n'en était que plus difficile à formuler. Mais elle était courageuse. Et la favorite du roi annonça sans plus différer ce qu'elle avait à dire :

— Florimond, ma confiance t'est acquise, tu le sais. Si tu estimes que le comte de Charolais est coupable du meurtre des malheureuses vidées de leur sang, je te crois.

Là, Pompadour se tut. Elle était bien placée pour savoir que le cousin du roi était un criminel. La marquise ne pouvait révéler à son valet la raison, l'expérience cruelle qui expliquait que, en l'espèce, elle faisait complètement sienne la certitude de Florimond. Elle avait dû s'abaisser une première fois et révéler à son domestique de quelle infirmité elle souffrait. Elle ne pouvait envisager de se confier davantage au valet et, elle le savait, hormis Charolais et le roi, nul ne connaîtrait jamais le nom de celui qui était le responsable de son infirmité. Mais, s'interrogeait la favorite, comment expliquer la demande, l'ordre qu'elle allait donner à Florimond ? La tâche était impossible. C'est donc un commandement sans appel qu'elle devait formuler, au risque de ne pas être comprise. Peu importait, du reste, songea-t-elle, du moment qu'elle fût obéie. Car elle n'avait pas le choix :

— Le cousin du roi est le scélérat que le roi recherche, je te crois, c'est entendu. Cependant, personne ne doit s'en prendre au comte de Charolais. Ni toi, ni un autre. Entends-tu ?

L'injonction surprit tant le valet que celui-ci demeura muet, pensa qu'il avait mal entendu, que Pompadour allait reprendre son propos, le corriger. Il n'en fut rien. Du reste, l'expression de la marquise acheva de convaincre son domestique qu'il avait bien entendu.

— Le conte de Charolais vient d'arriver à Versailles. Sa Majesté lui a demandé de venir ici, sous un prétexte fallacieux. Un motif qui regarde des économies à faire par la Maison du roi, car tu te rappelles que le comte a été le grand maître de France par intérim pendant la minorité du prince de Condé. Charolais est donc ici, au château. Je t'interdis d'aller le trouver. Je t'interdis même de t'approcher de son appartement. Du reste, retire-toi sur-le-champ. Le mieux est que tu restes dans ta chambre et que tu y demeures jusqu'à ce que je te dise d'en sortir. Je ne te punis pas, je tente simplement de faire le mieux possible, compte tenu de ce que je sais et de ce que je veux – de ce que je dois – mettre en œuvre. Je te suis d'ores et déjà très reconnaissante de tout ce que tu as fait et subi, je saurai m'en souvenir, je n'ai pas besoin de te le dire. Va.

Recevoir le commandement de ne pas tuer Charolais avait désarçonné Florimond. S'entendre à présent intimer l'ordre, et par Pompadour, de s'enfermer dans sa chambre le stupéfiait. D'autant que, incapable de comprendre la situation à laquelle il était soudain confronté, il entrevoyait déjà l'avenir. Pour une raison qu'il ne pouvait deviner, la marquise protégeait le cousin du roi. Le valet ne pouvait, ne pourrait donc plus jamais entreprendre de tuer ce dernier. Victoire aurait alors le champ libre pour perpétrer cet assassinat. Et cette perspective désolait, ravageait le garçon. Très pâle, à peu près incapable, cette déduction faite, de réfléchir plus avant, celui-ci ne put que balbutier :

— Madame a-t-elle d'autres ordres à me donner ?

De son côté, Pompadour était épuisée. Il lui avait été extrêmement pénible de demander à un homme de confiance, de vive voix et sans pouvoir s'expliquer, ni maintenant ni jamais, que ne fût pas tué l'homme misérable qui lui avait causé tant de mal. La marquise avait de la force de caractère, des ressources, de la volonté. Mais là, elle était à bout de forces, n'avait pas envie de s'expliquer :

— Pour le moment, je t'ai tout dit, Florimond. Fais comme je te le demande, je t'en prie.

Le valet n'était pas complètement remis de sa surprise. Il restait figé, accablé. De son côté, la marquise avait tant envie de le voir partir. Pour qu'enfin cesse ce pénible face-à-face. Mais elle n'osait rien dire, ni même répéter au valet qu'il devait s'en aller. Il y eut encore un moment qui parut aux deux protagonistes de ce tête-à-tête durer une éternité. Enfin, brisé, Florimond allait se retirer lorsqu'un laquais survint, qui tenait un pli destiné à Pompadour. L'homme de confiance de la marquise avait tant l'habitude de la seconder en tout qu'il ne craignit pas de considérer la lettre. Il y vit le sceau du lieutenant général de police et ne s'en étonna pas, puisque le comte de La Ferrière était l'ami de sa maîtresse. Puis profita de ce que le porteur du pli se retirait pour disparaître avec lui.

Ailleurs, au château de Versailles

Le cocher avait quasiment crevé ses bêtes à la tâche, la voiture avait filé bon train, comme Victoire Escuiller l'avait demandé. Et celle-ci était arrivée avec une bonne demi-heure d'avance par rapport au temps normalement observé, une demi-heure si précieuse… L'homme avait mérité, outre le prix doublé de la course, un pourboire que la jeune femme lui donna sans barguigner. Puis elle fila vers l'entrée du palais. Victoire n'était jamais venue à Versailles. Cela, elle ne pouvait sérieusement se le reprocher. Tout au plus, songea-t-elle, aurait-elle dû penser au préalable à cette éventualité, afin de ne pas être ainsi prise au dépourvu. Tout pouvait rater et s'effondrer, d'un coup, alors que la justicière touchait presque au but. Avec ses vastes proportions, ses marbres de toutes les couleurs, l'agitation qui y régnait, sa solennité, l'escalier de la Reine lui fit un grand effet. Mais Victoire avait assez d'esprit pour ne rien en laisser paraître, gravir le degré comme si c'était la centième fois.

Sinon on l'aurait prise pour ce qu'elle était vraiment, une femme étrangère à la cour, et elle en aurait été gênée. Passe encore que les nobles rencontrés la considèrent avec dédain. Mais il ne s'agissait pas que les valets et les servantes fassent de même et la regardent de haut sans lui répondre si elle les interrogeait ; Victoire avait trop besoin d'eux pour s'orienter dans le palais. Or, les domestiques qu'elle interrogea ne purent la renseigner ou lui offrirent des informations contradictoires. Les uns lui assurèrent que Charolais résidait dans l'aile du Midi, d'autres parlèrent de l'aile du Nord, sans compter ceux qui évoquèrent le deuxième étage du palais. Or le temps passait. Maîtresse d'elle-même jusque-là, et elle l'avait suffisamment prouvé, Victoire tournait, retournait, empruntait de nouveaux escaliers, les montait avant d'en redescendre d'autres, traversait des salons. Revenait sur ses pas sans s'en rendre compte. Elle finit par s'en apercevoir quand, pour la seconde fois, elle se trouva en face d'un portrait du roi en costume de sacre. Cette fois, la jeune femme s'affola. Elle arrêta un groupe de courtisans qui se rendaient chez la reine. Ils toisèrent cette inconnue, ne lui répondirent pas. Victoire ne s'en émut pas ni ne s'en vexa, tant elle savait que le temps jouait contre elle et qu'elle devait se hâter. Elle était maintenant comme une folle, courait presque, manquait de bousculer ou de se faire bousculer, au risque de passer pour une démente égarée chez le roi.

Chez Pompadour

Pompadour reposa la lettre de La Ferrière. Dans ce pli, le lieutenant général de police avait tenu à lui faire part du nouveau saccage qu'avait subi une gargote de Paris. L'assaut avait dû se passer voici trois heures environ, calcula la marquise : le temps qu'il soit perpétré, que La Ferrière en soit averti, qu'il prenne la peine de rédiger ce pli et qu'un cavalier porte ce mot de Paris à Versailles.

Favorite et conseillère du roi, ministre sans portefeuille mais à l'influence immense, la marquise avait l'habitude de passer d'un sujet à un autre, de mener de front plusieurs affaires. Elle mesura que si le comte de La Ferrière lui avait fait envoyer ce message, c'est parce qu'il le jugeait important. Mais, dans ce cas, pourquoi le policier du Grand Châtelet n'avait-il pas joint à ce nouveau compte rendu d'autres lignes, qui auraient cette fois exprimé son analyse, son point de vue et, surtout, ses conclusions ? Se pouvait-il qu'il ait oublié ? Cette éventualité était absurde, pensa Pompadour. La Ferrière avait-il été pris par le temps ? Cette supposition était elle aussi insensée. S'il n'avait joint aucun commentaire à son rapport, comprit la favorite, c'est parce qu'il avait craint que son analyse fût lue par quelqu'un d'autre. Et qui, hormis elle, aurait pu lire ces lignes que La Ferrière, méfiant, avait préféré, avec discernement, ne pas écrire ? Jean Florimond, dont le lieutenant général de police savait qu'il était l'homme de confiance de la marquise, celui qui, d'ordinaire, lisait à peu près tous les plis que recevait celle-ci, afin d'aider la favorite à bien tenir sa correspondance, abondante.

Florimond ! songea Pompadour. Le garçon, qui l'avait accompagnée lors de tous ses déplacements à Paris, ou à peu près, qui avait donc eu le temps et l'occasion de saccager les estaminets. Florimond, qui venait tout juste de revenir de la capitale et qui avait donc bien pu, là encore, sans même avoir à fausser compagnie à sa maîtresse comme il l'avait sans doute fait les autres fois, aller dévaster tranquillement un nouveau cabaret... Voilà, comprenait la marquise, ce qu'avait également compris La Ferrière.

La favorite se leva, marcha de long en large dans son salon. À cet instant, elle se demandait si le lieutenant général de police avait depuis longtemps compris qui ravageait les tavernes de Paris... Avait-il voulu que son amie parvînt, sans que son discours fût trop explicite, aux mêmes déductions que lui, tant il avait craint que Pompadour n'accepte pas d'emblée une vérité si dérangeante ? C'était possible. Aussitôt, une autre pensée s'imposa à la favorite de Louis XV. Puisque Florimond était le saccageur, le policier du Grand Châtelet estimait sans doute que le valet était aussi le meurtrier des filles retrouvées assassinées. La marquise n'avait-elle pas elle-même, sans que le policier le lui souffle, suggéré que le dévastateur et l'assassin pouvaient n'être qu'une seule et même personne ? Cette fois-là, elle aurait dû se taire.

En tout cas, songea l'amie du roi, elle reconnaissait bien là la manière de La Ferrière. Sous un aspect austère, presque bourru – attitude que ses adversaires ne manquaient jamais de moquer, en y voyant de la balourdise –, le maître du Grand Châtelet n'avait jamais voulu lui imposer ses vues. Mais avec patience et ténacité, il n'avait jamais changé de conduite et avait tout fait pour porter à la connaissance de son amie la marquise les éléments dont il disposait. Prévenant, prudent, il avait laissé Pompadour cheminer peu à peu jusqu'à entrevoir la vérité, la véritable nature de Florimond.

Ne songeant plus à Charolais, la marquise décida d'aller sur-le-champ trouver son valet, elle voulait lui parler. Du reste, la favorite n'avait pas à aller loin. Comme la plupart des domestiques qui vivaient dans l'intimité de leur maître, le garçon était installé dans un logis exigu, établi à l'entresol, deux chambrettes sans fenêtre installées au-dessus des petits cabinets de Pompadour et auxquelles donnait accès une vis étroite. La marquise poussa une porte, s'engagea dans l'escalier, manqua se cogner tant le degré était étroit, arriva enfin devant la porte de Florimond, ne songea pas à toquer, poussa le battant et découvrit d'un seul coup d'œil deux pièces absolument vides de toute présence humaine.

Ailleurs à Versailles

La femme avait trop marché, trop couru, sa mise s'était défraîchie. Elle pouvait s'estimer chanceuse de ne pas avoir déjà été mise dehors par les suisses et autres gardes qui veillaient dans les appartements, tant elle avait l'air d'une égarée qui ne savait se tenir dans la maison du roi. Chaque instant qui passait amenuisait ses chances d'être prise au sérieux et qu'on lui indique l'appartement du comte de Charolais. Puisque, de ce côté-là, elle n'avait plus rien à espérer, il lui fallait tenter tout autre chose pour retrouver Florimond.

Victoire comprenait que la situation, déjà fort compromise voire désespérée, lui commandait de prendre un tout autre parti, une décision certes dangereuse, mais qui était la seule qu'elle pût désormais mettre en œuvre. Du reste, si opter pour cette attitude n'était pas sans danger, que dire de ce qui risquait d'arriver, de ce qui arriverait si elle agissait autrement ? Ce serait la ruine de tant d'efforts, un désastre. Puisqu'elle ne trouvait pas l'appartement de Charolais, elle demanderait où était celui de Pompadour. En espérant que Florimond s'y trouvait encore. Victoire avisa un laquais qui lui sembla moins imbu de sa personne que tous ceux qu'elle avait croisés jusqu'ici, s'en approcha. Et, en s'efforçant de ne paraître ni trop assurée ni trop perdue, l'interrogea. Le domestique était serviable, ainsi que l'avait supposé la jeune femme. Il prit le temps de lui répondre :

—Au rez-de-chaussée du palais, Madame, juste en dessous du Grand Appartement de Sa Majesté. Mais je vous mets en garde : la marquise a fait interdire sa porte, voici une heure ou deux. Je le sais parce que je connais bien plusieurs de ses domestiques. Si vous n'êtes pas une parente ou une amie proche, vous ne pourrez lui présenter la requête pour laquelle, je le suppose, vous êtes venue ici.

Victoire Escuiller voyait disparaître un de ses derniers espoirs. Elle remercia cependant poliment le laquais. Une autre, sans doute, aurait renoncé. Mais la jeune femme avait franchi trop d'obstacles pour jeter le gant. Puisqu'elle n'avait réussi à se rendre ni chez le comte de Charolais ni chez Pompadour, elle allait jouer sa dernière carte. Une carte maîtresse. C'était sans doute là approcher bien près du feu, risquer que tout s'embrase et que tout se détruise. Mais elle n'avait pas le choix. Lui restait maintenant à demander l'emplacement d'un autre logement, le dernier. Si elle le découvrait ou, plutôt, si elle réussissait à parler à son locataire, l'affaire pouvait encore être arrangée, de justesse. Une servante, justement, arrivait, avec ses seaux, ses balais et sa fatigue.

Chez Pompadour

La marquise gagna son Petit Cabinet. Elle devait réfléchir. Tout était allé si vite, sa conversation avec le roi, la résolution qu'elle avait prise à cette occasion, puis les révélations faites par le lieutenant général de police… Et jusqu'à cette fuite de Florimond. Tout cela était compliqué à admettre et à ordonner, même dans la tête la mieux faite. Pourtant, au milieu de tant de nouvelles, de décisions prises ou à prendre, de partis à déterminer, une seule constatation s'imposait vraiment à Pompadour : celle qui concernait Florimond. Ce garçon était, décidément, imprévisible.

Jeanne Antoinette était restée debout, quoique la fatigue commençât à lui peser : la favorite, si elle n'était pas souvent souffrante, ne pouvait se vanter d'avoir, comme d'autres, une santé de fer. Dans son for intérieur, Pompadour devinait, savait qu'elle ne survivrait pas à nombre des personnes qu'elle connaissait[1]. Chaque intrigue de cour dénouée, chaque victoire remportée sur une rivale lui ôtait, elle en était certaine, quelques jours, quelques semaines d'une vie qui, par-delà la dorure et le luxe, lui était difficile.

On toqua. Florimond ? songea la marquise, à la fois rassurée que son valet revînt, plus que déconcertée par son attitude, troublée à l'idée de la conversation qui allait suivre. Puisqu'elle avait congédié ses domestiques, la favorite alla ouvrir. C'était La Ferrière. Pâle. Soucieux. Il s'approcha de son amie et prit la parole sans y avoir été convié, avant même d'avoir salué celle qui était – qui avait été ? – son amie :

— Je n'aurais pas dû, je suis désolé.

— Mais de quoi parlez-vous ?

— De votre valet. C'est bien lui qui a dévasté plusieurs tavernes. Sur ce point, je ne me renie pas. Mais le garçon, j'en ai la conviction, n'a rien à voir avec les crimes, d'une gravité tout autre, qui désolent la capitale.

— Monsieur, me direz-vous ce que…

1. La marquise mourut en 1764 de la tuberculose. Elle n'avait pas quarante-trois ans.

La survenue du lieutenant général de police était inattendue. Ses propos étaient certes assez rassurants, mais étaient imprécis, allusifs. Et tout cela représentait un nouveau basculement. Le visage de La Ferrière changea, sa voix aussi. Il dut s'asseoir, resta silencieux. D'un timbre sombre, il reprit :

— Oubliez tout ce que je vous ai dit jusqu'à cet instant. Je vous ai menti. Un jour, du moins je l'espère, vous me pardonnerez de vous avoir induite en erreur. Quant à moi, je me le reprocherai toujours. Je vous dois tant. Et je vous ai trahie, tout au moins je ne vous ai pas aidée comme j'aurais pu le faire.

Les questions se pressaient dans l'esprit de la favorite. Que voulait dire La Ferrière ? À quoi visait ce discours, incompréhensible ? Un nouveau front s'ouvrait devant elle mais, là encore, elle voulut faire preuve de détermination, de vaillance.

— Vous m'alarmez !

La Ferrière considéra la favorite. D'un regard, il lui fit comprendre qu'il ne voulait, ne pouvait en dire davantage. Alors Pompadour se fit plus sévère. Elle ordonna presque :

— Expliquez-vous.

De nouveau, il y eut un silence. Puis La Ferrière comprit que, après avoir tant louvoyé, il devait se lancer, être franc. Il se jeta à l'eau :

— Madame, j'ai honte, je suis mortifié. Quoi que j'en aie dit voici quelques jours au roi et à vous-même, quoique j'aie fait bonne figure, de ne pas avoir été officiellement saisi de l'affaire des filles assassinées, j'en ai été très affecté. D'autant que j'ai assez vite appris, après avoir enquêté, qui était le coupable de ces agissements criminels.

Pompadour devinait que le lieutenant général de police

avait voulu lui nuire, lui avait peut-être nui. Elle se fit plus abrupte encore que l'instant précédent :

— Gagnons du temps, voulez-vous ? Vous parlez, je le devine, de Son Altesse Sérénissime le comte de Charolais. De cette culpabilité, je suis déjà informée. Le prince est le meurtrier recherché, j'en suis convaincue, je le sais. Brisons là, l'affaire est éclaircie sur ce point. Poursuivez, étant entendu que nous avons cette information en partage.

La Ferrière fut stupéfait de cette déclaration. Mais cette surprise cédait devant ce qu'il devait dire pour soulager sa conscience. Il reprit, donc, à peine ébranlé :

— Dédaignant d'enquêter plus avant, de chercher à connaître les détails d'un dossier qui ne m'avait pas été confié, je me suis intéressé aux saccages des tavernes. Dans les premiers temps, j'ai avancé dans la pénombre. Mais mes agents ont fait leur travail. J'ai envisagé, j'ai cru deviner, puis ai été certain. Là aussi, j'ai très vite eu la certitude que votre valet Florimond était l'auteur de ces désordres. L'histoire m'a paru étrange, mais de peu d'importance. Je n'ai pas jugé bon, d'abord, de vous en informer. Il ne s'agissait, après tout, que de quelques escabeaux, assiettes et brocs brisés. Puis j'ai pensé que je pouvais tirer parti de ces désordres dérisoires pour vous ennuyer un peu.

— Mais pourquoi ?

Pompadour était plus interloquée qu'irritée. Face à elle, La Ferrière était de plus en plus liquéfié.

— J'ai deviné, j'ai su que Sa Majesté vous avait confié l'affaire des malheureuses mortes. J'ai voulu me venger, vous inquiéter un peu, vous conduire à songer que Florimond avait à voir avec les horreurs dont il était innocent, bref j'ai voulu instiller le doute, et plus encore, dans votre esprit. Une fois la machine lancée à belle allure, sans doute parce que je suis trop orgueilleux, je n'ai pas su l'arrêter à temps. Je me le reprocherai toute ma vie. Vous avez fait ma fortune et je me suis plus que mal conduit. Je suis un misérable.

Pompadour resta un moment silencieuse, puis très vite elle enchaîna :

— Monsieur, vous me décevez en effet, et beaucoup. Vous m'attristez, aussi. Mais voyez, je connais trop la nature humaine pour m'étonner tout à fait de ce que vous avez ourdi. Comme vous l'avez reconnu, vous me devez tout, et je pourrais ici, d'un coup, décider que vous êtes maintenant mon ennemi mortel. Je pourrais aller demander votre tête au roi. Et vous savez que Sa Majesté me la donnerait sans hésiter. Or je n'en ferai rien. Votre manquement est si grand que je ne peux imaginer que vous ne vouliez pas l'effacer à jamais. J'ai la faiblesse de croire que votre repentir est sincère. Je veux croire que, dès cet instant, je n'aurai pas, à Versailles, à Paris et dans tout le royaume, un serviteur plus dévoué que vous-même. Ce n'est pas de la naïveté, c'est de l'espoir. Je vous pardonne. Vous m'avez menti. Sachez que, moi, je vous dis la vérité.

La Ferrière n'en croyait pas ses oreilles. Au terme de son inconfortable confession, il avait en effet vu se profiler les tours de la Bastille. Et pire encore. Il se leva, s'inclina, voulut baiser la main de la marquise. Mais, l'œil vif, le geste tout autant, celle-ci esquiva l'hommage :

— N'exagérons pas. Je vous ai écouté, je vous ai absous. Mais là, ce serait trop. Je me suis montrée magnanime, généreuse, mais je vais avoir besoin de temps pour que nous redevenions amis. À présent, retirez-vous, j'ai à faire.

La Ferrière n'était pas en position d'insister. Il obéit sans tarder. Il était soulagé d'avoir parlé, d'avoir été pardonné. Il était surtout désespéré.

À Versailles, chez le comte de Charolais

C'était certes la première fois que le cousin du roi était pris à partie, sans ménagement, par un valet. Mais le prince avait jadis guerroyé contre les Ottomans en Hongrie, combattu devant Belgrade. Avec vaillance. Ce n'était pas un laquais qui allait l'effrayer. Moqueur, presque amusé, méprisant, Charolais faisait donc face à Florimond.

— Tu veux donc m'assassiner ? Mais pourquoi ?

— Pour une femme.

— C'est ta bonne amie que j'ai tuée ? Qui était-elle, comment s'appelait-elle ? Était-elle brune ou blonde, jolie ou laide ? J'en ai occis tellement, il faut que tu me dises, j'ai besoin, sur les petit riens de la vie, sur ce qui n'a guère d'importance, qu'on me rafraîchisse la mémoire…

Florimond savait qu'il allait désobéir à Pompadour. Qu'il était sur le point de trucider, d'étrangler ou de fracasser la tête du comte avec ce qui lui tomberait sous la main, ce chandelier de bronze doré, par exemple, ou ce chenet. Mais il ne voulait pas prononcer le nom de Victoire, ni même parler d'elle. Il n'était qu'un serviteur, pas un soldat. S'il ratait son coup, si Charolais en réchappait, si le prince appelait et qu'on vînt à son secours, l'affaire pouvait échouer. Dans ce cas, le valet de Pompadour serait arrêté, emprisonné, torturé, condamné, et quels que fussent les crimes commis par le cousin du roi. Et, réchappé de la mort, Charolais n'en resterait pas là. S'il connaissait l'existence, le nom de Victoire, le comte désirerait –il ne pouvait en aller autrement– s'en prendre à la jeune veuve. Et cela, le valet le refusait de tout son être :

—Il ne s'agit pas de cela. Je vais vous tuer, voilà tout.

Soudain, le cousin du roi eut peur. En homme habitué à chasser, il avait d'emblée pris la mesure du peu de talent que, de toute évidence, le valet présentait en matière de mise à mort. Charolais redoutait d'être blessé par ce maladroit, de recevoir des coups qui ne seraient certes pas mortels mais douloureux. Souffrir, le monstre ne pouvait l'envisager. Il voulut défier :

—Tu trembles, ton bras n'aura pas la force. Pars, et je ne dirai rien, jamais, à personne. Tu as ma parole de prince.

—La vigueur, je l'aurai. Voici des semaines que je me suis fait la main en dévastant nombre de tavernes à Paris.

À cette annonce, Charolais ne cacha pas sa surprise :

—J'ai en effet entendu parler de cette histoire. Il paraît qu'au Grand Châtelet cela les occupait presque autant que les filles que j'ai tuées et laissées un peu partout dans la capitale. Mais pourquoi les as-tu ravagées, ces gargotes ?

Florimond hésita. Trop ému, trop énervé, il avait trop parlé. C'était là un secret qu'il ne voulait pas partager. Pourtant, il décida de le confier. Pour enfin dire à quelqu'un, fût-ce à un criminel, quelle était sa souffrance, le tourment qui le conduisait à dévaster les tavernes où il voyait des joueurs attablés... Oui, c'est cela, songea le valet. Il allait se confier au comte pour se soulager, puis tuer celui qui aurait entendu cette confession...

—Il y a bien longtemps, il me semble que c'est à la fois ancien et récent, un soir que je jouais aux cartes ou aux dés, je ne sais même plus, et que j'avais bu, que je m'étais amusé encore, et que j'avais vidé de nouveau plusieurs gobelets, ma jeune sœur Marguerite a été enlevée. Elle m'a été ravie alors que j'aurais dû veiller sur elle, dans la boutique de mes parents où elle était demeurée seule, rue de la Corderie. C'est vrai, souvent, quand je pense à Marguerite, quand je mesure mon imprudence, je perds la tête. Je ne peux supporter de voir ces hommes attablés, occupés à boire et à jouer, comme moi jadis, sans s'occuper des leurs, de leurs enfants, de toutes les Marguerite qui risquent de disparaître, de leur être soustraites, d'être enlevées.

Évoquer devant lui l'enlèvement d'une fillette éveilla aussitôt chez Charolais un intérêt trouble, mais certain :

—Rue de la Corderie, dis-tu ? Mais cette petite enlevée, qu'est-elle devenue ?

Puisqu'il avait commencé à parler, Florimond se trouva comme emporté par son élan, il répondit sans plus de façon, comme il l'aurait fait avec un ami, sans rien cacher :

—Je ne l'ai jamais su. On m'a dit qu'elle avait pu être emmenée de force en Nouvelle-France. Sans doute pour peupler la colonie du roi, avec d'autres, des filles publiques, des condamnés.

L'expression du comte venait de changer du tout au tout.

—En Nouvelle-France, dis-tu ? Tu veux dire en Amérique, au Canada ?

—Oui, c'est cela, je crois.

Un large sourire, affreux à regarder, apparut alors sur le large visage du cousin du roi :

—Mais dis-moi. Qui t'a parlé de la Nouvelle-France ?

—Je ne sais plus. C'est la rumeur qui a couru à l'époque,

voici quelques années, je ne sais d'où elle venait… C'est un nom qui a été prononcé, qui a été repris, qui a circulé, je m'en souviens…

—Bien. Et il ne t'est jamais venu à l'esprit que cette Nouvelle-France, ce pouvait être tout autre chose que l'Amérique?

Florimond ignorait tout de la géographie, supposait tout au plus que l'Amérique se trouvait du côté de l'Angleterre. La question du comte l'embarrassait d'autant plus… Charolais continua:

—Tu n'as jamais pensé qu'il pouvait s'agir du faubourg de la Nouvelle-France, cet agréable quartier où je me suis fait construire une petite maison, tu le sais peut-être, au bout de la rue Poissonnière, une habitation pratique et tranquille, où je me plais bien…

Florimond s'était immobilisé. Il avait maintenant parfaitement saisi le sens du propos. D'un coup, tout un épisode à la fois vécu et imaginé, maintes fois ressassé, sur lequel il avait été contraint de bâtir sa vie, s'écroulait devant lui ou, du moins, prenait une tout autre forme. Charolais, intelligent, d'autant plus désireux de pousser ses pions qu'il voyait son salut à portée de main, poussa son avantage:

—Voilà, nous y sommes, tu as compris. Ta sœur –qui sait?– n'est peut-être jamais partie en Amérique… Elle a pu être enlevée… Par moi-même ou par un homme que j'aurais payé. C'est ainsi que les choses sont survenues à diverses reprises. Pourquoi, cette fois-là, cela ne se serait pas déroulé ainsi… Tu comprends la situation, n'est-ce pas? Si tu m'exécutes, tu ne sauras jamais si j'ai fait disparaître la fillette…

Cela t'indiffère donc de savoir si elle a été enterrée, donnée en pâture aux chiens ou jetée dans la rivière, une bonne pierre accrochée à son petit cou délicat ?

— C'est infâme…

Charolais savait qu'il était en train de gagner la partie. Par jeu tout autant que par méchanceté, il fit semblant d'avoir oublié :

— Comment dis-tu qu'elle s'appelait, ta sœurette ? Margoton ? Marinette ? Mais peu importe, mesure bien : si je l'ai ravie et que tu me tues, tu ne sauras jamais ce que j'en ai fait après. Cela ne te contrarie pas ? Ne souhaiterais-tu pas, plus que tout, apprendre enfin la vérité, quelle qu'elle soit ?

Florimond demeurait silencieux. En quelques mots, enchaînement d'allusions affreuses et de sous-entendus impossibles à entendre, Charolais avait plus qu'ébranlé le valet. D'un coup, celui-ci se trouvait face à un vide, un gouffre où ses maigres certitudes venaient de disparaître. Pendant des années, il avait imaginé Marguerite occupée à survivre dans une contrée lointaine et glacée. Du moins, pour se consoler, avait-il ainsi songé que sa sœur était bien en vie, malheureuse et loin des siens, certes, mais vivante et habitée par l'espoir de retrouver un jour son frère. Désormais, Jean Florimond se trouvait face à de tout autres images. Si Charolais avait enlevé sa sœur, quoi qu'il eût fait ensuite avec elle, il l'avait assurément tuée, comme les autres. Le cousin du roi était un assassin, une bête de la pire espèce. Et il se tenait là, discourant, sans remords. Florimond ne pouvait endurer davantage cette situation. Il regarda autour de lui, aperçut un tisonnier. Le comte suivit son regard, recula d'un pas :

—Allons, allons, tu n'as donc pas compris ce que je viens de t'exposer ? Tu n'aimerais pas savoir ce que Marguerite a connu et a vécu, durant ses derniers moments, peut-être ses derniers jours, ce qu'elle a dit, quand elle s'est trouvée en ma seule compagnie ? Et si tant est, bien entendu, que j'aie à voir avec sa disparition ? Tu ne brûles pas d'envie, tu ne donnerais pas tout ce que tu possèdes pour entendre ce qu'elle a balbutié ? Et si… et si elle n'est plus de ce monde, hélas, et que je suis bien placé pour le savoir, tu n'aimerais pas savoir où se trouve sa dépouille, afin de te recueillir devant sa tombe ?

De toute évidence, le cousin du roi prenait un grand plaisir à parler ainsi. Et le fait que cet exposé lui constitue un sauf-conduit n'expliquait pas seul la joie du prince. Tant évoquer à demi-mot le martyre supposé de la fillette et deviner la profonde douleur de Florimond le contentaient au-delà de ce que Charolais aurait pu espérer. Il y eut un silence. D'un côté, un sourire, un long sourire : le comte savait qu'il avait gagné la partie. Et, de l'autre, une désolation immense, mêlée de honte aussi. Le valet de Pompadour savait qu'il était vaincu, il sentait ses forces l'abandonner. En dépit de son désir, de son besoin de tuer Charolais, il n'avait d'autre choix que de laisser la vie sauve au cousin du roi, à celui qui avait fait tant de mal autour de lui, qui avait brisé la vie de Victoire et, surtout, qui avait sans doute ravi et martyrisé sa jeune sœur Marguerite. Il éclata en sanglots. Quant au prince, il sourit. Charolais savait que son interlocuteur était ferré, pris au piège. Il exultait et ne regrettait qu'une chose, que Guillaume de Turpin ne fût pas là pour lui servir un verre de vin de Champagne.

Maintenant certain qu'il ne risquait plus rien, le prince

passa devant le valet, s'amusa à l'effleurer, à peine, mais assez pour que Florimond recule d'instinct :

— Pardonnez-moi, Monsieur, je ne l'ai pas fait exprès. C'est que, voyez-vous, je dois à présent me rendre chez le roi. Car, en effet, Sa Majesté m'attend.

Tout à la fois hautain et narquois, Charolais regarda le valet droit dans les yeux tout le temps, un instant qui leur parut à tous deux une éternité, que le prince mit pour quitter la pièce. Son Altesse Sérénissime avait le sourire aux lèvres. Le cousin du roi se pensait, se savait invincible. De longues années encore, il continuerait à capturer, à avilir et à tuer. Et aussi, quand il voulait vraiment peaufiner ses meurtres, à s'approcher de la geôle installée dans sa folie de la Nouvelle-France, à travestir sa voix, la faire bien gentille et bien compatissante, pour faire croire à l'emprisonnée, une dernière fois malmenée, qu'elle allait retrouver la liberté. Avant de la rattraper et de l'égorger. Comme tant d'autres.

Ailleurs à Versailles

Le laid Guillaume de Turpin tendit à Victoire le verre d'eau que celle-ci venait de lui demander. Il attendit un instant et ajouta :

— Son Altesse le comte de Charolais vient d'être appelé auprès du roi.

Au terme de sa course, la jeune femme était assoiffée. Elle vida le gobelet d'un trait, puis regarda autour d'elle. C'était un logement étroit, sommairement meublé : tommettes, mauvais lit, aucune fenêtre. On le devinait trop chaud en été, trop froid en hiver, galeta semblable à tant d'autres, à Versailles, dont se contentaient beaucoup de serviteurs, y compris des plus grands. Surtout, ni les cloisons trop minces ni la porte qui joignait mal ne pouvaient retenir les paroles ici prononcées, donc aisément entendues par les laquais voisins de chambre ou ceux qui passaient dans le couloir. Ce qu'avait parfaitement mesuré la prudente Victoire Escuiller en pénétrant dans la pièce. Même ici, il fallait jouer la comédie…

— Je ne voulais pas venir ici, pardonnez-moi. Je le répète, et veuillez m'en excuser, c'est donc en désespoir de cause que je me présente ici. Me croyez-vous ?

— Je vous crois, Madame.

— C'est que, voyez-vous, je crains fort que Jean Florimond, le valet de la marquise de Pompadour, s'en prenne au comte de Charolais. Croyez-moi, j'ai essayé d'aller chez le cousin du roi, mais je suis une étrangère à Versailles, et je n'y suis pas parvenue.

Turpin avait l'air ennuyé :

— Mais qui vous a donc indiqué où je demeurais ?

— Je ne sais pas, du moins je ne sais pas son nom. C'était une fille de charge, je crois…

— Et, hormis cette domestique, vous a-t-on vu venir ici ?

— Oui et non. J'ai en effet croisé pas mal de gens mais, j'en suis certaine, nul n'a vraiment fait attention à moi. Il y a tant de monde dans le château…

Cette assurance apportée d'une voix molle apaisa quelque peu l'intendant du comte :

— Tant mieux. Mais alors, si vous êtes venue ici, c'est que vous souhaitez que j'intervienne. Or, que voulez-vous que je fasse ? Nous pouvons bien entendu nous rendre jusqu'à l'appartement du comte de Charolais, qui n'est du reste pas dans cette aile du palais. En espérant qu'il ne soit pas trop tard. C'est à peu près tout ce que je suis en mesure de vous proposer, car, si je peux donner des ordres dans les demeures de Son Altesse, ici, je ne suis pas le maître, et loin de là.

— Mais alors, qu'allons-nous faire ?

Victoire avait l'air sincèrement désemparée. Et Turpin entreprit de la rassurer :

— Je crois qu'à Versailles le comte ne craint rien. Dans les appartements, il y a des huissiers, des valets, des suisses qui veillent. Ce Florimond, j'en suis certain, n'osera pas s'en prendre ici au cousin du roi.

— En êtes-vous vraiment sûr ?

Là, Turpin fit quelque peu marche arrière :

— À peu près.

— Aussi, que proposez-vous ?

— Pour le moment, demeurons ici, voulez-vous ? C'est le mieux. Dès que le comte sera sorti de chez le roi, il me fera appeler. Il ne sert à rien de l'alerter. Je lui conseillerai de quitter Versailles sur-le-champ, sous un prétexte ou sous un autre. Je n'aurai guère de mal à le convaincre : il n'aime pas ce palais, il préfère de loin sa demeure de la Nouvelle-France, ou son hôtel de la rue des Francs-Bourgeois. Lorsqu'il sera à l'abri, dans l'une ou l'autre de ses résidences, nous nous reverrons et nous aviserons. Cela vous convient-il ?

Victoire ne paraissait ni pleinement réconfortée ni pleinement convaincue par cette proposition. Elle ne sut cependant quel autre parti elle pouvait proposer :

—Fort bien.

—Le mieux, toutefois, et pour toutes sortes de raisons, est que l'on ne vous trouve pas ici. J'entends que l'on s'agite dans le couloir. Ce ne sont sans doute que des valets qui vont et viennent. Soyons prudents. Quand ils seront repartis, que la voie sera libre, ce qui ne saurait tarder à cette heure, vous vous en irez à votre tour. Si vous voulez, je peux vous accompagner jusqu'à l'escalier de la Reine. D'ici, c'est le chemin le plus court pour quitter le palais...

Victoire regarda Turpin. Elle hésitait. Au demeurant, dans le corridor, les bruits de pas et de portes ouvertes et refermées ne faiblissaient pas.

—Je crois que... je dois demeurer ici encore un moment, dit-elle simplement. Je suis si fatiguée que je crains, autrement, de dire ou de commettre une sottise.

—Comme vous voulez. Quant à moi, je vais aller aux nouvelles.

L'intendant considéra un moment Victoire Escuiller, parut vouloir compléter ce court propos, y renonça et sortit.

Chez Pompadour

Hébété, ahuri, incapable de penser à quoi que ce fût sauf, peut-être, au visage de Marguerite, le valet était revenu chez la marquise. Et il lui avait tout raconté de son face-à-face avec Charolais, des aveux de ce dernier et du chantage qu'il avait exercé. Sans rien dissimuler ni rien oublier, en particulier qu'il avait voulu tuer le cousin du roi contre l'ordre de Pompadour et aussi tout ce qui concernait les saccages de tavernes qu'il avait commis. Et, surtout, la raison qui l'avait conduit à dévaster ces cabarets, la triste histoire de sa petite sœur disparue.

— Parfois, Madame, et je le reconnais, et je m'en excuse, je me suis en effet mal conduit. Mais ainsi que je viens de vous le dire, rencontrer, au coin d'une rue, quand je me promène dans Paris, une auberge semblable à celle où j'ai traîné, où j'ai joué et où je me suis enivré le jour où Marguerite a été enlevée, m'est douloureux, insupportable. Dans ces cas-là je m'emporte, je l'avoue, contre ceux qui sont en train de se saouler et de jouer plutôt que de travailler ou de s'occuper des leurs. En les voyant s'amuser et rire, je me souviens trop de ma propre faiblesse, de mon imprudence, de mon inconscience. Je n'en suis pas fier, mais c'est ainsi.

Pompadour aurait pu reprocher à Florimond de ne jamais lui avoir rien dit de l'histoire de sa pauvre famille. Or, il n'en fut rien. La marquise mesurait que le secret du garçon était de ceux que l'on garde au plus profond de soi le plus longtemps possible. De plus, en ne lui disant rien, avant d'y être forcée, de la maison du Parc-aux-Cerfs, la favorite avait eu une attitude fort comparable. Bref, Pompadour était sincèrement désolée. Peinée du malheur qui s'était abattu jadis sur Jean Florimond et qui ne l'avait plus jamais quitté.

Pourtant, à ce moment, l'imagination du garçon s'emballa soudain. Pour le pire. Toujours travaillé par la culpabilité qui le hantait depuis la disparition de Marguerite, il fut alors la proie d'un doute terrible. Contre tout bon sens et toute évidence, la favorite ne le croyait-elle pas aussi coupable des meurtres commis à Paris ? Ce lui fut comme une révélation. Un séisme. Un doute qu'il voulut lever. Incontinent.

— Madame, pour ce qui est des crimes, je suis innocent.

L'affirmation surprit Pompadour, qui ne cacha pas sa stupéfaction, considéra son valet, l'œil interrogateur, sourit, puis rit franchement :

— Vois-tu, de cela, je ne t'ai jamais cru coupable.

La favorite continua de rire tant l'incongruité de la remarque lui semblait d'ampleur. Puis, mesura que l'heure n'était pas à l'amusement, reprit son sérieux et son propos :

— Je te crois, cher ami. Vraiment.

La marquise disait vrai. Elle voulut une dernière fois rassurer le valet :

— Charolais est bien la bête que nous recherchons. Nous savons toi et moi la noirceur du cousin du roi. Tu le menaçais, il a cherché à se sauver, avant tout. J'entends par là que les sous-entendus que tu m'as rapportés ne constituent peut-être rien d'autre qu'un stratagème mis en œuvre pour que tu lui laisses la vie sauve. Hormis les paroles de Charolais, rien ne dit que ta malheureuse sœur soit un jour tombée dans ses mains. Celle-ci a été la victime d'un événement extraordinaire, puisqu'elle a disparu soudain. Mais le pire n'est pas certain, quoi que Charolais ait essayé d'introduire dans ton esprit. Tu ne m'avais jamais rien dit de ce triste épisode de ta vie, j'ignorais tout de Marguerite, jusqu'à son existence. Mais, dès cet instant, nous allons la rechercher tous les deux. Si elle est encore en vie, ce que je souhaite profondément, avec l'aide de Dieu nous la retrouverons.

Florimond savait gré à Pompadour de lui montrer tant de sollicitude, mais il était sans espoir :

— Marguerite est morte.

La marquise comprit qu'il était inutile de débattre sur ce point et que, de toute façon, parler de la disparue ne faisait qu'accroître la douleur du jeune homme. Il lui fallait cependant montrer que, sur un autre sujet, elle était mécontente. Et elle n'hésita pas à faire cette remontrance, d'autant que gourmander son valet, du moins l'espérait-elle, obligerait le garçon à ne plus penser à sa pauvre sœur, du moins pour le moment :

— Cependant, Florimond, tu m'as désobéi. Contre mon ordre explicite, et de ton propre aveu, tu as imaginé pouvoir tuer le cousin du roi. Et si tu étais parvenu à tes fins, sache que j'en aurais été dévastée. Car j'ai pour Charolais un tout autre projet, un dessein. Tu as manqué jeter à bas ce que j'ai imaginé de mettre en œuvre, et non sans peine. Aussi, je te prie maintenant de te tenir hors de cette affaire, du moins pour ce qui concerne le tour que je vais lui donner. Si tu t'aventures à me tromper de nouveau, en dépit de l'amitié, de l'estime que j'ai pour toi, en dépit de tes malheurs, tu quitteras mon service dès que j'aurai appris ta trahison, et je ne te protégerai plus ni ne t'aiderai à chercher Marguerite.

Florimond restait muet, le nez bas. Il savait qu'il avait tort, chercha à retrouver sa propre estime, songea que, depuis de longues années, sa vie, ses actions étaient toutes empesées par le chagrin, jamais apaisé, que lui causait la perte de Marguerite. Or, Pompadour n'en avait pas tout à fait terminé. Avec un air un peu changé, mais le garçon ne pouvait dire en quoi, elle ajouta :

— Tu remettras les cyprins dans mon appartement, Mimi a trouvé à jouer avec de vieux chiffons, il laissera les poissons tranquilles. Mais avant, ouvre le tiroir qui est dissimulé dans le socle de leur vase, tu y trouveras une feuille de papier et tu y noteras ce petit changement, ce déplacement, ce court voyage. Tu sais que je suis attachée à ces poissons, je veux que tout ce qui les regarde soit consigné avec précision. Cela m'amuse et j'ai promis de procéder ainsi à mon ami Buffon [1], il paraît que cela lui est utile pour ses recherches et ses observations. Maintenant, laisse-moi.

Pompadour n'ajouta rien, ne regarda pas le valet quand celui-ci lui obéit et s'en alla. Elle devait réfléchir. Le roi lui avait demandé d'identifier l'assassin des pauvres filles retrouvées à Paris. C'était chose faite. Par avance, la favorite savait que, en fin de compte, Louis XV ne punirait pas son cousin, au nom de la raison d'État. Florimond, c'était certain, ne serait plus tenté de s'en prendre au comte tant il redoutait désormais que celui-ci accepte un jour de lui dire, du moins s'il le savait, ce qu'il était advenu de Marguerite. La marquise ne pouvait donc manquer le face-à-face qu'elle allait avoir avec cette bête. Cette bête qu'il lui revenait, et à elle seule, de châtier, et à sa manière. Mais auparavant, elle avait à faire, devait procéder à une expérience, à un essai, à une vérification.

À Versailles, chez l'intendant Turpin

De temps en temps, Victoire allait écouter à la porte. Mais, contrairement à ce qu'avait pensé et annoncé Guillaume de Turpin, ce coin du palais tardait à être déserté, à retrouver le calme et la tranquillité attendus : domestiques et servantes allaient et venaient dans tous les sens. Contrariée, le geste nerveux, la jeune femme se mit à caresser la belette et le fauve qui

1. Pompadour, très liée à ce naturaliste, lui légua ses animaux familiers.

ornaient sa bague. Enfin, elle entendit des pas. C'était l'intendant du comte. Pour annoncer à Victoire les nouvelles dont il était porteur, Turpin abandonna le vouvoiement auquel l'un et l'autre avaient recouru tout à l'heure. Par prudence. De peur d'être entendus par des serviteurs indélicats : ici plus qu'ailleurs, les murs avaient des oreilles, l'étage des serviteurs avait jadis été bâti à la va-vite, en rognant sur le bois et le plâtre. Rien ne garantissait en ce lieu le secret des conversations.

— Florimond est allé chez le comte mais est ensuite retourné chez Pompadour, tandis que le prince se présentait chez Sa Majesté.

— Donc, pour une raison que nous ignorons, remarqua Victoire, cet idiot de valet a renoncé à tuer le cousin du roi…

Surpris par ce qu'il avait appris, et surtout dépité, Turpin aurait aimé alors trouver quelque réconfort auprès de son amante. Pour se changer les idées, il s'approcha de la jeune femme, tenta de l'embrasser. Mais Victoire ne le voulut pas, le repoussa sans ménagement :

— Y penses-tu ? Est-ce le moment ? Avec tout ce qui vacille autour de nous ?

— C'est que ça fait longtemps que toi et moi…

Victoire Escuiller se rembrunit, recula, recentra aussitôt leur propos, annonça :

— Pour Florimond, il va falloir s'y prendre autrement.

— Que veux-tu dire ?

— Regarde la vérité en face. Nous avons échoué, en tout cas pour cette manche. Pourtant, tout avait bien commencé. Certes, plusieurs de ces idiotes capturées et retenues avec ton aide par le comte, rue des Francs-Bourgeois ou dans sa maison de la Nouvelle-France, ont parfois réussi à s'échapper.

Mais enfin, aucune n'a jamais pu parler, décrire ce qu'elle avait subi ni, surtout, révéler qu'elle t'avait vu au côté de Charolais.

Turpin acquiesça, mais il n'avait pas encore abandonné tout espoir d'être sur-le-champ contenté. Cet appétit le rendait ingénieux. Il avait maintenant en tête une autre tactique. Il allait flatter Victoire, pour la circonvenir, obtenir d'elle ce qu'il désirait :

— Ce fut aussi une chance, lorsque nous sommes retournés au bord de la Seine, près du Grand Arsenal, pour nous assurer que la fille qui y était morte n'avait pu parler à personne avant que la vie la quitte, que j'aie vu et identifié ce Florimond, sans quitter le carrosse. Mais à la vérité, en le reconnaissant sur la berge, je n'ai guère eu de mérite. Toi, tu ne viens jamais dans les demeures du roi, que ce soit Versailles, Compiègne ou Choisy. Moi, j'accompagne le comte à la cour. C'est du reste ainsi que j'avais appris qui était ce Florimond et aussi l'existence de la maison de la rue Saint-Médéric. Mais, ma chère, c'est bien toi qui as eu l'excellente idée de vouloir aussitôt faire de ce valet notre bras armé pour tuer Charolais.

Victoire comprit que son amant voulait, en creux, la flatter. Du reste, Turpin poursuivait :

— Sans parler du moment, peu après, où tu t'es rendue sans encombres, mais non sans courage, à la morgue du Grand Châtelet afin de t'assurer que l'une des autres femmes retrouvées mortes dans la rue était bien l'une des filles que Charolais avait laissé s'échapper et que celle-ci ne risquait donc plus de s'épancher sur ses malheurs... Ensemble, nous allons vaincre.

Intelligente, Victoire l'avait laissé dire. Maintenant, elle allait montrer à son amant qu'elle n'était pas la sotte qu'il croyait pouvoir culbuter à cet instant. Elle se redressa, fit semblant de vouloir compléter le récit de Turpin. Afin de mieux souligner ses mérites, certes bien réels :

—Tu oublies de dire que j'ai aussi fort bien manœuvré quand j'ai suggéré au garçon de s'intéresser à la maison du Parc-aux-Cerfs et, ensuite, feint de lui avoir menti pour l'écarter de ma route. Puis en lui racontant la prétendue affaire de l'assassinat d'un mari qui n'a jamais existé, ensuite en lui faisant les yeux doux et en lui débitant des balivernes. Afin de le persuader, par paliers, par petites touches, qu'il devait assassiner le comte lui-même afin de me venir en aide, pour m'éviter de commettre un crime, bref, qu'il devait tuer pour me protéger. Jusqu'à l'achat d'une alène, dont je n'ai que faire mais qui, j'en suis certaine, a achevé de le persuader que je n'étais pas le genre de femme à me dédire et à reculer. S'il savait…

Turpin crut voir dans ce récit la preuve que Victoire avait été abusée par ses compliments, s'en étourdissait elle-même et était prête, honorée à peu de frais mais reconnaissante, à s'abandonner enfin. Or la fausse veuve, le visage impassible, choisit cet instant pour porter l'estocade :

—J'ai même dû m'acoquiner avec ce maraîcher rencontré un peu par hasard non loin de chez le comte, lui faire plaisir deux ou trois fois afin de trouver chez lui un asile commode, proche de la maison de Son Altesse, l'espionner sans me faire voir. Tu devines à quel point m'a coûté le sacrifice de m'abandonner à ce rustaud, à ces manières pataudes, à ses caresses maladroites. Même si ce fut au nom de notre cause commune.

Là, Victoire s'interrogea. Devait-elle, pour continuer à titiller Turpin, évoquer l'étreinte partagée avec Florimond? Ajouter ici quelques mots la tenta, tant la fausse veuve désirait punir son amant d'avoir songé, voici un instant, à se distraire dans un tel moment, remettant à plus tard la mise au point de ce qu'il convenait de faire avec Charolais. Mais, ne voulant pas forcer le trait, elle passa donc sous silence son étreinte avec le valet de Pompadour. Car elle comprenait que la fin de son récit avait atteint son but. Turpin était mortifié. Mais ne disait rien, ne répondait rien. Son désir s'était soudain tout à fait enfui : jalousie et dépit étaient passés par là. Pour clore le chapitre du paysan qui ne pouvait que lui déplaire, l'intendant choisit donc de récapituler en faisant le courageux, le décidé, le martial :

— Si, au gré des événements, ce Florimond s'était introduit d'une manière ou d'une autre dans l'une des maisons du prince, autant que faire se peut, je te prie de le croire, que je l'aurais laissé tuer Son Altesse puis je l'aurais assassiné à mon tour tout en criant à l'assassin. Mais après nos premiers succès, rien n'a marché comme nous le voulions.

Victoire vit venir le danger. La jeune femme savait d'expérience que, souvent, l'homme se décourage avant sa compagne, plus endurante. Turpin risquait de demeurer sur un échec. Or, elle ne voulait pas que son amant considérât la guerre comme perdue. Elle devait l'encourager à persévérer, afin de ne pas insulter l'avenir.

7

À Versailles, chez Pompadour

Lorsque l'onde fut passée, retombée, Pompadour, la main fatiguée, demeura un moment immobile, laissa son regard courir sur les murs. Ici, les frères Martin[1] s'étaient surpassés, avaient laqué les lambris de rouges, de verts, de jaunes aux nuances à la fois subtiles et joyeuses. Tout était parfait, songea-t-elle. Le voyage s'achevait. Le dernier palier refranchi à l'envers, donc ses esprits tout à fait récupérés, la favorite considéra la porte. Le verrou n'était pas mis. Était-elle étourdie, aussi, de ne pas avoir au préalable pris ses précautions ! Qu'aurait-on dit si on l'avait prise sur le fait ? Il avait fallu qu'elle fût bien désireuse et bien pressée de se livrer à l'expérience qui venait à peine de s'achever

1. Ces artisans inventèrent au XVIIIe siècle un vernis à base de copal imitant la laque de Chine ou du Japon.

pour être aussi imprudente! Qui aurait fait irruption ici par mégarde aurait rougi ou pâli, serait aussitôt reparti ou serait demeuré coi, aurait promis ou non de ne jamais rien révéler de ce qu'il venait de voir. Or, Pompadour n'aurait jamais pu accorder quelque crédit que ce fût à ces protestations de fidélité. C'était mieux, donc, songeait-elle avec soulagement, que nul n'eût été spectateur de cette fin de spectacle. Quant à l'épagneul Mimi, entré ici par mégarde, ou par curiosité, il ne dirait rien, bien entendu.

Quant à ce qu'elle pensait, la marquise était partagée. Ce qui venait d'arriver était inattendu. Et constituait plutôt une bonne nouvelle, puisque avait été obtenu un résultat indéniable. Cela signifiait que la chose était redevenue possible. Restait désormais à trouver la manière de parvenir à ce couronnement, non pas seule mais à deux et, même, avec le roi. Car c'est bien là que résidait maintenant la difficulté. Il n'empêche, songeait la favorite. Elle avait depuis longtemps considéré que la chose était à jamais inatteignable, et voilà que cette expérience lui avait prouvé le contraire. Et d'une manière plutôt concluante. C'était une nouvelle d'importance, une quasi-révélation. Pour autant, et c'était là le deuxième constat qui s'imposait, le moment n'était pas venu d'aller plus loin sur le sujet, de recommencer l'aventure pour s'assurer que, oui, un certain type de dénouement était bel et bien de retour. Car tout cela avait pour toile de fond les agissements d'un monstre, qu'il s'agissait de mettre hors d'état de nuire, en laissant de côté le reste, tout le reste. De plus, estimait la marquise, si éprouver de nouveau un tel contentement était tentant, ce n'était guère convenable, alors que tant de pauvres filles étaient mortes ces derniers jours et qu'il fallait tout mettre en œuvre pour que nulle autre ne périsse de la même manière. La favorite, donc, remonta jupes et jupon, renoua quelques rubans, bref rafistola un peu tout ça. Et elle passa dans son cabinet de chaise afin d'y ranger l'ivoire qui venait de servir, un bel objet assurément, dont le galbe et la destination prouvaient que, dans cette matière précieuse, les Chinois, ces artisans habiles, ne savaient pas façonner que de simples ornements, mais aussi de bons outils.

Maintenant rhabillée, recoiffée et repoudrée, tout aussi bien que si ses femmes l'y avaient aidée, reparfumée même, la favorite était toute ragaillardie : couronnée de succès, songeait-elle, l'expérience l'avait instruite et, surtout, avait achevé de lui conférer l'allant, la confiance en soi, l'assurance dont elle allait avoir besoin face au pire scélérat du pays.

Dans le logement de Turpin

Et Victoire reprit :

— Regarde, finalement, le sort ne nous a pas été complètement contraire. J'ai craint que Florimond ne tue Charolais ici, à Versailles. C'est pour cela que je me suis lancée à sa poursuite. Car, s'il avait occis le comte ici, ou s'il l'avait seulement blessé, le valet de Pompadour aurait été immédiatement arrêté par les gardes, et tu n'aurais pas pu le tuer pour le faire taire. Il aurait été interrogé, aurait parlé de moi, on aurait pu me retrouver et comprendre que nous avions tous deux œuvré pour que ce Florimond nous débarrassât du cousin du roi. Heureusement, il n'en a rien été. Aussi, écoute : je vais quitter le palais sur-le-champ. Florimond aura beau me chercher si cela lui chante, il ne me retrouvera jamais. Pas même s'il furète autour de chez Charolais, car je prendrai mes précautions, du reste comme je l'ai fait jusqu'à maintenant.

Ragaillardi comme escompté, Turpin sourit :

— Tu as raison, cessons de penser à Florimond dont, décidément, nous n'avons rien à craindre. Et revenons au comte. À force de le voler et de le dépouiller, ma fortune est faite, au-delà de ce que j'aurais pu espérer quand je suis entré à son service. Nous devons certes faire tuer tôt ou tard le cousin du roi, avant qu'un jour il s'aperçoive de mes agissements. Je suis, nous sommes désormais riches, c'est entendu. Mais le mieux est, en tout cas ici, l'ennemi du bien. À vrai dire, rien ne presse. Avec tout ce qu'il boit, toutes celles qu'il tue, Charolais a de moins en moins la tête à vérifier ses comptes...

— Ce qui te laisse, mon cher, encore un peu de temps pour continuer à dépouiller Son Altesse d'un peu de sa richesse. En enivrant le comte quand il le faut, quand l'envie de s'amuser et de faire mal ne lui vient pas toute seule, afin de l'inciter à commettre de nouveaux crimes ou de simples sottises, quand faiblit son désir d'anéantir ou simplement de mal se comporter. Afin que, encore et toujours, bourreau, assassin ou seulement querelleur, malappris ou fripon, le cousin du roi ait besoin de toi et te récompense, un jour d'une terre, un autre d'un joyau, d'une riche ferme... Car vois-tu, sur le plan de l'argent, de la fortune, je ne me sentirai jamais assez rassasiée.

Plus que jamais décidée et conquérante, enthousiasmée par son propre discours, Victoire s'approcha de son amant et l'embrassa avec fougue. De ce baiser enfin donné, Turpin sut se satisfaire puisque, après un premier refus, c'était inespéré. Il ajouta :

— Dans quelques jours, quelques semaines ou quelques mois, nous aurons une autre idée, nous dresserons un autre plan, afin de nous débarrasser du si généreux cousin du roi, et nous saluerons cette disparition en vidant la plus belle de ses bouteilles de vin de Champagne. Comme tu l'as dit, ma fortune est déjà établie. Le temps que nous avisions et établissions un autre stratagème, elle ne s'en trouvera sans doute qu'un peu plus arrondie, voilà tout. Car j'ai quelques visées : il y a, parmi les bijoux de Son Altesse, un bracelet de diamants et de rubis qui lui vient de sa mère et qui t'ira, ma belle, fort bien.

— Du vin de Champagne, des diamants, et pour finir la mise à mort annoncée d'un prince qui n'est rien moins que le cousin du roi, voilà un programme bien encombré, rit Victoire.

La prétendue veuve revint vers Turpin et, cette fois, resta longtemps dans les bras du disgracieux intendant.

À Versailles, dans l'appartement de Louis XV

L'huissier ouvrit la porte. Empli d'espoir et confiant, Charolais entra dans le bureau du roi, en grand seigneur venant sans trop de façons rendre visite à un autre, son cousin. À la surprise du comte, Louis XV ne se trouvait pas là. Mais Pompadour, oui. Et en grand habit de cour. Robe taillée dans une étoffe rose rayée de gris, avec sa jupe de satin blanc, parée de ses plus beaux diamants. D'emblée, elle attaqua d'une voix ferme :

— Prenez place, Monsieur.

D'autorité, la favorite s'assit dans le propre fauteuil du roi, ne laissant qu'une chaise à Charolais. Ne sachant que penser, le comte regarda autour de lui. La pièce était de taille modeste et peu meublée, avec, au centre, le secrétaire du souverain. Charolais devait se rendre à l'évidence : le roi n'était pas là. Viendrait-il ? se demanda soudain le comte, qui peinait à saisir pourquoi la scène se mettait ainsi en place. La marquise lut ses pensées, devina son questionnement. Elle reprit :

— Sa Majesté a mieux à faire que de vous rejoindre ici. Elle vous verra plus tard et m'a suggéré que, pour le moment, ce soit moi qui vous parle.

Un instant encore, imbu de son sang et de son rang, sûr que sa bonne étoile veillait toujours sur lui, Charolais voulut croire que Louis XV souhaitait l'interroger sur la meilleure manière d'administrer sa Maison. La marquise lui ôta ses illusions.

— Je vous méprise, Monsieur.

Son Altesse Sérénissime Charles de Bourbon-Condé, comte de Charolais, avait insulté, meurtri, frappé, torturé, violé, mis en joue et tué plus que de raison. Certes, jadis, le Régent l'avait à demi-mot menacé, ainsi que Louis XV l'avait décrit à sa favorite. Mais c'était là de l'histoire ancienne. Le comte avait depuis longtemps oublié l'avertissement. Sonné, pris de court, pressentant le pire, pour reprendre ses esprits il voulut gagner du temps :

— Quels sont ces mots ? Je ne comprends pas.

— Ne nous égarons pas et allons droit au but, voulez-vous ? Vous êtes un criminel, vous le savez, le roi et moi aussi. Je vous méprise, comme je viens de vous le dire. Si votre être, vos plaisirs, vos agissements ne me dégoûtaient pas, je prendrais le temps de vous plaindre. Car enfin, il faut que vous soyez bien estropié, que votre âme soit bien mutilée pour que vous ayez besoin de faire ce que vous faites pour… pour exulter.

Pompadour considéra le comte. Se souvenait-il, se demandait-elle, de ce qu'il lui avait fait subir, voici dix ans, la nuit du bal des Ifs ? Avait-il gardé le souvenir du coup de genou ? Elle n'en était pas certaine. Sans doute n'avait-elle été qu'une parmi tant d'autres. Mais peu importait, songeait-elle. Au demeurant, elle ne dirait rien à Charolais de cette nuit-là. Bien qu'elle se sentît à cet instant sûre d'elle et puissante, elle redoutait que, à l'évocation de l'abomination commise, le comte exerçât sur elle une emprise ressourcée. Et, fière, la tête haute, décidée à vaincre la bête, et à jamais, la favorite reprit :

— Si vous étiez un être humain digne de ce nom, et non une manière d'animal, je pourrais m'apitoyer sur votre sort. Car enfin, vous ignorez, Monsieur, ce que peut être une affaire menée tout autrement que les vôtres. Vous ne savez pas ce que connaissent vos semblables dans les moments suprêmes, quand l'un et l'autre donnent et s'abandonnent dans le même temps, quand ils échangent en toute confiance, se livrent l'un à l'autre, se confient et partagent, avec douceur, confiance et tendresse.

La marquise marqua une courte pause. Elle avait l'obligation d'être convaincante. Or, pour cela, il lui fallait se souvenir de ce qu'elle avait connu jadis, avant d'être avilie par le comte, se rappeler le plaisir, la plénitude éprouvés lors de l'étreinte partagée avec le roi, avant que Charolais et le malheur fondent sur elle. Cet effort accompli, Pompadour ajouta :

— La fureur, la brutalité vous sont nécessaires. Cela vous prive, Monsieur, de l'essentiel. Car le contentement qui est le vôtre, quand vous faites du mal, est bien étrange et bien mince, croyez-moi, comparé à ce que vous pourriez éprouver si vous étiez un autre. Vous êtes un prince, vous descendez de saint Louis et du Grand Condé, vous êtes un Bourbon et le cousin du roi, vous possédez des châteaux, des maisons, des terres, des joyaux, des tableaux, des serviteurs. Vous êtes riche. Et, pourtant, vous êtes pauvre, très pauvre. Vous êtes peut-être l'homme le plus pauvre du royaume et vous le resterez jusqu'à votre dernier souffle, sans avoir jamais rien connu de ce que connaissent les autres, tous les autres: je parle de la véritable volupté et du plaisir, voire du bonheur qu'elle suscite. N'est-ce pas ennuyeux? Ne seriez-vous pas à plaindre et à secourir si vous ne deviez pas, avant tout, être blâmé et puni? En tout cas, je vous ordonne de cesser vos agissements. Dans le cas contraire, croyez que je me ferai vengeresse, au nom de toutes les malheureuses que vous avez maltraitées et tuées.

À cet instant crucial, Pompadour marqua une pause. Le temps de donner à sa voix une nuance plus grave encore, si cela se pouvait, pour conférer à son propos toute la force de conviction qu'elle souhaitait y mettre. Et, plus que jamais sûre d'elle-même et désireuse d'être bien entendue et comprise, la marquise reprit:

—Car si vous ne pouviez mettre un terme définitif, absolu, irrévocable à vos méfaits, je vous jure, Monsieur, que je saurais aller vous trouver dès que j'aurais eu connaissance de vos nouveaux crimes. Et à ce moment-là, du moins, dans l'instant qui suivrait, vous pleureriez, je vous l'affirme, je vous l'assure, de ne pas être à ce moment fatal l'une de celles qui ont péri par votre faute. Car le sort que je vous ferais alors connaître serait infiniment plus terrible que celui que vous leur avez réservé.

Charolais demeurait coi. C'était la première fois qu'on lui tenait un tel discours. Or, l'homme était assez intelligent, assez lucide pour savoir que la marquise avait dit vrai. La favorite avait, en peu de mots, résumé toute la vie du prince ou, plutôt, la désolation qui, par-delà l'horreur, la caractérisait. Répondre à la marquise, songeait le cousin du roi, était inutile. Il ne pouvait contester l'évidence. Sous peine de se heurter, plus rudement encore, au constat qui, en creux, ressortait du propos de Jeanne Antoinette : Charolais était un être mauvais et nuisible, il n'y avait rien d'autre à dire. À sa décharge, peut-être n'était-ce pas complètement sa faute puisque, chez les Condés, on était insensé de père en fils, ou peu s'en fallait. C'était là une mince consolation, pensa le comte. Du reste, Pompadour choisit cet instant pour se retirer. Elle se leva, tourna le dos au prince, lui donna à voir sa nuque délicate et ses jolies épaules, et s'en alla, laissant seul le vaincu au milieu des ors du bureau du roi, où il venait d'être mis à nu.

Implacable, Pompadour avait étrillé Charolais, elle en était certaine. Il lui faudrait, pensa-t-elle, raconter dès que possible à Florimond de quelle manière elle avait vaincu. En dépit de ses faiblesses et de ses égarements, malgré ses erreurs et bien qu'il eût été tenté de lui désobéir, le valet avait bien mérité d'entendre ce récit. L'esprit aiguisé par la satisfaction de s'être ainsi dressée face au monstre, la marquise pensa à Florimond et à sa sœur Marguerite, à cette Victoire pour laquelle le garçon avait manqué la trahir, à tout ce qu'il lui avait dit au sujet de cette malheureuse femme, victime, comme d'autres, à travers la mort de son mari, de l'infâme Charolais.

Et là, l'esprit encore tout affûté par son face-à-face avec le cousin du roi, Pompadour s'étonna quelque peu, à y bien réfléchir. Par jeu, le comte avait jadis abattu un homme à

Anet, l'affaire était connue, le fait indéniable, même le roi la connaissait. Mais n'était-il pas étrange, mesurait maintenant Jeanne Antoinette, que, selon ce que lui avait raconté Florimond, une affaire très comparable, celle du meurtre de l'époux de Victoire Escuiller, se fût produite à Montmorency, à peu près dans les mêmes circonstances ? Fallait-il voir là un balbutiement du destin ? Ou plutôt un effet de la folie de Charolais, qui éprouvait décidément les mêmes plaisirs, la même nécessité de tuer, sans raison, quand certaines circonstances étaient réunies ? La marquise était dubitative.

Dans le logement de Jean Florimond

Aménagé sous des volutes de bronze qui rappelaient celles dont était ornée la fameuse horloge astronomique[1] que le roi avait fait installer dans son appartement intérieur, le tiroir d'acajou, après avoir révélé son contenu jusque-là demeuré secret, était resté ouvert. Florimond venait de comprendre... Que Pompadour lui ait demandé, avec insistance et à plusieurs reprises, qu'il installât chez lui les cyprins apportés d'Asie puis qu'il les lui rendît et que, surtout, elle lui ait suggéré de consigner cette opération par écrit... tout cela n'avait constitué qu'un prétexte, une étrange et délicate manière de faire passer un message au valet.

Indifférents à l'émotion du serviteur, les cyprins dorés

1. Mécanisme de Passemant, bronzes dus aux frères Caffieri, cette horloge, toujours en place, est conçue pour fonctionner durant plusieurs milliers d'années...

continuaient de décrire, nageant l'un après l'autre, les calmes boucles qui constituaient tout leur périple. Les larmes aux yeux, Jean Florimond relut la lettre qu'y avait placée la marquise à son intention voici déjà plusieurs jours, en tout cas bien avant que le garçon confesse ses saccages et révèle l'enlèvement de Marguerite. Ce billet témoignait bien du crédit que la marquise avait jadis accordé à son valet et qui, en fait, n'avait jamais été mis en péril, par-delà les péripéties de la vie. C'était, élaboré avec un soin patent, rédigé, cacheté, scellé bien avant que le serviteur confiât à la favorite son secret, un témoignage inestimable. Dans ce texte court, écrit avec des mots choisis, Jeanne Antoinette manifestait à Florimond toute sa confiance, en dépit de devoir composer – elle le reconnaissait elle-même – avec de larges ombres. Elle avait depuis quelques jours appris, ou compris, peu importe, que Florimond n'était autre que le saccageur de cabarets. Mais après avoir hésité, douté, elle était désormais certaine que ces dévastations, certes répréhensibles, n'avaient rien à voir avec les horribles meurtres recensés dans la ville. Comme elle l'expliquait dans ce même mot, la favorite avait toujours deviné qu'une souffrance cachée était la cause de ces actions. Parce qu'elle savait faire la part des choses, qu'il n'y avait pas mort d'homme et qu'il n'y avait là que des injures et de la vaisselle cassée, elle avait d'emblée pardonné à son valet, sans songer un instant à lui retirer sa confiance, et tenait à le lui faire savoir maintenant, en lui révélant l'existence de cette lettre, qu'il avait eue sans le savoir sous les yeux depuis plusieurs jours… « Si tu lis maintenant cette lettre, Florimond, écrite voici déjà plusieurs jours, c'est que j'ai décidé de t'en révéler l'existence. Pour que tu saches que, jamais, au cours des terribles moments qui viennent de s'écouler, pour ce qui regarde les crimes commis dans la capitale du royaume, je n'ai cru en ta culpabilité. »

Éperdu de reconnaissance, se félicitant plus que jamais d'être au service de cette femme perspicace et généreuse, Florimond restait songeur, sous l'œil indifférent et ignorant des cyprins dorés. Fort de cette confiance renouvelée, et de manière si éclatante, pleinement conscient, aussi, qu'il devait surmonter la disparition de Marguerite, quoiqu'il fût toujours dans l'ignorance du sort de sa sœur, le valet résolut de servir la marquise sans plus jamais faillir.

À Versailles, chez Pompadour

Louis Dominique Bontemps était très pâle. Sous le coup de l'émotion, il apparaissait pour ce qu'il était : un beau jeune homme sans grands principes et peu courageux, en fait, qui ne devait sa place qu'aux seuls mérites de ses ancêtres, et n'en était pas digne. Il allait trahir le roi ou à peu près, de surcroît dans ce que Louis XV avait de plus secret, de plus intime, là où celui-ci accordait, les yeux fermés, sa pleine confiance à son premier valet de chambre. Mais enfin, songeait celui-ci pour se donner bonne conscience, voici de longues années qu'il secondait le roi, l'épaulait dans ce que celui-ci avait de moins avouable : sa participation à la bonne marche de la maison de la rue Saint-Médéric et à l'affaire des émeraudes en témoignait. Donc, après tout, le garçon pouvait bien manquer – un peu, beaucoup – à sa parole… Et, au demeurant, après l'affaire de la broche volée, le premier valet de chambre ne pouvait plus refuser quoi que ce fût à la favorite. Il devait obéir au roi, mais peut-être plus encore, ou en tout cas tout autant, à Pompadour, puisqu'elle gouvernait Louis XV…

— Madame, tout est prêt. J'ai moi-même arrangé la pièce afin que tout y soit commode et ordonné comme vous le désirez.

Pompadour sourit :

— Non pas comme je le désire, mais comme il le faut.

Dépit ? accablement ? regret ? Le premier valet de chambre réprima un soupir, que la marquise fit semblant de ne pas remarquer. Et il reprit son propos :

— À l'endroit convenu, j'ai placé un fauteuil, avec des coussins et une couverture. Il y a aussi une carafe d'eau et un en-cas, si Madame a faim et soif.

— Je vous remercie de cette attention. Mais je ne pense pas que j'aurai envie de faire ripaille… Du reste, d'expérience, je dirais que la chose ne devrait pas durer longtemps.

La marquise semblait satisfaite : Bontemps n'avait rien laissé au hasard. Il avait même pris des initiatives particulièrement heureuses. Restait maintenant à ce qu'il explique et détaille le plus important :

— Mais pour ce qui est de l'essentiel, dites-moi comment vous avez procédé…

— J'ai fait venir un menuisier de confiance. Il ne dira rien du travail exécuté à ma demande. Ce qui constitue un élément d'importance, car l'affaire est périlleuse. C'est, de plus, un artisan hors pair. Ce qui est également appréciable, car il faudra ensuite tout remettre en l'état. En bref, une découpe a été pratiquée. De votre côté, elle est à hauteur du visage. De l'autre côté, elle se trouve dans une moulure très ornementée. Ce qui, de fait, empêche qu'on puisse, depuis la pièce voisine, la distinguer et encore moins le regard qui s'y aventurerait.

Pompadour remercia le jeune homme. Elle se savait la plus forte. Elle savait que le fameux Alexandre Bontemps, bisaïeul du Bontemps de maintenant, avait jadis obéi à Louis XIV. Assez orgueilleuse, la marquise était ravie que, un siècle plus tard ou à peu près, son descendant la servît avec autant de zèle et d'efficacité. De même, Pompadour avait dit son fait à Charolais. Sur ce point, elle était satisfaite. Par ailleurs, la favorite aurait pu en vouloir à Florimond d'avoir été tenté de lui désobéir et d'occir le comte. Mais elle lui avait pardonné. Altruiste et bienveillante, la marquise espérait même sincèrement que celui-ci finirait par apprendre ce qui était arrivé à Marguerite, que la vérité fût ou non cruelle à entendre. Par-delà ses hésitations et ses maladresses, le garçon le méritait.

Toiser sans trembler le cousin du roi, ce misérable, avait plus que ragaillardi la marquise. Celle-ci voyait désormais l'avenir sous un jour nouveau, car elle se sentait l'envie d'apprendre et d'en tirer profit, comme du temps où elle était l'élève appliquée des religieuses de Poissy. L'essentiel était qu'elle pût continuer à régner sur la France, donc sur le roi. Et puisque ni le chocolat ni certaines autres médecines ne lui avaient été d'aucun secours, Jeanne Antoinette avait décidé de recourir à une tout autre stratégie.

Elle regarda sa montre, or et rubis, qui recélait un médaillon du roi. C'était bientôt l'heure de la pensionnaire du Parc-aux-Cerfs. Bontemps parti, la marquise allait se glisser dans le réduit que le premier valet de chambre venait d'équiper en secret. Là, Pompadour s'installerait, de manière à tout voir sans être vue, à distinguer le moindre détail de ce qui n'aurait dû être vu par personne. Et ainsi, espérait-elle, d'apprendre et de retenir ensuite ce qui s'accomplirait dans la pièce voisine. Le tendron venu du Parc-aux-Cerfs aurait peut-être des gestes, des attentions, prendrait des initiatives que seule une jeunesse pouvait mettre en œuvre, dirait quelques paroles bien senties, ferait preuve d'un savoir-faire que, peut-être, la marquise ignorait. Elle était des deux la plus âgée mais finalement peut-être pas la plus experte. Sans doute ignorait-elle jusqu'à maintenant bien des éléments du protocole de l'amour, sans doute n'avait-elle pas su les mettre en œuvre ou les avait-elle oubliés soudain, après cette effroyable nuit du bal des Ifs. L'affrontement victorieux avec Charolais et le résultat qu'elle avait obtenu tout à l'heure avec l'objet d'ivoire apporté de Chine la convainquaient que tout cela allait lui revenir. Il n'y avait plus qu'à se hisser à la hauteur des circonstances.

La favorite, qui entendait bien le rester, regarderait la fille faire, détaillerait avec une avidité appliquée ces techniques qui plairaient au roi de France et de Navarre, Louis le Quinzième. Elle les observerait, les retiendrait. Un jour prochain, avec l'aide de Dieu, du moins s'il existait, elle les reproduirait plus tard au centuple dans son propre lit ou dans celui de la chambre royale, où elle reprendrait sa place. Tout cela plairait, transporterait Louis XV et la marquise, les griserait tous les deux. Le souverain n'en serait alors que plus attaché à sa favorite, plus que jamais, bien plus encore que dans les premiers temps de leur liaison. Tout cela maintiendrait Jeanne Antoinette au centre du jeu, et assurerait pleinement, pour de longues années, le pouvoir sur le roi de la marquise de Pompadour.

Du même auteur

AUX ÉDITIONS FLAMMARION
Dans l'ombre, les dragons de pierre
L'Anneau de la reine
Le Diable de Trianon

AUX ÉDITIONS BELFOND
L'Ombre du parasol d'or

AUX ÉDITIONS DU MASQUE
Des lapins et des hommes (prix du festival de Cognac 1994)
Les ferrets sont éternels
La Vierge du soleil
Les Dieux outragés
Le Vestibule du crime
La Licorne empoisonnée
Le Sang du Trianon
La Concubine ensevelie
La Religieuse de l'obscurité

(Sous le nom de Taiping Shangdi)

La Sonate interdite
La Noyée du Palais d'été
Le Prisonnier de l'Océan
Le Puits de la morte
Le Singe empoisonné
Les Soieries de l'effroi
Les Pierres de la douleur
Le Chrysanthème de longévité
La Dent du cheval marin
Le Palais de la splendeur pourpre
La Déchirure du papier huilé
La Porcelaine oubliée
Le Cheval parti en fumée

Imprimé en France par CPI Brodard et Taupin en octobre 2016
ISBN : 978-2-501-10401-2
6703314 / 01
dépôt légal : novembre 2016
N° d'impression : 3018974